KB024734

민영희 수필집

문고리 편지

한누리미디어

국립중앙도서관 출판예정도서목록(CIP)

문고리편지 : 민영희 수필집 / 지은이 : 민영희. -- 서울 : 한누리미디어, 2017
p. ; cm

ISBN 978-89-7969-762-9 03810 : ₩15000

한국 현대 수필[韓國現代隨筆]

814.7-KDC6
895.745-DDC23 CIP2017027834

© 박정규

민영희

- 평안북도 신의주 출생
- 인천여자고등학교 졸업, 중앙대학교 역사과 졸업
- 숙명여자대학교 평생교육원 1회 졸업
- 『문예한국』 조봉제 선생님 추천으로 문단 등단
- 한국문인협회 · 한국시인협회 · 한국불교문인협회 회원
- 전, 사단법인 화서학회 총무이사
- 전, 아침산문학 발행인 회장
- 현재 동부구치소 교정위원 문학부 강사

- 수상

  2000년 제2회 설송문학상 시부문 수상.
  2003년 황진이문학상 본상 수상
  2004년 대한민국불교문화상 문학부문 대상 수상.
  2008년 가야금관문학상 대상 수상
  2017년 법무부 2017-83호 표창장 수여(서울동부구치소)

- 시집

  《악령의 절정》(2001. 을지출판공사)
  《거미의 집》(2004. 여름출판사)
  《목어울음의 색깔》(2008. 도서출판 답게)

- 수필집

  《딸에게 쓰는 편지》(2010. 청어출판사)

- 메일주소 ; yhmin2001@hanmail.net

'문고리편지門故吏便紙' 를 내면서

지수화풍—地 · 水 · 火 · 風
이 몸뚱이가 흙에서 태어나 물과 열기와 바람에 의지해
여기까지 이르게 되었다.
70여 년 흘러간 자태를 돌아본다.
저 길의 만상의 발자국들이 위대하다.
그 길에 동행한 내 자신이 참으로 장하다.
문제에 의지해 삶의 과제를 풀어내며 한시도 쉬지 않고
지금도 살려지고 있음에 감사하며 잠자리에 든다.

삶은 넝쿨식물과도 같다.
생명이 어느 손에 의해 문질러 꺾어지지 않는 한 끝이 있겠는가.
그래도 우리 눈에 보이지 않지만 어디선가 자라고 있을 것이다.
담이 없으면 대지가 없으면 바람이 불지 않으면
빛이 없으면 아무리 기생능력이 뛰어나도 도저히 살 수가 없다.

난 그저 살려지는 삶에 의해 살려지는 대로 살아온 것이다.
걸어서 산을 넘고, 힘에 부치면 네 발로 땅을 기고,
물을 만나면 헤엄치고, 바람을 만나면 바람에 실려 바람 부는 대로
혹여 시궁창에 빠져도 세상 만상이 나를 씻겨 주었다.
불길을 만나면 맞서서 뚫고 예까지 온 것이다.

오고 나니 이젠 보였다.
사진작가는 사진으로, 화가는 그림으로, 조각가는 조각으로
자신의 삶을 증명하고 있다.
나란 넝쿨식물은 글로써 반연絆緣될 뿐이다.
그러나 '나' 가 할 수 있었던 것은 없었다.
세상이 지수화풍에 한 점에 의지한 내 반연,
삶이 있어 나는 글을 쓸 수 있었다.

모든 존재하는 것들과 곳에 감사합니다.
존재하는 모든 것들과 곳을 찬탄 드립니다.
저는 여러분과 동행하며
예쁘고 아름답게 흙으로 가는 길에
그냥 풀어서 풀며 가고 싶습니다.

2017년 가을 세인방世印房에서

지은이 **민 영 희**

민영희 수필집 《문고리편지》에 붙여

金 始 原
수필가 · 한국문인협회 자문위원

인생 3기期를 살면서 품위 있게 사는 것이 모든 사람들의 소망이라 하겠다. 특히 문학文學을 한다는 것은 그 사람의 인간형성人間形成에 큰 도움이 된다. 그러나 문학에 앞서 인성人性이 중요함을 알아야 하리라.

평소에 내가 알고 있는 민영희는 시와 수필을 쓰고, 교도소에 수감되어 있는 재소자在所者들에게 선도善導의 강의를 하고 있다.

— *교화위원으로 위촉되고 …(중략)… 정신교육을 받았다.*
— *처음 교육장에서 그들(재소자)을 만나니 모두가 고개를 숙이고 어깨는 움츠려 있고, 책상 면을 멀건이 보고 있는 것이다.*
— *개학을 하니 수강생들이 다 바뀌었다. …(중략)… 출소를 한 것이다. 그런데 그들 모두의 글이 법무부 사보 『새길』에 실렸다. 나는 너무도 기뻐서 축하하러 왔는데 강의실이 텅 빈 것만 같다.*
— *재소자들도 나를 기쁘게 한다. 그들이 열심히 교육받고 있는 한 나는 행복하다.*

– 수필 〈바보, 바람, 보람〉에서

더하여 틈틈이 스승과 가까운 어르신들의 문안을 챙긴다.
그럴 때, 빈손으로 가지 않고 반드시 용돈을 준비한다고 들었다.
또 그렇게 실천하고 있음을 보아왔다.

문학을 하기에 앞서, 인간으로서의 격格을 갖추고자 하는 그녀의 일상이 아름답지 않은가?
민영희는 인성이 빛나는 여자임에 칭찬받아 마땅하다.
칭찬받는 삶은 성공한 삶이다.
살면서 이보다 더 큰 보람이 어디 있으랴.

여기에 실린 96편의 수필은 일상에 밀접된 이야기와 가상의 세계를 심오하게, 산뜻하게 쓴 작품들이다.
대충 읽어 넘기는 100인의 독자보다도 정독하는 1인의 독자가 많기를 바란다.

차례

1 꽃비 내리다

Contents

2 대왕생

차례

3 기도

4 고전을 찾아서

제 1 부 꽃비 내리다

꽃비 내리다

봄이다! 쌍계사 가는 길에 벚꽃이 만개하여 봄비처럼 내린다.

어느 잎은 계곡에 내려 수줍듯 연분홍 거룻배로 물길가고, 어느 잎들은 내 머리와 옷깃에, 앞서가는 이에, 뒤따라오는 바둑이에, 내 옆을 거슬러가는 차에, 함석지붕에, 카페창틀에, 길가 노점상 노파에, 서로 묻지도 따지지도 않고 몸짓 나누어진다. 아니 동행한다, 웃는다, 소리 지른다, 간지럽다. 저 무위의 바람은 어디서 왔더란 말인가―.

이들은 벚나무가 밀어올린 꽃이란 생명이다. 오직 한 점, 꽃이란 생명에서 열매를 맺어 대지에 수만 개의 벚나무로 생명을 뿌렸다. 그러나 그 근본은 나무라는 생명이었다. 그들 위에 구름 잔뜩 먹은 소나기란 비가 내려 저마다의 환경과 힘과 토질 따라 생긴 모양 따라 약한 놈은 약하게 힘 있는 놈은 굵게 또는 여리게 자랐을 것이다. 그러나 벚꽃의 본질은 똑같은 색이고 잎이고 열매를 맺는다. 그들은 모두 똑같은 물맛의 물을 먹고 똑같이 피할 수 없는 천둥번개 비바람 속에서 고통을 이겨내고 저토록 아름답게 핀 것이다.

그런데 보는 이의 마음 따라 어떤 것은 진한 핑크요 어떤 것은 싱싱하고 또는 축 늘어져 보인다. 그러나 한 발자국만 떨어져 감상하면 그대로 한 송이 벚꽃이요 한 그루의 벚나무가 피워낸 엷은 분홍색 한 송이 꽃으로 보인다.

벚꽃과 팔짱끼고 쌍계사 오르는 길 따라 걷노라니 벚꽃나들이는 말 그대로 벚꽃나들이다. 사람이 꽃구경을 하는 게 아니라 꽃이 인간을 감상하는 것만 같다. 대학시절 나는 벚꽃의 광대였음을 이제야 반성하게 된다.

길가 또는 주막 냇가엔 벚나무보다 더 많은 인간과 차가 있다. 그러나 이 모든 것들은 벚꽃나들이를 나왔다는 데 통일된다. 그것은 벚나무에서 핀 꽃들은 모두 같은 벚꽃이라는 것과 같은 이치다.

고래고래 노래 부르는 청년과 술 마시고 퍼질러 앉은 이도 구부정한 몸에서 손만 힘차게 냅다 흔들며 손주 뒤를 따라가는 할미도 모두 나들이객이다. 젊은 하의실종 아가씨도 아직도 누비코트를 걸친 아줌마도 외국관광객도 모두 나들이객이다. 이 나들이객이, 빈부 남녀노소를 막론하고 모두 이승의 나그네로 보이는 것은 웬일인가.

나의 귀향이 쌍계사 꽃길이 끝나는 곳에 있을 것만 같아 모두는 나의 가슴에서 나의 피로 돌고 있다. 어제의 나는 분명 아니다. 옛날의 내가 아닌 것이 참으로 낯설지만 이토록 이 꽃길이 즐겁고 평안하기만 한 것은 왜일까? 저 길의 모든 이들은 똑같은 생명이 근본이며 그 근본에서 잠시 떨어져 나들이를 나온 것이다. 마치 벚꽃이 꽃잎으로 날려 한 개체로 떠가고 있지만 원래는 한 생명의 나무에서 비롯된 것이 아닌가!

나란 육신은 생명의 나무에서 날아와 개체로 흘러 떠가며 진실한 나를 내려놓을 언덕을 향해 가고 있는 거룻배라면? 나무.

문고리편지 門故吏便紙

"그때야 편지를 어찌 쓸 겨, 언문도 모르는디. 설령 개발나발 쓴다 해도 부칠 수나 있간디. 차령고개 넘어 읍내로 나가야 허는디. 새샥시가 어디 동리를 벗어나야! 쓰는 것도 쉽지 않았지만 간혹 유식해서 편지를 써도 매냥 헛것 아닌가 뵈. 그러니 편지를 보낸다는 건 그 땐 상상도 못했지. 친정에서도 시집간 딸에게서 편지를 받아본다는 것은 문서에도 없었어라. 친정집 문고리를 잡는 게 딸 소식을 듣는 유일한 길이라 오죽하면 '문고리편지' 라는 말이 있겠어!"

어머니가 돌아가신 후 나는 친정집을 정리하느라 한 달여 간 충청도 공주에서 30분 가량 떨어진 인풍리에 머물렀다. 저녁을 먹은 후엔 동리에서 어머니와 정답게 지내시던 어른들이 매일 우리 집으로 마실을 오셔서 이런 저런 시절이야기를 나누거나 당신들의 새댁시절, 애나이시절 등의 이야기를 들려주셨다. 아주머니들과 주고받던 말 중 아주 예쁜 말이고, 내 생전 처음 듣는 말이라고 생각했던 말이 '문고리편지' 였다.

6.25 전이나 그 이후로도 어김없이 찾아오던 보릿고개. 고속도로가

생기기 이전까지만 해도 산골마을에 편지가 잘 배달되지 못했다. 5.16 이후 문맹퇴치운동이 시작되어서 노인들은 버스에 붙여진 동리이름만을 겨우 눈으로 외웠단다. 시집와서 10여 년 친정을 가지 못해도 소식을 전할 길이 없었다. 시집살이가 안정되고 대를 이을 옥동자도 낳아드리고 살림의 곳간 열쇠를 시어머니로부터 넘겨받을 즈음해서 남편이 처갓집에 세배를 가야겠다고 달포 전부터 말씀을 드리면서 준비를 했단다.

친정이라야 고작 3,4십리 길. 친정집 가는 걸음은 날아갈 것만 같았단다. 10년을 친정 나들이를 못한 딸은 콩나물을 치맛자락에 담아 가지고 가서 친정 툇마루에 올라서면서 콩나물을 와락 풀어놓아야 하는 게 방편이라 했다.

"왜 콩나물을 펴 놓아야 하는데요?"

"나두 모르지. 시어머니가 그리 하라니까 했지. 왜 그래야 하는지 물어볼 생각은 못했으니."

아침 일찍 출발해서 재를 넘고 개울을 건너 친정 동리엘 당도해도 추운 겨울 개도 안 짖었단다. 눈물 반 웃음 반 기대 반, 허겁지겁 콩나물을 쏟아놓으면 노란 등잔불이 가물대는 불빛에 어머님의 웅크리고 앉아 꿰진 양말짝을 꿰매는 모습이 어른댄다. 초가의 안방 문이라야 무쇠로 만든 동그란 문고리가 전부다. 또한 안으로 잠그는 버릇도 없었다. 딸은 "엄마!" 하며 문고리를 잡고 활짝 열어젖히며 딸의 건강하고 무사한 모습을 몸으로써 보여드리는 것이 10년 만에 쓰는 '문고리편지' 였다고 했다.

'문고리편지' 를 전하려 문고리를 잡는 순간 손가락은 추운 겨울 얼어있는 동그란 무쇠 문고리에 '쩍—' 하고 달라붙었다고 한다.

'문고리편지' 억양은 참으로 아름답지만 문고리편지에는 어둡고 가

난했던 시절, 여인의 시집살이와 그리운 친정의 동기간 동무 산하가 얼마나 그리웠겠는가를 단 네 글자로 표현했다는 것이다. 이렇게 살아온 우리네 할머니 어머니들의 주름지고 꾀죄죄한 시집살이일망정 그 시절 여인들은 일상생활 주변의 사물을 정확히 끄집어낸 아름다운 언어 몇 마디쯤으로 모퉁이마다 부딪치며 내뱉은 은어隱語, 그 자체로 시요 소설이요 뛰어난 수상록이다.

가끔 먼 산 넘어 할미꽃을 찾아가 보리란 생각은 매일 하지만 쉽게 행동으로 옮겨지지 않는 것은 나도 언젠가는 죽음의 문고리를 잡을 때나 가능할지 모른다.

향기

얻어다 기른 난이 피었다. 실하게 꽃송이를 달고 있다. 베란다에서 들여와 책상에 놓았다. 꽃이 은근하고 잎인지 꽃인지 모르게 겸손하다.

한나절 외부 일을 보고 현관문을 열고 들어서니 코티 분 냄새가 난다.

그 난초의 향기는 향기롭다는 말은 수없이 듣고 보았다. 그러나 시를 쓸 때 눈앞에 것은 잘 묘사한다지만 그 깊이는 쉽지 않듯이 난향이 이토록 그윽할 줄은 미처 상상도 못했다. 달이 떠오자 그 자태는 선녀가 목욕을 하고 신선이 비파를 타는 듯하여 어리고 취하여 시간 가는 줄을 잊었다. 말로는 표현이 불가한 난의 자태와 향기를 아무리 뛰어난 홍선대원군의 뛰어난 솜씨라도 감히 난의 향기를 내놓을 수 있었으랴! 하여 난을 그린다고 하지 않고 '난을 친다' 라고 하지 않는가.

성에 차지 않는 인간의 몸짓이 도저히 그 향을 그려낼 수 없는지라 같은 난을 요렇게 조렇게 치고 또 치는 정성으로라도 그 욕심을 채웠으리라. 내가 홀로 즐기는 이 향기는 봄은 아직 멀었건만 나를 봄풀로 들게 하기 위함이리라. 나무.

사람의 자리

느티나무 밑에는 미물도 집을 짓지 않습니다.
느티나무 아래에는 잡초도 자리하지 않습니다.
그러나 사람이 될 수 없는
목신木神만이 큰 나무 덕을 보려 깃들 뿐입니다.

"엄마 우리 이사 가자."
아기갈대가 말했습니다.
"어디로 가지?"
엄마갈대가 말했습니다.
"발 시럽지 않은 큰 나무 곁으로……."
"태풍이 일면 큰 나무는 뿌리째 뽑히고
우린 비록
습지를 묵묵히 지키고 있지만
회오리바람이 와도 뽑힐 수 없는

발레리나발의 굳은살 같은 옹이
그 발의 피나는 연습의 길과 같은 잔뿌리
너희는 모두 태고로부터 물려받은
프리마돈나의 호창한 척추를 갖고 있단다."

보라 그믐밤에도
은막의 요정들을 위해 강물은 춤추고
백조도 백로도 가장 더럽다는 오물을
우리는 성찬의 보시로 살찌고
습지는 은막의 무대를 펼친다
바람이 불어도 큰비가 강둑을 쓸고 갈수록
우리의 땅은 살찌고 있다.

하늘과 땅 사이
아홉 번의 회전을 완성할 습지.

오래 된 집

도로는 계절을 갖추지 않아도
수많은 빛깔의 꽃을 피운다.
기울어져가는 창을 열고
하루치의 책장을 넘긴다.
지난밤 암흑이더니
오늘 아침 푸른 하늘에 뭉게구름,
유난히 햇살은 시원하고 달디달다.

항상 하는 푸른 느티나무 밑에
빨간 소형승용차가 섰다.
눈이 가물거려 잠시, 다시 돌아와
다 넘기지 못한 창을 제쳐보니
싱그러운 잎 사이로 버티기 힘들어
덮어놓은 딱딱한 갈피 너머에서

느티나무는 실비아 꽃을 담뿍 피우고 있었다.

그렇게 힘들던 밤을 지내고
지금 상상할 수도 없는 기적, 실비아 꽃이라니
얼마나 많은 곳에서 세월을 위로할거나.

찬란한 오늘이여!
노인은 이렇게 마른 몸의 가지에 달린 일상을
척박한 삶이라 하지 않으며
주름의 눈으로 아스팔트 위에
많은 꽃을 피우고 있는 것을 보느니 —.

* 창밖을 무심히 보다 짙푸른 느티나무 잎 사이로 빨간 승용차가 착시현상으로 언뜻 뙤약볕에 빛나는 실비아 꽃으로 보였다.

주왕산 주왕암

– 주왕산 연화대

천년사찰 대전사를 오른편에 모셔두고 1.3킬로 오를 제
계곡이 오른쪽 왼쪽으로 구불 직선 굽이돌고 돌아
자하교 쉼터를 지나며 40여 분 오르니
기름진 배를 비우라는 해우소가 보인다.
해우소에서 막창까지 쫄쫄이 비워내고
오르르 돌돌 쿵쾅 둥둥 물소리 세심洗心이려니
서리칼 같은 맑은 공기로 공복을 채우고

발걸음 사뿐사뿐 서둘러 암자로 오르니
일주문 가학루家鶴樓 이층 누각 남북으로 세 칸
중앙 한 칸은 들고 나는 대문인데
좌우 한 칸씩 자리한 가학루 천년 묵은 기왓장 사이
뱀 머리 곧추세워 굽어보는 와송瓦松의 처연한 먹빛에
가슴 쓸어내린 손 합장하고 경내로 들어가

이끼 낀 돌 축대 좌우한 층계 오르면
서쪽 연화봉 연꽃잎에 처마를 기댄 요사채가 아담하다.
그 곳에서 다시 왼쪽으로 돌계단을 오르려니
나한전 앞에 발가벗은 감나무에 서리꽃이 만발하고
홍보석보다 붉은 홍시가 고스란히 온전한 것은
여스님 심홍深泓에서 피어난 자비해당화慈悲海棠花
그 만산晩産의 절정絶頂!

산승의 마음 헤아리며 가쁜 숨을 고르니
산신각 신선이 발목을 잡는다.
청하여 삼배하고 돌섶에 앉아 연화봉 굽어보니
비로소 주왕산 주왕굴의 전설이 번쩍 열리고
올라온 길 따라 계곡이 실같이 흘러내린다.
내려다보는 절벽의 산봉우리는 그대로 연꽃
연밥이듯 주왕암 전각들이 연심에 암팡지다.

누가 돌 속의 뼈만 화석이라 했던가!
연잎마다 사막에 무연하게 퍼져가는 모래파랑처럼
이끼 낙엽 풀꽃의 무덤이 밀리고 쌓인 세월의 흔적이
먹물 빛 피륙으로 치렁치렁 부처님 방석만큼 두껍기도
혹은 반동아, 또는 회색 솜두루마기가
세속에 쫓기는 강바람에 너덜너덜한 채
연잎에 깃들어 서로 보듬고 키워온 뫼
시간의 손길에 밀리고 밀리며 벼랑에
화석으로 남은 바람의 시체

절벽은 후박나무 껍질모양새로 고물을 얹고
시각의 화석을 버무려 암벽이란 시루에 쪄낸
두툼한 영양 시루떡을 통째로 엎어 놓은 듯한 이끼는
짙은 회색 구름마냥 밀리고 흐르듯 누워
금방이라도 와르르 천둥번개로
쏟아져 내릴 것 같아 마음 조마조마
그 화석化石 물결 밀리다 쉬어간 터 너럭바위엔
밀레가 추수를 마친 들판 멀리 교회당 같은 반송盤松이
하늘 문지기로 서서 손바닥만치 빼꼼한 하늘을 지키고 섰다.

출생과 동시 사망하는 시각이 쌓인 살피듬
살아 있는 유기체처럼 태어나서 자라고 죽은 시간의 무덤에
오늘도 생명이란 위대한 호흡으로
거뭇 숭글 해골 눈구멍같이 뚫어놓은 굴 수 없고
들고 나는 이름 모를 온갖 새는 나그네 시선을 업고
잊혀진 시간보다 더 길어질 미래를 모으고 있는
부지런한 산짐승이 산객 눈동자에 각인된다.

동벽東壁 하늘 끝에 걸터앉은 구름이
납을 녹여 쏟아 부은 듯한 갈 길 멈춘 주왕폭포,
그 백색 비단 한 필에 푸른 소나무 가지로 끌어안은 솔개
내일을 기약하기 위해 주왕이 숨었다던 주왕굴,
줄지어 찾아드는 산객이 차려내는 떡과 과일로
주왕의 영욕의 전설을 전등典燈하고
산객의 그림자 무심無心이 젖어들면

빙벽에 햇살이 보랏빛으로 물들어
동쪽으로 해지는 주왕암.

깎아지른 산봉우리로 아름답게 핀 연화蓮花,
하늘이 땅이고 땅이 하늘인 자비慈悲 못
그 은밀한 선유도仙遊圖에 취해 허정허정
다가선 주왕암 나한전
석가모니불이 미소로 옷깃을 여미어 주시고
십육나한 보배로운 손길에 영혼을 부비니
천년 단청에 젖어드는 향내음 더욱 짙다
골이 깊어 아침 해는 서쪽에서부터 밝아오니
주왕암 시계는 멈추어선 지 몇 년인가.
염불은 물길 따라 달과 함께 저자로 흘러가고
오직 글로도 못쓰고 말로도 전할 수 없는 것은
풍경소리의 멀고 가까움과 산객을 배웅하는
여승의 미소 또한 헤량할 수 없다.

할아버지

할아버지는 철들 무렵부터 머슴이었습니다.
그 후 가정을 이루고 자식이 생겼습니다.
머슴살이를 대물림 않겠다고 맹세했습니다.
할아버지는 엄격한 통제로 가난을 떼어냈습니다.

가난을 모르는 자식들의 외출이 잦고 반기를 들었습니다.
귀가시간의 자유, 미니스커트, 장발의 염색, 명품,
화려한 외식, 햄버거, 탕수육을 원하며
미국 유학을 가겠다고 집을 뛰쳐나갔습니다.

해질 무렵 놀이터 벤치에서 중년의 허름한 사람이
회한의 눈물을 흘리고 있었습니다.
그때 응급차 한 대가 싸이렌 소리를 내며 달려가고
쪼그라든 할머니의 주변으로 이웃이 몰려와

'비록 자린고비지만 우리 동리 마지막 스승이었는데—
배고프면 돌아온다고 이사도 안 갔는데—
배고픈 것이 젤로 서럽다 하셨는데—'

영정 속 노인이 자신을 보고 환하게 껄껄 웃습니다.
가족은 저승에서도 단박에 달려옵니다.
원수 같은 자식, 고슴도치 같은 부모
이 '같은' 이란 말속에 이미 절대사랑과 절대용서,
무조건 내 편으로 엮인 끈에 내가 존재하고 있습니다.

불씨는 언어로 탄다

아기가 엄마 몸에서 분리되자마자 즉 탄생의 순간 첫마디는 울음이다.

미숙아는 아주 작게, 여아는 자지러지게, 남아는 우렁차게 끊어서 운다고들 해석한다. 이는 모국의 말을 배울 준비가 되어 있다는 것을 알리는 신호다. 이는 언어의 감각이 받아들일 준비가 된 상태로 비어 있단다. 그 빈 언어의 그릇에 세상의 찌꺼기를 하나씩 담아간다.

'엄마' 를 익히면서 엄마에게 매달려 고통과 기쁨, 슬픔을 생산한다. 평생을 언어를 배우고 익히다 결국 임종 시에는 혀는 말려들고 언어를 모두 놓고 간다. 제일 먼저 세상을 얻는 방법도 언어요, 놓는 방법도 언어다. 하여 인간은 언어를 줍기 위해 태어난다고 해도 무리는 아니다. 고통과 욕심으로 가득 찬 빛나는 언어를 모두 놓고 간다.

결국 타인에 의해 익힌 언어는 타인이 입혀주는 수의 한 벌에 모든 것을 포장해서 죽음을 맞이하고 죽음을 버린다.

발가벗겨 입혀지는 과정, 그렇게 정성을 다한 몸뚱이, 그렇게 부끄럽던 나체를 여럿 앞에서 그렇게 자랑스러워했던 부끄럼을 잃어버리고 흰옷으로 갈아입는다. 큰 키를 더 높이기 위해 키높이 신발로 위장한다. 그러나 몸이 쪼아들어 키보다 큰 관의 속을 채우기 위해 두루마리 화장지를 끼워 넣고 관속에서도 키를 높인다.

불씨는 사그라지듯이 목숨도 스스로 깨뜨려 간다.

첫울음은 성냥을 긋는 순간이었고 마지막 언어는 자신의 몸속 필라멘트가 서서히 마모되어 부러지는 순간의 들이쉬는 숨소리이다.

이렇게 쉬운 불의 향연이 그토록 많은 언어를 줍다, 모조리 버리고 가는 것이 인생일지 모르나 나는 오늘도 언어 익히는 고통에 내 몸을 사른다.

어쩌랴, 사는 것이 기쁨 아닌가!

조용한 가운데

"죄송할 따름입니다. 회장님, 지금 방금 전화 받았습니다. 이놈의 개새끼 충성을 다할 것입니다. 이놈의 충청도 놈 새끼, 회장님 의원님께 감사드립니다. 바쁘신데 저를 만나주셔서…."

"집에 있는가? 어디 갔었나? 지금 점심 먹는 중이다."

옆 좌석 중년의 신사가 번쩍이는 다이아가 박힌 백금 풀 뚜껑만한 시계, 바둑알만한 판에 일부 다이아가 촘촘히 박힌 반지를 끼고 책상다리를 하고 앉아 바나나 우유통에 대롱을 꽂고 빵 한 개를 먹으면서 통화를 하고 있다.

참 운수도 없다. 빈티지 스타일에 카메라를 만지작거리며 들여다보는 머리가 반백인 수수한 남자였다면 난생 처음 고속열차 특실에 실려 내 작품이 무대에 올려지는 목포로 가고 있는데 이 나이에 설레기까지는 않지만 뭔가 기대 같은 긴장감은 아직도 있다.

두 시간 남짓 걸리는 초특급열차에서 열차만큼의 환상적인 여행을 할 수 있다면 그 시간은 몽환적일 것이다. 이 열차는 2시간 이후면 목포에 닿는다. 과거 현재 미래를 관통하는 외나무다리에서 그 빠르기만큼 짜릿하고 환상적인 만남이 이 5호 객차 내에서 2시간을 일생으로 살 수 있는 사건이 일어난다면 그것은 죽어도 좋을 행운일 것이다.

이 가을에 모든 사람은 저마다 힘들고 지쳐 있지만 이 달리는 고속열차에선 누구도 동등하다. 돈, 먹을 것, 시간, 모두 한 레일 위에서 똑같이 가고 있다. 그러나 2시간 동안의 상상의 값진 시간을 만들어 냄은 각자의 사유 능력에 달려 있다. 상상과 생각은 돈과 시간을 초월하고 드디어는 연륜과 나이 성별을 수평화 한다.

자 이젠 조용하다. 우유통을 빨던 신사도 이젠 슬슬 눈꺼풀 속으로 여행을 떠나고.

나는, 앉아서 날아오르는 상상의 여행은 봉황을 앞지른다.

불바다

모두의 세상 안에 세상이 불타고 있다. 눈에서도 불타고, 마음에서도 불타고, 마음과 눈이 너에게 닿아 감각에도 허공에서 부딪쳐 불이 탄다. 불씨의 본성은 모두 태워야 시원해 한다. 탐욕, 진심嗔心의 불은 거침없이 노도와도 같이 탄다. 불은 귀한 것, 어린 것, 금 은 동, 가난과 부귀 가리지 않고 태운다. 어리석음마저도 먹어치운다.

불의 쏘시개는 생로병사, 근심, 슬픔, 괴로움으로 실패 없이 탄다.

말하자면, 귀에는 소리가 쏘시개요, 코에는 향기가 쏘시개요, 혀에는 쓴것 단것 신것 짠것이 쏘시개다.

몸뚱이는 이 모든 것을 촉각에 모으고 모아서 맹독인 삼독[탐진치]으로 누구도 진화할 수 없이 태워진다. 그러면 누가 이 불을 꺼주어서 '나' 는 불을 면할까? 누구도 이 불을 끄면 끌수록 더 맹렬히 타는 게 인생이다. 그러니 스스로 타지 않는 법은 스스로 끄는 방법 밖에 없단다.

흔히 종교는 무엇을 구하는 것으로 생각하는데 이쯤 살아온 나에 대한 보상은, 온 정성을 다해 내 안의 삼독의 열기를 삼독으로 맞서 뱉어

버리는 도구로 하여 한시도 잊지 않고 기도하는 것이 믿음의 정도라 생각된다. 생로병사의 대 불기둥 속에서 온 정성을 기울여 기도하며 삼독을 뱉어버리는 것이 믿음의 길이요, 살려지며 또한 잘 죽어갈 수 있는 길이 아닐까 생각해 본다.

내 생각으로 유추해서 헤파이스토스의 불화살은 지구의 흥망성쇠란 수레바퀴에 불을 당긴 꼴이 되게 한 것이다. 그 후 그리스에서 시작된 불은 온 지구에서 꺼지지 않고 타는 불바다!? 인간은 스스로 독을 불러 불행도 행복도 뒤섞어 놓고 죽지 못해 산다고 한다.

행복은 행복을 맞이하는 것이고 불행은 스스로 불행을 버리면 된다. 왜 모두를 끌어안고 죽네 사네 하는가? 그도 저도 안 되면 무심으로 살면 되는 것을…. 행복과 불행은 실체가 없고 다만 자신이 답을 정해 놓고 자신의 답을 바꿀 생각은 전혀 안 한다.

모두는 그 속에서 태워진다.

맑음

세탁소 다녀오는 길, 아파트 단지 꽃밭에 과꽃이 담뿍 피어 있다. 원래 꽃분홍 빛깔의 과꽃인데 연분홍빛이다. 아파트 동 뒤쪽 아파트 길이 만큼의 꽃밭은 큰 나무들로 인해 과꽃이 피기에는 척박하다.

그런데 꽃밭을 거의 벗어날 즈음, 정말로 정말로 꽃분홍 과꽃이 마침 장미꽃 열매 사이에서 애기 장미꽃 한 송이와 함께 9월 햇살에 애광을 발하듯 피어서 담뿍 웃고 있는 게 아닌가! 다른 연분홍 꽃들은 시끄럽고 수다스럽게 시끌벅적 웃고 있는데, 꽃분홍 과꽃은 원래 조상들의 유전자를 오로지 이어온 눈망울이 웃는다. 주위 또래들 틈에서 도도하고 고고하게 복상스럽게 잇몸을 드러내지 않고 허벅지를 노출시키지 않고 소리 없이 만족스러운 천상의 웃음을 심심산촌의 도라지꽃처럼 웃고 있다.

문득 내가 서있는 저 꽃을 피우는 요 흙속에 어떤 기운이 있어 그 기운을 요 꽃이 알고 타고 들어가 건져 올렸을까? 그 가상스러운 열정과 고통으로 지금 요 꽃은 천녀天女가 되어 있다.

9월은 맨드라미가 피는 계절이다. 꽃 중에 맨드라미의 짙고 검붉은 색은 오월의 장미꽃과 비교된다.

오월은 남쪽의 습기를 몰고 와 장미는 촉촉한 빛을 발하며 뭇 남성을 현혹하고 여인마저도 그 습지에 몰락한다. 맨드라미 계절은 건조하고 바람이 차고 들어 이삭을 여물게 한다.

맨드라미는 꽃도 피고 열매도 동시에 갖는다. 색은 장미꽃과 같은 감홍을 부르지만 그 느낌은 고요하고 깊다. 현혹되지는 않으나 넉넉하고 풍족하다. 너무 풍족해서 용기가 솟는다.

선조들은 그 알 수 없는 용기를 머리에 장식해 용사들의 욕망을 부추겼으리라. 어찌 보면 살갗을 스치는 전율보다 가슴을 울리는 욕망이 절세미인을 꺾기보다 땅을 차지하는 것이 인간에게는 최상의 목표였으리라.

엘리베이터로 오르는 순간 꽃분홍 과꽃, 장밋빛과 맨드라미의 붉은 빛들에서 그리움과 설렘이 핏빛으로 다가오는 욕망의 빛이 맨드라미의 깨알 같은 열매에서 번쩍 튀어 오른다.

땅은 대지는 모두의 습성과 유전과의 놀림으로 그들에게 필요한 것을 유감없이 그대로 내어준다. 다만 대지에 살아 숨 쉬는 생명의 선택으로 그들의 선도 악도 이루어지는 것이라고 생각된다.

나는 과연 어떤 색을 파고들고 있는가? 생각이 꼬리를 문다.

구름 한 점 없는 가을 하늘이 떨어진 저 출렁이는 바다를 본다.

어버이날의 유래

1910년 미국 필라델피아의 웹스터 마을에서 26년간 일요학교 선생님으로 재직했던 자비스 부인이 바로 카네이션의 주인공입니다.

부모가 없는 마을 어린이들을 친자식처럼 보살피며 늘 "부모와 어른을 공경하고 사랑하라" 고 가르친 자비스 부인이 병으로 세상을 떠난 후 열린 추도회에서 그녀의 딸 안나가 카네이션 한 송이를 영전에 바치며 어머니의 가르침을 되뇌었다고 합니다.

이 모습을 본 마을 사람들이 깊은 감동을 받아 자비스 부인에 대한 추모의 뜻을 기리는 운동이 일어났고, 이로 인해 카네이션이 '어머니의 사랑' 이라는 꽃말을 가진 '어버이날' 의 상징이 되었다고 합니다.

부모님이 살아계시면 붉은 카네이션을, 계시지 않은 경우는 하얀 카네이션을 다는 풍습이 만들어지게 되었는데 이 풍습이 지금까지 전해져 내려오게 된 것입니다.

원래는 5월 둘째 일요일이었던 것을 한국에서는 1956년에 5월 8일을 '어머니날' 로 지정 기념해 오다가 1973년 3월 30일 대통령령으로 '각종 기념일 등에 관한 규정' 이 제정 공포되면서 1974년부터 '어버이날' 로 변경되었습니다.

5월의 하얀 카네이션

사월을 끝으로 어머님마저 저세상으로 가셨다.

49재에서 7제를 마치고 집으로 오는 인천1호선 지하철을 탔다. 잠시 졸다 언뜻 깨어 주위를 둘러본다. 오늘 따라 손에 손에 붉은 카네이션을 들고 있다. 한 송이, 꽃바구니, 포장된 선물상자로 저마다 크거나 작게, 그러나 즐거운 표정들이다. 마치 야구경기를 보러 가듯이 모든 사람들이 똑같은 표정과 같은 마음으로 타고 내린다. 뿌듯하게 소중하게 붉은 카네이션을 받쳐 들고….

'아! 어버이날이구나' 하는 순간 가슴이 꽉 막혔다. 돌아가신 후 한 번도 속 시원히 통곡도 못했다. 그러나 몸부림치고 크게 소리 내어 울고 싶다.

이제 난 붉은 카네이션을 사고 싶어도, 공짜로 주어도 가져다 드릴 부모님이 안 계시다. 어머님마저 가셨다. 더욱 가슴 아프고 후회되는 것은 멀리 떨어져 계시다는 핑계로 한 번도 제대로 종이꽃조차 달아드린 기억도 가물가물 언제였나?

생활이 넉넉해도 붉은 카네이션 꽃바구니배달조차 낭비라고 흉보며 무시했다. 그런 나 자신을 비웃는다. 뉘우친다. 붉은 카네이션을 들고 있는 저들은 부모 둘 중 한 분이라도 생존해 계실 거다. 나에겐 없다. 이렇게 후회와 절망만 남았다.

지금 전철 안 젊은이, 중년, 어린이, 학생, 손에 손에 꽃을 들고 있다. 나는 부끄럽기 그지없다.

꽃을 달아드릴 때, 빨간 속내복을 선물할 때, 나는 내 자식만 분에 넘게 챙겼다. 그것도 정성껏 챙겼다. 그러면서 잘난 척 백화점과 동대문을 누볐다. 지금 부모님 다 안 계신 저녁, 전철의 저들을 보고 참으로 깊이 뉘우친다. 저들이 내 스승이다. 이렇게 부모는 돌아가시면서도 자식에게 가르침을 주신다. 만물이 만인 만상이 스승이라고!

내가 죽으면 문밖까지만 배웅할 자식들을 위해서 부모를 외면한 것이다. 참회한다. 그러나 어머님이란 존재는 저승에서도 나를 보살펴 주실 것이다. 그래서 조상님을 잘 모시라 했을 것이다.

내가 그곳으로 갈 때 내 조막손을 펴 주시고 잡아주실 분들이다. 이제 나의 남은 희망은 다음주기엔 하얀 카네이션을 사서 위폐 앞에 놓아드리는 것이다. 그래 본들 무슨 소용 있겠는가?

참회한다. 어머님 숨 넘기실 때 저를 올려다보시던 눈동자를 돌이켜 기억해 본다. 그저 감사하다. 나무.

어머님의 장롱

어머님이 돌아가신 후 장롱을 정리했다.

1.4후퇴 때 정주에서 피난길을 동행했던 도랑꾸, 때 묻은 주머니 속의 알지 못할 얼굴들, 두고 온 피붙이들의 주소 성명, 비상약으로 쓰여졌을 경명주사, 귀지개만큼 남은 웅담, 언젠가 나와 어머니가 마주앉아 빳빳이 풀 먹인 광목을 다듬이질하여 넣어두었던 이불홑청, 원앙이 수놓인 긴 베개, 집에서 농사지은 목화솜, 신앙촌 담요, 백화점 사은품, 누비이불, 아껴둔 영국산 순면 침대커버, 내 고교시절 수놓은 옥색 이불깃, 두 폭짜리 홍콩양단치마, 남색 끝동, 자주고름, 명주저고리, 빨간 내복, 두 줄짜리 독일산 비로드 한복, 손녀딸 혼인날 입었던 한복, 유행 따라 해드렸던 옷가지, 생전에 마지막 여행 때 사신 등산복, 병석에서라도 입으시라고 외손자가 사다준 고가의 트레이닝복 등이 명목이 붙은 이름표를 달고 낡거나 진솔인 채로 차곡차곡 정돈되어 들어 있었다.

매일매일 수십 년 일기를 기록한 사람도 있지만 이 땅의 설움과 피비린내 나는 역사의 소용돌이친 세월세속을 살면서 절약의 체질이 감당

키 어려운 풍요 속에서 살아내야만 했던 이질감의 고독과 세월의 때와 냄새.

이토록 내 어머님의 살림엔 인내와 설움, 환희와 은밀함의 사유가 노벨상을 타고도 남을 만치의 시편들로 포기포기 빛을 발한다.

버려지는 풍요 속에서 징그럽기만 하던 어머님 생전의 습성이 낡은 궤짝 속에서 나도 모르는 사이 어머님의 유언으로 헌옷 갈피마다 묵묵히 쓰여지고 있었던 것이었다.

글은 펜으로만 쓰는 것이 아니었다. 2002년 11월 8일, 생활이 녹아있는 내 어머님의 소중한 공간의 체취 속에서 삶의 이유와 남겨져야만 할 사상을 금싸라기로 건져내고 껍데기는 멀리 보냈다.

나는 오늘도 어머님의 속옷 중의 속옷을 입고 이 겨울을 어머님의 강보에 싸여 당당히 활보한다.

그 목소리

설거지를 하며 창밖을 보다
얼핏 돌아가신 어머님의 그 어머니 모습을 발견하곤
엄마가 즐겨 부르시던 *전선야곡을 흥얼댄다.

'에미야—' '네—' 얼른 거실을 본다
텅— 비었다. 슬픈 적막이—

잊으려 해도
잊혀지려 몸부림쳐도
잊혀지지 않고
피해 보려 해도 기상나팔소리같이
피할 수 없는
시각에 맞춰진 자명종소리 같은
어머님의 목소리.

아이도 먼— 훗날 나와 같아
그 목소리에 일상을 깨우면서
삶의 강물에 오늘을 흐르고 있으리라.

* 전선야곡의 가사 중에 어머님은 조국이요 내 부모요 형이다.

고창 축령산 품에서 동학군을 지켜보다

삼년을 벼르고 벼르다 문우가 어렵게 정착을 한 고창엘 갔다. 전북 장성 토속사학자인 터미널 근처 식당에서 즐겁게 식사를 마치고 다천(고창의 향토학자)의 오래된 봉고를 타고 축령산 친구의 집으로 가며 "민 여사가 묵을 만한 방이 없을 텐데…" 하고 혼잣말처럼 중얼거렸다.

나는 이미 각오하고 왔다. 내가 여행을 한여름으로 잡은 덴 이유가 있었다. 여름엔 처마 밑 헛간, 산등성이 나무 등걸 기대어, 비 오면 바위 밑에서 짧은 밤을 날 수 있으니, 방이 없으면 마루, 마루도 없으면 툇마루, 그도 여의치 않으면 근처 뫼등이면 어쩌랴. 이만큼 살았으니 뭐가 두려운가.

나는 언제부턴가 여행을 떠나면서 산천을 바라고 갈 땐 그런 마음이 스스로 들었다. 기도하러 산사를 찾을 때도 그런 마음이 드는 건 당연했다. 그 때마다 주위 모든 분들이 염려한다. 그런 마음씀이 도리어 나에겐 부담이 된다. 내가 딱히 바란다면 나더러 식사준비를 해달라고만 안 하면 최상의 대우이기에 감사한다. 혹여 배가 고프면 그곳에 있는 먹을거리를 찾아 스스로 해결하는 것쯤으로 곡기를 대신한다. 요즘은 두메산골에도 그쯤의 음식은 지천이다.

요즘 사람들은 진정 배가 고파서 먹을거리를 찾는 것 같지는 않다. 특히 여행 중이면 더욱 그런 것 같다. 그 문화는 TV가 보여주는 여행문화가 온통 먹을거리로 이어지기 때문은 아닌가 하고 생각해 본다.

조금은 느리게 버스를 타고 버스가 없는 길은 물어물어 지팡이에 의지해 가다가 시원한 냇물이 있으면 지친 발도 씻어 말리며 가는 유람의 문화는 구질구질한 여행이 되고 만 오늘날의 작태다.

잘 열리지 않는 봉고차 차창 밖으로 캄캄한 고창의 싱그러운 밤이 나를 맞고 보내는 고창의 밤 동무가 예쁘다. 어서 도착해서 품에 안기고 싶다. 그곳에는 어떤 모습으로 밤옷을 입고 서 있을까. 다천이 또 슬그머니 나를 걱정해 준다.

"가보고 내려오세요. 펜션으로 모셔다 드릴께."

"나는 괜찮아요. 축령산에 올 땐 도시는 잊었습니다. 다행히 그곳에 선생이 기거하시니 제가 올 수 있는 방향을 잡아주어서 고마울 따름입니다. 그렇잖음 어찌 축령산을 밟을 수 있겠습니까."

차를 내려 후레쉬를 켜고 빗속을 천천히 걸어 길도 없는 언덕을 지나 조금 편편한 곳인가 싶은데 괴물처럼 웅크리고 있는 덩치가 보였다. 선생이 익숙한 걸음으로 한 길이나 되는 풀숲을 헤치고 가나 싶더니 덜컹 소리와 함께 전기불이 훤히 켜졌다. 마치 무주구천동 골짜기에 반딧불이를 만난 것처럼 묘한 분위기를 냈다.

다천이 돌아가고 죽음을 맞는 순간이 혹여 이처럼 고요적적할까. 잠시 알 수 없는 천근의 무게가 온몸을 쿵— 잠시 혼백이 휘둘린다.

"어이, 민 선생—. 웃방에 눕게나."

"네—."

그제사 캄캄한 축령산 자락에 내 눈을 밝히며 멀리서 가깝게 훑어 내린다. 방금 올라온 길은 풀이 갈대 같아 가늠할 수가 없다. 언제부턴가 가랑비가 지척지척 내렸다. 온갖 풀벌레가 비를 무대로 한껏 목청을 돋운다. 이제 헤비메탈의 무대다. 잠시 낯설다. 그러다 아! 아니다. 가식 없는 외침, 진정한 자연의 합창, 그런데 낯설다 할 쪽은 내 쪽이 아니라 온갖 벌레와 맑은 공기, 온갖 종류의 잡초들일 거다. 이곳에선 살아 있는 사람은 유령으로 보일 것 같다. 나는 남루한 옛 묘지기집 툇마루로 거적 같은 홑이불을 살그머니 들고 나와 거의 흩날리는 가랑비에 몸을 맡기고 흙벽에 기대어 철저히 귀를 내주었다. 몸은 없고 오직 귀와 감각만 살아 있다.

축령산이 어떤 곳인가. 그 유명한 동학도가 고창을 넘어 장성으로 나아가는 전초기지, 아낙은 밥을 짓고 아기는 어미 등에서 노인은 망을 보고 오로지 죽창과 돌멩이로 무장한 농군이었다. 동학군이 이 축령산을 넘으려다 몰살하다시피 하였다고 한다. 지금 이 풀벌레는 그들의 아우성이고 가랑비는 아가들의 숨죽인 배고픔과 서러움이다.

나는 잠시도 상념의 끈을 놓을 수가 없었다. 저 아랫마을에서 방금이라도 둥 둥 둥! 북을 울리며 흰옷에 흰 머리띠를 두른 애비 할미 아가를 업은 아낙이 보퉁이를 이고 올라오는 것만 같아 조바심에 몸둘 바를 모른다.

풀벌레소리가 점점 더 크게 온 산을 덮는다. 나는 일어나 서성인다. 아— 모두 밀려 내려간다 싶은데 빗줄기가 세지면서 내 눈앞에서 획 아래로 내리친다.

동학도는 이렇게 축령산을 오르고 내리기를 얼마나 했을까. 그 처참함이 지금 이 산중 밤비를 맞는 내 심정의 수천 배는 더 했으리. 다만 다른 것은 그들은 자유가 없는 처지에서 오로지 맨몸으로 죽기를 각오한

혁명 전사였다. 그러나 난 지금 황홀하게 자유롭게 축령산을 만끽하고 있다. 비조차도 사치스러울 뿐이다.

조국은 그런 것이다. 한 나라가 온전하면 모든 것이 자유다. 비를 맞으며 풀벌레소리가 황홀한 연주로 생각을 키울 수도 있고 조상을 마음대로 존경하고 슬퍼할 수도 있다. 부자가 아니어도 노숙자라도 장대를 휘둘러도 국가가 보호하지 않는가. 내가 이렇게 낯선 고장에서 축령산 외진 곳에서 회고할 수 있는 것도 국가가 온전히 나를 지켜 주기 때문이다.

동학군은 온전히 내 민족 내 고장 민초들의 순수한 인간사랑 오로지 윤리적으로 사람대접을 받는 민초이길 바란 것이다. 농투산이들이 서로 나누는 정의 자유를 외쳤다. 다만 이것이 그들의 진실인 것이라 생각된다. 동학혁명도 그런 동기였는데 그것에 왜세가 끼어들고 욕심이 가담하여 결국 민초들의 본디 생각과 멀어졌던 것이다.

축령산의 정기는 오늘날 다시 되새겨볼 필요가 있지 않겠는가. 국가와 민족은 퇴색돼 가고 돈과 온갖 쓰레기 같은 품새와 문명이 거리를 이상하게 흐르고 있다.

비는 여명이 오면서 잦아들고 산물이 불어나 좔좔 콸콸 시원스레 흐른다. 어렴풋이 산나리 개망초 도라지 아기똥풀 달기밑씻개, 온갖 산꽃들이 축령산 정상을 향해 읊조리고 있다. 마치 산등성을 기어오르는 동학도들의 아가들 같다. 묵념한다. 드디어 날이 밝았다.

산을 향해 곱게 합장하고 툇마루에 쓰러져 잠시 눈을 붙였다. 하얀 무리가 '둥둥둥' 북을 울리며 '와아 와아' 이곳을 향해 올라온다. 난 벌떡 일어났다. 한참을 멍하니 산을 향해 있었다.

"민 선생, 밤을 홀딱 밝히는 것 같더군."

화들짝 놀라 나도 모르게 합장했다. 감사합니다.

인천 동춘역 이마트 '크린토피아'

언제부터일까? 주부의 고달픈 빨래는 세탁기가, 세련된 남자들의 양복이 진솔 그대로 다시 입을 수 있는 계기는 아마도 내 기억으론 6.25사변 이후 '자유부인' 이란 영화상영 이후가 아닌가 싶다. 그 이후 세탁소는 그야말로 기지 양복의 필수 코스가 되어 버렸다. 또한 홍콩양단을 진솔로 입을 수 있는 마님들의 필수 세탁코스가 되어 버렸다.

이렇게 고급의상이 비치는 봉투에 넣어져 줄지어 걸려 있는 동네명소로 세탁소 아저씨란 단어도 생겨나게 되었고, 세탁소는 골목구멍가게 옆집에 자리하여 동네 유지가 되었다. 그렇게 골목마다 동리마다 심지어 시골구석에도 한 곳쯤은 의젓하게 자리하고 있게 되었다. 그것은 우리의 의복이 고급화되어 손빨래를 하고 싶어도 할 수 없는 소재가 무한대로 발전한 것이다.

그러던 것도 이젠 더 빨리 더 편하게 무명소재건 나일론이건 실크 모직 합성소재라도 더 편하게, 더 많이 시간을 자신에게만 쏟기 위해 더러워지면 무조건 세탁소를 이젠 크린토피아로 간다. 그것은 또한 사회

구조상 생활 공간상 집 세탁을 할 수 없거나 귀찮거나 더 날렵하게 세련된 다리미질이 자신의 이미지를 깔끔하게 높여주는 몫을 하기 때문일 것이다. 말하자면 와이셔츠는 단돈 천원도 안 되는 값에 진솔같이 세탁하여 다려다 배달까지 해 준다. 참 좋은 세상이다.

세월에 맞추어 나도 세탁소가 나의 세탁기로 자리한 것은 말할 것도 없다. 난 다리미질도 선수요 빨래도 잘한다. 그럼에도 불구하고 자손들이 관절도 안 좋으니 세탁소로 가라고 성화가 아닌 구박을 한다. 근처 마트의 일반 세탁소를 10년 넘게 다녔다.

헌데 어느 날 가을 한 짐의 양복을 세탁하려고 카트리지에 싣고 가서 맡겼다. 갈 때는 구겨져도 상관없지만 찾아올 때는 잘 모시고 와야 하는데 도시 자신이 없었다. 하여 주인에게 미안하지만 내 몸이 불편하니 배달 좀 해 달라고 했다. 그 전엔 해 주었기에 부탁했다.

바로 마트 옆이 우리 아파트동이니까, 헌대 주인 말이 못한다고 딱 잘랐다. 순간 어안이 벙벙했다. 난 친척이 없어 떡이나 다른 것이 들어오면 얼른 세탁소 젊은이에게 가지고 가곤 했을 정도로 가깝게 지낸 사이라 믿고 부탁했었는데…….

한국에서 두 번째로 큰 대형 e마트가 내 아파트를 마주하고 있다. 마침 그곳에 세탁소 크린토피아가 입주했다. 난 아들의 와이셔츠를 한 아름 안고 찾았다. 크린토피아에는 젊고 잔잔한 말씨와 쌍까풀 눈에 예쁜 여인이 사장이었다. 그 후론 아들이 노는 날 찾아오라고 부탁하니 아주 쉽게 생활사가 풀렸다.

바로 연이어 수선집도 생겼다. 그리하여 유행 지난 긴 코트와 넓은 바지통을 수선할 겸 크린토피아와 나란히 자리한 수선집을 찾았다. 그런데 그 솜씨가 동네 세탁소 수선과는 견줄 수 없을 만치 탁월했다. 하여 아들의 옷도 내 옷도 무조건 새 옷이 되고 맞춤같이 정확한 치수와 모양새로 리폼되니 수선하러 가는 게 아니라 옷을 새로 맞추는 기분이 되어 버렸다. 정말정말 TV에 추천하고픈 생각이 들 정도다. 이렇게 마음에 쏙 드는 크린토피아 인천 연수점과 수선집! 돈을 지불하는 손님이지만 늘 감사한 마음이 들었다.

기도날짜가 한 보름 잡혀 열심히 법당을 오고가니 마트는 물론 크린토피아도 찾지 못했다. 옷이 나왔다는 문자가 오면 바로 찾곤 했다. 그러던 것이 보름이 넘도록 가질 못했다.

어느 날 핸드폰문자를 확인하니 낯선 두 통의 문자가 와 있었다.

'어디 편찮으세요? 궁금해서 참다가 문자 넣습니다.'

'선생님 별고 없으시죠? 너무 궁금합니다.'

어안이 벙벙했다. 한참을 생각해 보니 크린토피아 김인숙 사장, 또 수선 전문점 무뚝뚝한 박영근 사장님이 문자를 보낸 것이다. 순간 눈물이 왈칵 쏟아졌다.

'세상에나! 세상에나 이런 일이!'

10년 단골보다 서너 달 새내기가 나의 안부를 묻는 문자를 주다니, 요즘 세상엔 대형화된 상거래만 있는데 이런 날벼락이, 이건 변고다. 어떻게 대형마트 세탁소, 수선집에서 그저 세탁만 해 가는 노인의 안부가 궁금했을까. 대형마트란 복잡다단하고 바쁜 하루하룬데 두 사람이 동시에 안부를 묻다니! 지금 세상에 변고가 아니고선, 초현실이 아니고선 있을 수 없는 일대 사건이다.

이웃집에 노인이 안 보이고 심지어 죽어 썩어가도 모르고 지나치는데, 어린아이를 모질게 때리고 구박해도 신고조차 안 하는 인심인데, 대형마트의 크린토피아 세탁소와 수선집, 그것도 새파랗게 젊은 김인숙, 박영근 두 사장님께서 노인의 안부가 궁금했다니 참으로 벼락을 맞아 회생하는 내 기분 아실런지!

실버들 늘어진 청계천에서 빨래, 정릉 골짜기에서 때를 벗기던 50년대, 그 시절이 그립고 냇가 빨래터가 그리운 나였다. 이 버려지지 않는 허름한 추억이 두 분, 두 통의 문자메시지가 열리는 순간 난 벼락에 맞아 추억은 몽땅 재가 되어 미련 없이 날려 보냈다. 그야말로 골이 산뜻하다.

한 곳이 비면 한 곳이 차고, 한 곳이 차면 한 곳이 빈다든가? 아직은 우리 주위에 이렇게 이웃을, 손님을 자신의 부모같이 염려하고 사랑하는 이웃이 있었구나! 다만 '니들이 장사나 하지 뭐 대수겠냐' 하는 선입견이 있다. 그러나 세상은 고루 존재하고 있었다. 모두 따뜻이 내 자손 내 부모의 생활 터전으로 살갑게 마주하고 염려한다. 부모 형제 자매가 멀리 있어 소원한 자손 친척보다 소중하지 않은가. 아직도 '할 일이 남은' 내 나이가 고맙게 여겨지며, 김인숙 사장님과 박영근 사장님을 본받아 나도 연락이 없는 지인에게 문자를 넣어야지.

기억도 흐린 지난 세월은 모두 놓아버려라! 날려 보냈다. 연수이마트 크린토피아, 활짝 웃을 때 살짝 내비치는 금빛 김인숙 사장님! 잔잔한 미소마저 아끼는 조용한 수선집 박영근 사장님! 그들의 환한 미소가 나의 청계천이요, 잔잔히 흐르는 인정이 정릉의 해 맑은 냇물이라 생각하니 세탁물이 없어도 매일 마트에 갈 때마다 들러본다.

김인숙 사장님의 맑은 웃음에 내 마음도 세탁되고, 박영근 사장님이 보내는 인정에 내 삶이 재생된다.

감사합니다.

무서운 불

남향의 아담한 집 뜰에는 기화요초 향기가 그윽하고, 정지에선 고기 굽는 냄새 맛나고, 사랑에선 글 읽는 소리 낭랑하고, 안방 TV 보는 올망졸망 새끼들의 웃음소리에 자지러지는 어른.

인간은 잠시 행복했다가도 그 뒤엔 언제나 이별 괴로움 근심이 행복보다 빠르고 길게 공존한다.

이곳은 죽음이란 거대한 불기둥 속에 놓여 있다. 이 절대고통에 노출시키지 않으려는 우주의 대법칙이 불행과 행복의 순환작용이 아닐까.

이 불은 인간의 육체로서는 감지할 수 없는 쾌적한 안락이라 칭한다.

따라서 인생은 모든 것이 함께 타는 '모닥불' 이다.

이현구

"누나 내 입출금 명세서 보세요."

"뭐 명세서?"

"네."

"뭔 일 있냐?"

"네. 제가 간암으로 항암치료 중인데 병실에 있으면서 누워 곰곰이 생각해 보니 난 늘 받는 삶만 살았어요. 오래 전 카드빚이 있었어요. 쪽방에 살다 보니 사실 그 빚은 잊고 살았습니다. 이제 시한부 인생을 살아야 할지도 모르는 처지에서 어떻게든 그 빚만은 갚고 가야 한다고 마음이 조급해지더군요. 그래 수소문하니 자산관리공사로 넘어가 있더라구요. 제 발로 그곳을 찾아갔지요. 제 담당자와 상담을 하니 10프로만 갚으면 된대요. 그래서 일 년에 분할해 갚기로 했습니다. 그런데 어떤 채권자가 빚을 받기 위해 소송한 적이 있었는데 그 소송비용이 십삼 만 원이래요. 그러니 그 돈도 갚으라 해서 그 돈도 나눠서 갚겠다고 약속했습니다."

이 말을 들은 난 명치끝이 먹먹해서 숨을 쉴 수가 없었다. 수백 억을 두고도 세금을 내지 않기 위해 위장하는 부자가 떵떵거리는 세상인데, 1980년대 허름하고 힘없어 이유도 모르고 끌려가 온갖 고문으로 폐인이 되어 일을 하고파도 받아주지도 않거니와 몸이 만신창이라 살아 있는 것이 죽는 이만 못했다. 가족이 없으니 억울함을 호소할 수도 없이 살아온 십수 년, 쪽방에서 죽지 못해 연명해 온 올바른 현구가 아닌가. 현구는 한때 매일경제신문에 소개되었던 입지전적 인물이다. 이를 어쩌나!

나에겐 돈이 없다. 효자 자식들 덕에 편히 지내는 나에겐 삼백 십삼만 원은 집 한 채 값과 같은 가치를 지닌다. 그러니 어떻게 이 알뜰하고 올바르고 양심적이고 슬픈 현구 동생을 도와줄 수가 있는가!

현구는 6.25 때 부모님과 삼팔선을 넘어 남한으로 피란오던 중 양부모가 눈앞에서 총탄에 맞아 죽어가는 모습을 울며불며 소름끼치는 무서운 저녁을 넘겼다. 그때 현구는 세 살, 마침 같이 피란오던 이웃집 아저씨 내외 손에 이끌려 무사히 남한으로 와서 고아원에 맡겨졌다. 다행인 것은 고아로서 걸맞지 않게 생년월일 양부모 함자 고향 주소 전주이씨라는 근본을 알고 살 수가 있었다.

현구는 기초생활연금 사십구만 원 중에서 매달 오만 원씩 갚아나가고 있는 것이다. 그중 쪽방 세 값 이십만 원, 밥값 기타 등등 다행히 일년 항암치료비는 국가가 부담하지만 그 이후는 치료를 중단해야 한다. 현구는 빚을 갚는 것이 얼마나 행복하냐고 만면에 웃음이 가득하다.

그 후 오랜 시간이 흘렀는데도 웬지 난 지금도 죄진 사람처럼 떨고 있다. 난 잘 먹고 잘 입고 아파트에서 샤워하며 살고 있다는 것에, 왜 그 짓을 하냐고 나무라니,

"누나, 난 이렇게라도 빚을 갚는 게 행복해. 밥은 부지런하면 공짜로

얼마든지 해결할 수 있어."

하고 어린아이같이 웃는다. 난 내 죄를 속죄하듯이 현구 손을 꼭 쥐었다. 진정 고통 뒤에 오는 행복을 실지로 증명해 주고 있구나! 현구는 냉큼 일어나더니,

"누나! 누나 어깨 주물러 드릴께. 난 49가지 내가 할 일 중에 엄마 팔다리 주물러 주는 거 해 보고 싶은데, 난 누나가 엄마니 누나 그래도 되지?"

"그래 누나 어깨 힘껏 주물러라 꽤 부렸단 봐라."

난 웃음으로 눈물을 대신했다. 이렇게 반나절을 보내고 전철로 현구를 보내고 돌아오는 중 난 정말 세상이 싫고 모두 작살내고 현구만 살아있으면 좋겠다고 염불하며 한없이 하늘만 쳐다보고 있었다.

"현구야, 너는 진정 사람이다. 현구야, 넌 진정 어른이다. 현구야, 넌 진실한 현자고 해탈의 길을 가고 있구나! 미안하다. 누나로서 해줄 게 없구나. 젠장!"

이런 현구가 아무리 메일을 보내도 받아주는 이가 없다.

"누나, 나 죽으면 누나도 모를 거야. 누가 내 부음을 전해 주겠어. 소식 없으면 나 울 엄마에게 간 줄 아세요. 누나!"

"현구야, 넌 진정 내 아우였더란 말이냐. 이렇게 너를 그리워한다. 보고 싶다 현구야. 엄마에게 갔으면 참으로 행복하겠다! 현구야, 날 미워해도 감사한다."

이현구의 찬란한 삶에 찬탄합니다. 나 죽어 이승을 떠나도 현구의 아름다운 심성은 절대 잊지 못합니다. 사랑합니다. 사랑했습니다. 사랑합니다. 나무.

현구 메일을 감히 여기서 밝힌다. 현구보다 많은 지식과 지혜 있는 자

를 난 아직 만나본 적 있었던가. 하여 내 자랑 겸 으스대며 밝힌다. 이메일 사건은 일생일대의 가장 소중한 만남이었다. 나에게 수필 참고 자료를 꼼꼼히 기록해 보내줬다. 이 세상 어디에서 이런 동생의 지혜를 만나겠는가!

난 도저히 이 기록을 참고조차 하질 못했다. 부모형제 밑에서 고이 자란 난 현구만한 고통이 없어서 현구 같은 지혜를 터득 못했다. 고통은 인간을 스승 되게 한다는 인증과 함께 불법에 귀의한다. 문사수 법당에서 현구를 만났으니 가피를 나 혼자만 입었단 말이냐! 나무.

이현구 메일

두툼한 사전을 펴놓고 아무리 뒤적거려 보아도 'Hummalism' 이라는 단어는 보이지 않습니다. 그도 그럴 것이 미국의 여류작가로 노벨 수상작 'The good earth' 를 쓴 Pearl Buck이 수필을 쓰면서 세상에 없는 말을 만들었기 때문입니다. 펄벅 여사가 인간을 의미하는 Human과 동물을 가리키는 Animal의 두 단어에서 Human의 'Hum' 과 Animal의 'Mal' 을 취합聚合해서 'Hummal' 을 만들고 여기에다 주의主義라는 'ism' 을 붙여 만든 단어가 바로 'hummalism' 입니다. 펄벅 여사에게 이 단어를 만든 이유를 묻자 그녀의 대답은, "사람이 짐승에게 주는 사랑을 말하고 싶어서"라고 했답니다. 그러므로 Hummalism은 짐승에게 주는 사람의 사랑을 의미합니다.

겨울에 우리가 흔히 이야기하는 소위 까치밥은 과일을 수확할 때 전부 따지 아니하고 높은 가지에 있는 것을 남겨 놓는데 이 과일을 이르는 말입니다. 이렇게 하는 이유는 따기 힘들어서가 아니고 눈 덮인 추운 겨울에 새들의 먹이를 생각해서 일부러 그대로 둔 것입니다. 이런 마음을

Hummalism이라고 합니다.

옛날 조선조에서 정승만 18년을 했다고 하는 황희 정승이 길을 가다가 두 마리의 소가 일을 하고 있는 것을 보았습니다. 정승은 밭을 갈고 있는 주인에게 가까이 다가가더니 귀에다 대고 소곤소곤 이야길 했습니다. 그러자 주인도 정승의 귀에다 대고 소곤소곤 이야길 했습니다. 이것을 본 사람이 하도 이상해서 정승에게 여쭈웠습니다.

"도대체 농부에게 무슨 중요한 말씀을 하셨기에 귀엣말을 하셨습니까?"

정승의 대답입니다.

"어느 소가 일을 더 잘하느냐고 물었습니다."

그런 시시한 질문을 하시면서 대단한 말씀이라도 하시는 것처럼 귓속말을 하셨느냐고 하자 황희 정승은 정색을 하시면서 이런 말씀을 하셨다고 전해집니다.

"시시한 이야기라니요? 아주 중대한 이야기입니다. 만에 하나라도 내가 이야기하는 것을 소가 알아듣는다면 일을 잘하지 못한다는 소는 얼마나 상심되겠습니까?"

하찮은 짐승의 마음까지도 이렇게 배려하며 산 사람들이 우리 민족입니다. 그런데 언제부터인가 이 곱디고운 마음은 증발하고 자기 자신만 아는 짐승 비슷한 사람들이 되고 말았습니다.

얼마 전에 우리나라 대선이 끝났습니다. 대체로 2030세대는 야당 지지가 많았고, 5060세대는 여당지지가 많았던 것으로 나타났습니다. 이런 것을 두고 일부 지각 없는 젊은이들이 나이 드신 분들의 여당 지지가 많았다는 빌미로 "노인의 지하철 무임승차를 없애야 하고 노인에게 자리도 양보하지 말자"고 SNS에서 선동하고 있습니다.

노벨 문학상을 받은 프랑스 작가 르 클레지오는 2007년도에 서울에서 이화여대 초빙교수로 있었는데 그분은 어느 자리에서 이런 이야길 했다고 합니다. "서울 지하철이 노인들에게 무임승차시키는 것 아주 마음에 든다"고. 연세 드신 분들을 위하는 것으로 보였던 우리 사회가 아마도 좋아 보였던 모양입니다.

2003년 8월에 프랑스에서 약 15일 사이에 폭염으로 1만 명 넘게 세상을 떠났습니다. 75세 이상 혼자 사는 노인이 대부분이었고, 에어컨도 없는 집에서 무더위와 싸우느라고 냉장고 문을 활짝 열어놓고 버티다가 쓰러지고 말았습니다. 당시 프랑스 언론은 '노인들을 죽인 것은 노화老化가 아니라 고독'이라고 하면서 노인을 잘 모시는 아시아의 경로사상을 배워야 한다고 했습니다.

글쎄요. 아시아 경로사상은 아직 퇴색하지 않았는지는 모르나 우리나라 경로사상은 많이 시들었다고 보여집니다. 왜냐고요? 얼마 전 우리나라의 어느 교수는 경제학자의 예측이라면서 '2030년대에는 노인 암살단이 생길지 모른다. 사실 노인은 사회적 비용만 늘리는 잉여인간이 아니냐'고 당당하게 발언하는 작금昨今이기 때문입니다.

세상은 어디로 가든지 우리 법우님들이 가야 할 길은 자비의 길입니다. 오늘도 부처님께서는 말씀하십니다. 대자비로 몸도 마음도 약한 분들을 먼저 수발하라고. Hummalism의 고운 마음을 재생시켜 쇠약해진 노인을 뜨겁게 사랑하는 진정한 문사수 법우님들이 되십시다.

현구 합장.

생텍쥐베리의 '어린왕자'에는 이런 대화가 있습니다.

"세상에서 가장 어려운 일이 뭔지 아니?"

"흠, 글쎄요…. 돈 버는 일? 밥 먹는 일?"

"세상에서 가장 어려운 일은 사람이 사람의 마음을 얻는 일이란다. 각각의 얼굴만큼 다양한 각양각색의 마음을…. 순간에도 수만 가지의 생각이 떠오르는데 그 바람 같은 마음이 머물게 한다는 건 정말 어려운 거란다."

좋은 생각에 부지런 하십시오. 생각에서 말이 나옵니다. 부처님은 우리의 생각하는 것에 더 넘치도록 경영하십니다. – 현구 생각 –

나무아미타불 나무아미타불 나무아미타불 나무아미타불 나무아미타불 나무아미타불 나무아미타불 나무아미타불 나무아미타불.

자녀들 건강 영희 누나 행복 기원 올립니다.

누나 사랑하는 동생 현구 합장.

현구는 부모 그리워함을 다음과 같이 토했다. 얼마나 엄마가 그리웠을까? 현구야 엄마 만나러 갔냐?

아아 세상에 어느 누가 가장 귀한 부자인가
이 세상에 어느 누가 가장 가난한가
부모님이 살았을 때 가장 귀한 부자이고
부모님이 안 계시니 가장 궁한 가난일세
어머님이 살았을 땐 밝은 낮과 같더니
어머님이 안 계시니 해가 저문 밤과 같네
어머님이 살았을 땐 마음 든든하더니만
어머님이 안 계시니 세상이 텅 비었네.

왕생극락 나무.

그 선달 그믐

선달 그믐, 아침부터 설날 아침상 마련을 서둘렀다. 삼색과일 오색나물 북어 산적감 고기 갈비, 친정아버지가 좋아하시는 굴비, 부모님께 드릴 설빔 더하여 이모의 로션까지. 보따리를 최소한 줄이고 줄여 싸 놓고 일찍 잠을 청했다.

용현동 시외버스 터미널에서 천안행 새벽 첫차 삼화고속버스를 탔다. 두 시간만에 천안 고속버스 터미널에 내렸다.

바로 옆에서 서울서 오는 충남여객 빨간 버스를 탔다. 벌써 발 디딜 틈 없이 만원이다. 그런데도 천안에 정차했다. 운전석 본넷트 위에도 승객과 짐이 가득 빈틈이 없다.

난 무남독녀, 난 친정엘 이 시간에 꼭 가야만 한다. 내 부모님은 이북에서 피란 나왔다. 딸 하나가 유일한 설날 객이다. 어떻게든 이 시간에 꼭 가야 차례상을 차릴 수 있다. 설날시장 보기도 내가 봐가지고 가서 차려야 한다.

매서움이 발동했다. 쑤시고 들어가 운전석 의자 바로 뒤에 섰다. 짐은 운전수 왼쪽에 억지로 놓았다.

천안서 공주로 가는 길은 비포장도로다. 게다가 빨간색 충남여객은 유별나게 출썩거리기로 유명하다. 오늘은 객이 꽉 차서 요지부동이라 그럴 염려는 없다.

승객이 텅 비어 몇 사람 없으면 뒤에서 앞으로 구르고 뒤꿈치를 들지 않으면 허리가 나갈 정도로 마구 뛴다. 그래서 한 미국 사람은 한국 가면 절대로 빨간 버스는 타지 말라는 웃지 못할 일화가 있다.

천안서 공주를 가려면 차령고개를 넘게 된다. 고개를 넘자마자 첫 동리가 나온다. 그곳에 내리면 동리에 기와집이 높다랗게 내려다보인다. 그곳이 내 친정이었고, '불이수도원不二修道院' 이다.

1980년대엔 충청도 지방도로는 거의 비포장이었다. 하여 버스가 어디서나 우당탕탕 달린다. 그러나 수십 년 된 아름드리 플라타너스가 하늘은 가리고 가로수로 끝없이 이어졌다. 플라타너스는 하늘길 도로 중앙에서 만나 플라타너스 터널을 이루었다. 그 터널을 달리는 버스의 요동쯤은 대수롭지 않을 정도였다. 하여 이 장관을 경험하려는 여행객은 휴일이면 줄을 이었다. 일부러 고속도로를 피해 국도를 이용했다. 가을엔 코스모스가 흙먼지 속에서도 해맑았다. 차령고개는 그 이름만큼 아슬아슬한 묘미도 있었다.

버스가 아무리 출렁출렁 덜컹덜컹 허리가 요절날 지경이라도 어느 누구도 천천히 가자는 승객은 아무도 없다. 만일 그러면 핀잔은 물론 토박이 승객의 눈총으로 서울사람이 시골 무지랭이가 되어 무식하다는 면박을 받는다.

그도 그럴 것이 서울사람 말대로 가다간 어느 천년에 목적지에 닿을지 모르니 버스가 부서져라 달릴 수밖에 없다. 그러니 잘난 척 사정도 모르는 얄궂은 인색한으로 몰리는 것이다. 이곳에선 무조건 운전사의 편만 있지 승객의 편은 없다. 시골인심이 그땐 그랬다. 운전수의 시간과의 싸움을 응원했던 것이다.

첫 정거장 인풍리까지 가는 30분 동안은 300분의 시간을 거쳐줘야 했다. 여름도 아니고 가을도 아니니 고통을 바꿀 풍경은 아무것도 없었다. 오직 친정부모가 추운 거리에서 날 기다릴 것만 생각해서 고통쯤은 즐거움이라 생각했다. 그러면서 "왜 좋은 집 좋은 땅 놔두고 이런 곳에 왔담! 내가 미쳤지. 안 올라오면 그냥 있지. 왜 이 개고생인지" 하면서 입 밖으로 말을 뱉어도 시끄러워 누구 하나 나를 쳐다보는 사람은 없다.

그러나 내리는 것이 문제다. 문으로 내리기는 언감생심이다. 내리는 사람이 없으니 어떻게 내리나, 하니 "정한까지 가서 되돌아오지!" 한다. 나는 그럴 수 없다. 정한도 모르고 도통 이 동리 지리도 인심도 모른다. 할 수 없이 "아저씨 제가 부모님이 편찮아서 신새벽에 왔는데 지금 빨리 가봐야 합니다. 제발!"

그러자 기사 아저씨는 시동을 끄고 운전석에서 껑충 뛰어내리더니 나를 운전석을 통해 내리라고 한다. 너무 고마워서 뛰어내리는데 앞으로 고꾸라졌다. 그래도 웬지 모를 승리감에 으쓱, 얼른 일어나 아저씨께 구십 도로 인사하고 승객에게도 목례를 했다.

버스는 훌쩍 떠나고 나만 적적한 38번국도, 차령고개 밑에 남았다. 정신을 가다듬고 찬 공기를 후—욱 마시며 둘러보니 산천이 모두 하얗다. 간밤에 눈이 내려 천지가 하얗게 변해 있었다.

'불이수도원' 을 바라보니 하얀 연기가 오르고 집주위의 작은집에서도 아침 짓는 연기가 올랐다. 그땐 모두 불을 때서 밥을 지었다. 그 광경을 보니 더욱 초조해졌다. 큰 보퉁이는 이고 작은 보퉁이 둘은 양손에 들었다. 큰 보퉁이는 가운데가 움푹 패어 내 머리 위에 잘 있다. 그러나 내 시야를 가린다.

하지만 거칠게 없는 시골길이요 동리다. 개새끼조차 얼씬 안 하니 곧장 냇가 따라가면 된다. 작은 다리를 건너니 솟을대문 집 앞에 사람이 보인다. 천지가 하얀데 하얀 모습의 사람이 보인다. 손을 흔든다. 나는 손을 흔들 수가 없다. 하여 한손의 보퉁이를 들었다 놓았다 했다. 자세히 보니 친정아버지다.

"아버지!"

이때 처음 나는 아버지라는 말을 간절하게 정답게 진짜 아버지로 생각하고 부른 것이다. 40평생 처음이었다. 나도 '아버지' 하는 순간 눈물이 주루룩 흘렀다.

아, 엄마도 아닌 아버지가 내가 올 줄 알고 나와 계셨구나. 저 동저고리 바람으로―. 내가 올 줄 어찌 아셨을까. 아, 내가 그래도 신임을 얻고 있긴 했구나. 아니 내가 오지 않아도 아마 아버진 누군가 오기를 기다리며 쓸쓸한 그믐을 새벽부터 달래고 계셨을 수도 있다.

아버진 가족 피붙이가 하나도 없다. 이북에서 1.4후퇴 때 급히 처갓집 식구만 데리고 나오셨다. 아! 이제 아버지도 늙으셨구나! 이리 생각되니 난 엉엉 울면서, 흐느끼면서 "아버지! 아버지!" 하며 백 미터 되는 거리를 눈길에 엎어질듯이 고꾸라지듯이 다가갔다.

차분한 목소리로 "네가 올 줄 알았다"고 반겨준다. 난 이때 처음 이 세상에서 나도 친정아버지의 신임을 받고 있다는 생각을 생전 처음 느꼈다. 머리 위 짐을 내려주시며 "고생 많았구나! 고맙다."

이것이 내가 들었던 아버지의 따뜻한, 평생의 한 말씀이시고 유언이 되어 버렸다. 아버지는 당년 67세로 그해 여름 운명하셨다.

아버지!

낭랑십팔세, 나도 그곳에 있었는데

고모가 여섯이나 되었다. 하나밖에 없는 장손의 뒷바라지는 막내고모 차지일 수밖에 없었다. 대가족의 일손은 언제나 부족하지만 귀한 꼬맹이를 씻기고 재우느라 그림자처럼 막내고모는 조카를 따라붙어야만 했다. 밤이면 희미한 등잔불 밑에서 고모는 밤이 이슥하도록 혼수로 가져갈 수저집, 베갯모, 이불깃, 횃대보에 수를 놓았다.

밤새는 줄 모르고 수놓는 고모의 콧잔등엔 송골송골 땀이 맺히고, 조카는 신기하게 매일 밤 그 모습을 지켜보느라 잠을 잊곤 했다지. 고모는 수를 놓으면서 연신 똑같은 노래를 매일 밤 불렀다.

아마도 잔칫날 신랑 매달 때 새색시 노래 한 자락을 들으려 신랑의 발바닥을 마구 사정없이 때리며 새색시 빨랑 나와서 노래하라고 하는데 그 때를 대비해 써 먹을 노래를 연습했으리라.

"나는 가슴이 울렁거려요. 오, 열일곱 살이에요오－."

"고모 왜 가슴이 울렁거려?"

"아이 시끄러! 가사 까먹었잖아!"

"?"

"나는 가슴이 울렁거려요. 열일곱 살이에요. 가만히 가만히 오세요. 요리조리로오—. 당신만—."

"고모! 왜 가만히 오는데 또 요리조리는 뭐고?"

"야, 너 잠 안 자? 넌 잠도 없냐? 자."

"나는 가슴이 울렁거려용. 음, 음."

고모는 연신 삼단 같은 머리채의 머리를 살짝살짝 흔들고 아래 위로 까딱까딱거리며 박자를 헤이는데, 눈까풀이 얄픗하여 쌍꺼풀이 질락말락한 눈을 동그랗게, 입꼬리를 살짝 올려 웃음을 만들며 앵두 같은 입술을 오물오물 고개를 갸웃갸웃해 가며 마치 어른들 몰래 보지도 못한 정혼의 청년을 만나러 나가는 심정인지….

"가만히 가만히 오세요. 요리조리로오—."

계속해서 열심히 노래를 익힌다.

이렇게 여러 날이 흐르면서 자연히 총명한 조카는 그 노래를 따라 익히더니 드디어 홍이 나서 고모도 아랑곳없이 발장단을 흔들고 방바닥을 치면서 유행가 가락에 스스로 빠지고 고모의 연습에 홍을 돋우게 되었다.

어느 날은 낭랑십팔세가 고모의 오색실에 흘러들며 곱게 수틀을 메워 가는데 조카의 홍가락은 할머니의 육자배기 노랫가락이 되어 고모의 낭랑십팔세는 자연히 옆으로 빠진다.

"아야— 야아!"

고모는 그만 무엇에 들킨 듯, 꿈에서 놀라 깨듯, 냅다 화증을 내고 급기야 바늘에 찔린 손끝을 입에 대고 쪽쪽 핏물을 빤다.

밤은 이슥해 뒷산 접동새, '접동 접동 아우라비 접동.' 먼 산 여우,

'우—우— 캥—캥—.' 조카가 저녁으로 먹은 보리밥 꽁탱이 부글부글, 연신 구린 냄새로 고모코를 괴롭히면 고모는 후딱 일어나 "알았다 알았어 에이 요놈아" 하시며 앞장서서 텃밭으로 나갔다.

달도 별도 없는데 희뿌연 싸래기 눈은 언제 내렸는지—. 별빛에 의지해 나는 볼일 볼 터를 잡고 고모는 저만치 서서 나 여기 있다는 신호로 홑적삼에 팔짱을 끼고 그 가슴에 얼굴을 묻고 덜덜덜 추위에 떨리는 목소리로 "나는 가으스으미이이 울러어…" 연신 유행가를 불러대다 "아이구 치워라 웬 똥을 그리 오래 누냐!"

노래도 뚝 그치고 밤은 고스란히 무덤이다.

"고모, 가지 마 응?"

"걱정 마, 나 여기 있어."

똥도 추위를 타나, 아니면 무섬증이 있는지 똥문 앞에서 뽀롱뽀롱 신호만 보내고 영 문밖을 안 나오는데 급히 힘을 주는 순간, "귀신이야!" 소리치며 고모가 냅다 안채로 달린다. "엄마야!" 고성과 동시에 구린 똥놈이 때맞춰 찍— 속옷을 적시고. 속옷도 추키지 못한 꼬맹이도 냅다 뛰고….

이튿날 아침, 아랫도리 알몸인 채 오줌싸개마냥 이불 속에서 마음만 졸이는데 "아 저것이 또 어린 것을 놀래켰구먼!" 언제나 내 편인 할머니의 막내딸 꾸중하시는 호통소리에 식구들은 주눅이 들지만, 고모의 웃음소리는 아침 햇살과 더불어 차랑차랑 집안을 돌아친다.

가만히 창호지 뚫린 구멍 사이로 밖을 살피니 엄니는 똥 묻은 내 속옷을 슬그머니 움켜쥐고 살얼음 낀 냇가로 가신다.

꽃피는 봄날 '낭랑십팔세' 꽃가마에 꼬맹이와의 그 숱한 밤을 정으로 남기느라 밤을 새워 무지개를 수놓은 수예품을 고이 싸서 고모는 시집가시고. 할머니 어머니도 그 고모같이 평생 고운 수를 놓다 '귀신이야!' 소리쳐 줄 막내고모 없어 도망치지 못하고 외딴 손에 이끌려 대문 밖을 나가시고…. 고모만한 딸을 아버지의 그림자 같은 옛 추억에 싸서 시집보내고, 이제 별이 뜨면 별 속을, 달이 뜨면 달 속을 헤맨다.

그 대문 높고 마당 깊은 집 텃밭에 내린 청정한 싸래기 눈도 본 지 오래고 포근하게 그 밤바람에 날리던 아시한 보리밥, 뒷간 냄새, 고고했던 어른의 모습, 따스한 어머니의 정, 모두가 바로 어제 같건만….

만날 수 없어 그리움에 기억을 더하고, 그 냄새 더듬다 길을 놓치고. 이 깊은 겨울 온밤을 서성이다 미쳐서 심장 밖을 탈출한 응어리 붉디붉다는 사연 전해 듣고, 나도 휘영청 달밤 홀로 그리움을 달나무(月木)에서 꺾었다.

치과에서

[꽁트]

"정치주 씨?"

"네―."

"들어오세요."

나보다 먼저 예약된 환자가 치료실로 들어간다. 치료의자에 눕혀진다. 무영등無影燈이 환자를 내려다본다. 환자는 눈을 감는다. 나는 바로 치료실이 들여다보이는 곳에 있다.

나도 그 노인이 하고 있을 행동을 상상하며 고스란히 따라 한다. 전날 내 경험으로 무영등이 마치 메뚜기가 눈을 부라리며 나를 쏘아보는 것 같아 눈을 감아버린 기억에서 일어나는 반사적 행동이다.

인하대학병원 치과 치료실엔 치료의자가 열다섯 대가 있다. 치의예과 박사 세 분이 계시는데 분야별 닥터 한 사람이 몇 명의 수련의 전문의 간호사 보조원 기타 인원이 배정되어 다섯 의자의 환자를 담당한다.

대체로 치료실에는 환자수와 의사수가 거의 같다. 뉘이진 환자 5명과 그에 배당된 전문수련의 보조간호사 하여 분야별로 5명 이상이 담당분

야공간에서 질서정연이 맡겨진 일을 감당한다. 마치 깊은 바다 밑에서 보물을 캐며 스쿠버다이버들이 수신호를 주고받는 것과 같다.

수련의와 간호사는 환자와 주치의의 손놀림에서 잠시도 눈을 떼지 않으며 주치의가 손을 내밀면 무표정하지만 긴장한 눈빛으로 기구를 건네준다. 이 모든 것이 마스크를 쓴 상태에서 일어난다.

인하대학병원 치과엔 '악안면치료 전문의 김박사' '보철전문의 안박사' '임플란트 전문의 오박사' 등이 각각 다섯 대의 치료의자 환자를 책임진다.

지금 나는 임플란트 시술이 뛰어난 오박사의 시술을 받으려고 대기 중이다. 그러나 오박사 명성에 걸맞게 임플란트 시술을 받는 환자 말고도 일반 환자도 많다.

특히 내가 이곳을 다니기 시작하며 자연히 알아진 것은 치과 환자 대부분 환갑이 가깝거나 제법 살 만한 경로증을 발급받은 연세의 노인이 환자의 주류를 이룬다는 점이다.

노인의 특성은 가족을 벗어나면 말이 많다. 특히 의사님들 앞에선 미주알고주알 자신을 변명하고 자랑을 늘어놓는다. 의사한테 치료를 받으러 온 것인지, 교육하러 온 것인지 마치 의사에게 자신이 명의인 양 잔소리가 많다. 일반적으로 동리에서 명의가 되려면 이들의 넋두리마저 정직하게 들어주는 것이 첫 번째 요소라고 볼 수 있다.

드디어 노인의 치료 차례다. 오박사가 의자에 앉자 진찰 기구를 오간호사로부터 건네받으며 마스크를 살짝 내리며, "자 입을 크게 벌리세요. 아프면 아프다고 왼손을 드세요!" 하며 금속물질을 입속에 넣는데 의사의 말이 떨어지자마자 노인은 "네ㅡ" 하고 침을 꼴깍 삼키는 소리가 나한테까지 들린다. 의사의 말소리는 메아리로 울릴 만큼 공간은 적적하지만 긴장감은 이루 말할 수 없다.

"말을 하지 말고 왼손을 드세요!"

벌린 입속에 '드르륵— 지지찍—' 치료를 시도한다.

"아! 네—에."

의사는 화들짝 치료기를 뺀다.

오박사는 기가 막힌다는 듯 치료기구를 '탱그렁' 내려놓으며 한숨을 푹 쉰다. 그러다 다정히 한 마디 한다.

"아주머니 말을 하지 말고 왼손을 살짝 드세요오—?!"

옆 의자에 누워서 자기 치료차례를 기다리는 50대 여인이 마스크를 쓴 의사가 웅얼대는 말소리와 행동상황을 긴장 속에 지켜보다 고개를 돌리며 '픽—' 하고 웃는다.

동시에 그 여인의 눈이 간호사의 눈과 마주친다.

"왜 웃으세요?"

마침 노인치료 다음의 순번인 여인에게 턱받이를 채우던 B간호사가 묻는다.

"사람이 입을 벌리면 말을 하게 마련이지요?"

"네."

"그런데 선생님은 마스크를 쓰고도 말을 자유자재로 하는데 입을 맘껏 벌리고 누워있는 노인은 한 마디도 하면 안 되니까?"

어깨를 으쓱 입을 막고 키득키득거리며 이 간호사를 올려다본다.

"… ?…."

"사람들이 좋아하는 것 필요한 것을 밀어 넣거나 확실히 뱉는 것인데—, 치과에 무영등 아래 앉는 순간부터 잔뜩 긴장되어 무엇이든지 의사에게 말을 걸고 싶은데—, 의자에 뉘어놓고 사람의 오묘한 진리를 표출하는 입의 권리를 단숨에 봉쇄합니다. 안 그래요? 이 간호사님!"

"네에— 네?"

간호사는 말을 미처 이해하지 못한 듯 어리둥절하다 치료실이 순간 찬물을 끼얹은 듯 조용하다. 한 걸음 밖에서 이름이 호명되기를 기다리고 있는 치과치료실의 미묘한 분위기로 한층 긴장되었던 내가 드디어 입을 막고 "훅" 웃음을 터트렸다. 이어 나도 모르게

"어머머, 치과 되게 웃기네."

그러자 지친 수련의 간호사들이 무대대사를 뒤늦게 이해하고 웃는 것처럼 하나둘 '킥, 킥' 댄다.

"호호호!"

드디어 애숭이 여자 수련의 웃음을 선두로 여기저기서 웃음이 새어 난다.

"흐흐흐, 키득키득…"

드디어 내 주치의 오박사가 멋쩍어하며 호탕하게 웃어젖힌다.

"오— 그러고 보니 그러네— 하하하…."

치료를 받거나 누워서 치료순서를 기다리거나 치료중인 의사들이 마치 채플린의 무성영화를 보고 킥킥대듯이 여기저기서 웅성대는가 싶더니 치료실 열다섯 대 치료 의자에 누워서 조금씩 긴장이 풀린 듯했다.

환자는 치과 치료의 공포로부터, 병원 종사자들은 노인의 입안만 들여다보며 노다지를 캐는 막장노동에서 해방되는 듯하다. 잠시 뒤 오박사가 드디어 그 50대 여인의 옆으로 의자를 발로 밀며 다가와 방금 간호원이 펼쳐놓은 치료기를 집어 든다.

"아주머니 하신 말씀이 새겨볼수록 재미있고 웃음이 납니다."

그러나 그 말씀도 기계적인 듯하다.

"아프면 왼손을 드세요."

또다시 여기저기서 키득키득 웃음소리가 들린다. 잠시 짜증스럽던 병실분위기가 부드럽게 풀린다. 여인은 왼손을 든다.

"아, 아프십니까?"

여인은 왼손으로 의자 팔걸이를 '타닥' 쳤다.

의사는 환자의 입에서 치료도구를 밖으로 빼고 보조의사도 지글거리며 침을 빨아들이는 기구를 뺀다. 환자가 의사의 가운을 잡아당기자 의사는 마스크를 내리고 말한다.

"어디가 불편하십니까?"

"박사님, 지겨우시죠? 선생님 죄송합니다."

여인의 뜬금없는 말에 의사가 마스크를 턱에 매달고 눈을 커다랗게 뜨며 이내 마스크를 다시 하고 웅얼거린다.

"뭐가 죄송합니까?"

"아, 그렇잖아요. 성형외과 의사들은 젊고 팽팽한 젊은 아가씨들의 예쁜 얼굴과 몸매를 감상하면서 노다지를 캐는데 치과 선생님들은 날이면 날마다 쉬어터진 꼬부랑할망구들 면상을 앞에 놓고 썩은 이빨만 들여다보게 하니 죄송합니다."

"네?"

환자의 말이 끝나자 잠시 뜸을 들여 웅성거리는가 싶더니 오박사부터 '하하하' 정말로 호탕하게 웃어대자 병실 안은 터질 듯 유쾌한 폭소가 한꺼번에 터졌다.

"야, 정말 성형외과와 치과는 낙원과 실낙원의 차이네."

수련의사 선생님들이 근엄하게 쓰고 있던 마스크까지 벗어놓고 배꼽을 잡고 웃는다. 이 순간 인하대학병원 치과에서 웃지 못하는 건 환자에 눌려있는 의자와 치료기구뿐이다.

바보, 바람, 보람

처음 교화위원으로 위촉되고 용인에서 처음 교화위원으로서의 정신 교육을 받았다. 법무부에서 초빙되어진 강사의 강의 내용중 아직도 풀지 못한 것이 있다.

"여러분 재소자와 상담할 때 절대로 눈을 마주치지 마십시오. 그들의 기가 아주 세어서 좋지 않습니다. 그러니 눈을 마주치는 것을 될수록 삼가길 바랍니다."

나는 의아했다. 그러나 모두가 조용한데 질문을 할 용기가 나질 않았다. 뭔지 모를 무거운 돌이 내 가슴을 짓누르고 있는 것 같았다. 아직도 그것을 이해할 수가 없는 나의 숙제로 남았다. 다만 나는 철저히 재소자들과는 친구로서 그곳에서 나의 인생참회는 이어지고 있다. 밖에서 있는 인간은 죄가 없는가?

나는 그들이 더욱 애처롭게 보인다. 왜냐 인간은 인간이 다스릴 수 없다. 다만 법으로 다스릴 뿐이다. 무엇보다 재소자는 그 특혜를 국가로부터 받고 있다. 밖에 있는 인간들은 서로 잘나고 서로 헐뜯으며 참회할 줄 모른다. 일요일 교회나 사찰에 가서 힐링하면 그만이다. 누가 책임지고 생활을 내려놓고 그들을 도와주질 않는다. 그런데 재소자는 이 모든 조건을 최소한 국가가 국민의 혈세로 보상하며 기회를 완전 제공하지 않는가!

처음 교육장에서 그들을 만나니 모두가 고개를 숙이고 어깨는 움츠려 있고 책상 면을 멀건이 보고 있는 것이다. 인사를 해도 눈은 책상을 보고 있었다. 나조차 공연히 움츠러드는 것이 아닌가. 화가 났다. 나는 단호히 말했다.

"여러분 고개를 들어 나를 똑바로 쳐다보세요."

그래도 별 반응이 없다. 두 번 세 번 강조했다. 그리고 내가 받았던 교육내용을 그대로 말할 수는 없지만 고사를 들어 설명했다.

나는 중국드라마를 아주 즐긴다. 이를테면 '랑야방: 권력의 기록' 은 5번 보았다. 그리고 '포청천' 이다. 특히 포청천에서 포천은 눈이 대단하다. 죄인을 심문하거나 관리를 만나거나 그의 눈빛을 보면 절로 고개를 숙이고, '내가 무엇을 잘못했지?' 하고 되돌아보게 한다. 그러면서 인간의 불의를 허락하지 않는다. 곳과 자리를 가리지 않고, 즉 권력 물질의 현장에서 당당하고 탐 · 진 · 치를 여읜 인자함 그 자체다.

나도 그 기를 조금치는 받아서 내가 교육하는 시간엔 나와 수강자는 담이 없고 면식도 없는 그저 생명의 본질로 만나려고 노력하고 있다.

나의 수강생들은 빨리 글쓰기를 익히게 해야 한다고 깨달은 것은 처음 맞는 방학이 끝나고다. 개학을 하니 수강생들이 다 바뀌었다. 얼굴을 훑어보고 울음이 날 것 같아 잠시 나도 책상을 바라고 진정했다. 순간 내색을 할 수 없었다. 지난 학기의 생도는 출소를 한 것이다. 그런데 그들 모두의 글이 법무부 사보 '새길' 에 실렸다. 나는 너무도 기뻐서 축하하러 왔는데 강의실이 텅 빈 것만 같다.

구치소 만남이란 순간일수록 황홀해야 하겠구나! 또한 저 담장 밖에서도 나는 그들을 알지도 일면식도 없는 것이 되어버린다. 그야말로 이 공간의 사건은 바보처럼 잊어야 한다. 그러나 바람은 영원하다.

모두는 어디서나 시를 알고 있고, 시를 썼고, 고료를 받아봤다고 하는 자부심을 갖기를 바라고 있을 뿐이다. 내가 바라는 것은 다만 이 안에 있을 때 늘 글쓰기를 해 보고 싶었지만 생활, 환경, 여건 때문에 상상조차 할 수 없었던 것을 이루고 출소하는 그들의 모습을 상상한다. 그러면서 어떻게 하면 빨리 이해하고 빨리 익히게 할 수 있는가를 초인적 사고로 연구하고 있다.

재소자들도 나를 기쁘게 한다. 그들이 열심히 교육받고 있는 한 나는 행복하다. 이 나이에 별스런 감각이 사라져 가지만 그들을 대할 때 나는 정기를 받고 행복해진다. 재소자들에게 감사한다.

늘 글을 놓지 않고 잠시나마 저에게 보람과 바람을 주고 떠나는 당신들의 뒷모습이 찬란합니다. 감사합니다.

재소자 여러분, 파이팅!

인천상륙작전

＊세월은 피부를 주름지게 하지만 이상을 포기하는 건 영혼을 주름지게 한다. - 맥아더 -

"아저씨 저에게 총을 주세요. 적을 무찌르고 내 나라를 구하게요."

십오륙 세 되어 보이는 한 소년이 흙구덩이에서 발견되었다. 흙투성이 몰골로 사람 같지도 않은 초라하기 짝이 없는 앙상한 소년은 발견되자마자 무조건 손을 비비며 총과 탄약을 달라고 호소했다. 맥아더 장군은 이 처참한 소년을 보고 무조건 이 나라 한국을 구하고 싶었다.

난 1.4후퇴 때 정주에서 피난 왔다. 노인과 아이들 11식구가 온전히 오느라 서울서 더 이상 남하하지 못하고 9.28수복을 서울 돈암동에서 맞이했다. 함포사격이 쏟아지던 날 밤, 전신주 변압기가 폭파되면서 그 파편이 엄마의 젖가슴을 파고들었다. 구사일생으로 엄마는 살아나셨고, 그 후로 궂은날이면 어머니는 가슴의 통증을 호소했다. 나는 어렸지만 파편을 맞은 광경을 고스란히 목격했기에 엄마가 통증이 일면 함포사격을 원망하는 버릇이 있었다.

6,70년대 인천 청량산을 오르면 큰 웅덩이가 이곳저곳에 깊이 패여 있어 자칫하면 산에 나물을 뜯다가 종종 그 구덩이에 굴러 떨어진 적이

있었다. 그때마다 함포사격은 왜 하필 할 일 없이 산에 떨어졌냐고 동무들과 투덜대기도 했다. 말하자면 불평이었다. 지금은 나무가 무성해지고 세월이 상처를 치료해 모두 그 흔적이 없어졌다.

1960년대 대학시절 우리 집에 놀러온 친구들과 산에 오르다 큰 구덩이를 보곤 모두는 '왜 산 정상에 이런 큰 구덩이가 있느냐' 고 물어오면 맥아더장군의 상륙작전시 함포사격으로 파여진 곳이라고 이야길 해 주었다. 동무들도 왜 적에게 쏟아붓지 아깝게 산에 쏘았냐고 반문했었다.

얼마 전 난 일등석 비행기를 타고 미국에 간 적이 있다. 앞의 TV가 큼지막했다. 마침 인천상륙작전 영화가 있어 끝까지 보았다. 보면서 울었다. 마구 울었다. 너무 억울하고 슬프고 답답하였다. 내 잘못된 인식으로 저렇게 숨져간, 저렇게 수고한 외국인이 아무런 이익조차 챙기지 못하고 죽음이 그 보상인 줄 알면서 내 조국에 몸 바쳤다는 생각에 '난 무엇을 했던가' 라는 자책에 빠졌다.

더하여 맥아더장군 동상은 원래가 인천 만국공원에 세워졌었다. 그런데 언젠가 인천상륙작전과 아무런 연고가 없는 송도 성황당자리 아래에 옮겨졌다. 인천상륙작전은 월미도 앞바다 전 세계에서 간만의 차가 가장 크다는 월미도 앞바다에서 작전이 성공한 것인데 송도라니….

차라리 월미도 중앙으로 옮겼더라도, 유적은 그곳이 유적지일 때 역사적 가치가 배가 되고 그 지역 주민의 자랑거리잖은가!

이쯤 살아 비행기에서 영화를 볼 수 있는 것만도 행복이요 찬탄인데, 더하여 인천상륙작전 영화를 보면서 내가 어릴 적부터 가진 모든 잘못된 사고를 반성하고 전환할 수 있어 감사했다. 엄마의 가슴 흉터는 조국의 흉터지만 자랑이요 영광이었음을 이제야 깨달았다.

유엔사령부 장군 맥아더님! 엄마에게 자랑스런 흉터를 안겨주어서 감사합니다.

3살의 비화

"언니 같이 가—."

금방 머리꼭지가 보였다 사라졌다.

황토언덕 그 길에 닭새끼 토끼새끼 염소 송아지들이 와글댔다. 무섭다. 어떤 것 하나 저보다 작은 것은 없다. 더구나 동물은 물론 사람 붉은 흙까지도 세살박이에겐 용암과도 같다. 아기를 귀신의 손으로 끌어당겼다 놓았다 한다.

"얘!"

"앙—."

"어델 갔댔니?"

"으앙—."

설움도 무서움도 없어지고 사촌 언니의 소리가 청천벽력이면서 구세주다. 잃어버린 엄마 같다.

"언니!"

손을 잡으려 한다. 그 언니는 매몰차게 쳐다보면서 '휙—' 돌아서서 앞으로 마구 간다.

아홉 살인 언니지만 축지법을 쓰듯이 날아가 버린다. 세 살로써는 도저히 시장통 사람물결을 헤집고 나갈 수가 없다. 뛰어봤자 오른쪽에서 왼쪽으로 방향만 바꿀 수 있을 뿐이다. 온종일 그렇게 시장통, 장날통을 헤매었다.

석양이 질 무렵 언니는 무섭게 화난 얼굴로 대들면서 윽박지른다.

"야래, 너 속 썩일 작정을 했냐? 엉!"

아이는 두무지 무슨 말을 언니가 하는지 알 수가 없다. 종일 우는지 무서웠는지 떨었는지도 모른다. 그저 어린 것은 멍청할 뿐이다. 그냥 이곳저곳 발 닿는 대로 사람과 사람 틈바구니에서 이리 채이고 저리 채이며 걷는다기보다 발부리에 채이는 돌멩이같이 채이며 언니만을 찾아 절로 걸어지며 언니만을 확인하려 했던 것이다. 어린 마음은 몽돌이 되어 멍하니 물결에 씻겨질 뿐이었다.

아침 먹고 나서서 세 살 계집애는 종일 배고픔도 잊고 언니만을 생각하며 헤맸다. 언니는 예쁘지도 정답지도 않다. 그런데 그 언니가 엄마 같다. 아기는 엄마를 잊었다. 엄마는 곁에 없으니까 언니가 때려도 죽여도 그 언니만 따라가면 될 것 같았다. 언니가 반갑고 언니가 생명이었다.

실컷 돌아다니며 언니는 장터에서 온갖 재미진 볼거리 먹을거리로 보고 즐겼다. 하기사 아홉 살짜리도 세 살짜리보다 몸만 컸지 그도 어린아이였다.

언니에게 몇 푼주며 동생을 그 집에 데려다주고 오라니 신났을 게다. 웬 떡이냐 했을 것이다. 시장에 오니 돈도 있겠다 동생이고 심부름이고 다 까먹었다. 돌아치다 보이면 얼핏 동생을 부를 뿐이다. 애당초 아홉 살 어린 아이에게 어린 것을 맡기고 데려다주고 오라는 심부름은 불가능하지 않았을까. 더하여 언니나 아이나 심부름시킨 입장에선 별로 귀한 존재가 아니었다.

언니의 아버지는 월남했다. 아이의 처진 아버지는 씨앗을 보고 살림을 차려 나갔다.

그 후 아이 엄마는 생활을 꾸려보려고 멀리 떠나고 아버지 친척집에 겨우 붙어살고 있는 처지였다. 지금 아이를 그 아버지의 씨앗, 말하자면 새엄마 집으로 보내져 있는 형편이었다. 그래도 그 영자 언니는 무사히 아이를 그 집에 데려다주고 갔다.

그 후 아이의 엄마가 찾아와 데리고 남쪽으로 피난 왔다.

감사합니다.

언니는 그 후 어찌 되었을까.

한 번도 소식 들어본 적 없다. 보고 싶다. 북한 땅에 외롭게 있을 언니. 왠지 그 언니가 그립고 불쌍해서 이렇게 풀어놓은 것이다.

짐작

一切二邊일체이변은 良由斟酌양유짐작이로다.(信心銘 21편 3,4행)

'아이 하나는 생존함'

핸드폰에 문자가 떴다.

나도 문자를 보냈다.

'여자는?'

'확인 불가함'

나는 아파트에 산다.

바로 위층은 젊은 부부가 사는데 매일 '투당탕!' 시끄럽다.

초등학교와 유아원에 다니는 아들만 둘이다.

위층 엄마는 목청이 크다. 목청이 크다고 다 화난 소리는 아닐 것이다. 개인성정에 따라 화통을 삶아먹은 것처럼 클 수도 있지만 매번 목청에 날을 세우고 욕지거리나 하며 몰상식하지는 않을 것이다. 웃음이 클 수도 있고 귀가 시원치 않아 목소리 톤이 높을 수도 있다. 상황을 목격하지 않고도 목소리의 강약 언어구사에 따라 대화의 질은 감지된다.

위층 여자는 매일 낮밤을 가리지 않고 목청을 돋우고 더하여 남편을 쥐 잡듯 하는 소리, 아이들 야단치는 소리가 지나쳐서 혹여 미친 것은 아닌지 의심을 하게 된다. 분명 아이들을 야단치는 소린데 여자 이외에 다른 식구의 소리는 전혀 나지 않으니 두 아들을 묶어놓고 입을 봉해 놓고 매질을 하는 것은 아닐까? 그 때마다 우리 네 식구는 눈을 휘둥그레 마주보며 조마조마 귀는 위층을 향해 열려 있는 것이 습관처럼 되어버렸다. 오히려 조용하면 뭔 일이 벌어졌다고 단정하고 공포심에 질려버린다.

그것도 모자라 밤이 되면 나타나는 생쥐를 잡으려 몽둥이를 들고 기다리는 것처럼 위층에서 일이 벌어지기를 기다리는 것이다. 그러니 감히 뛰어올라가 너무하는 것 아니냐며 혼찌검이나 관리사무실에 신고한다는 것은 엄두도 내지 못했다. 아니 심심한 아파트생활에서 흥미꺼리를 놓치고 싶지 않아 우리는 위층이 보내는 소리를 신경 줄 팽팽히 즐기고 있었는지도 모른다. 마치 간첩이 대남방송 청취하듯 매일 밤 위층이 보내는 전파에 귀를 기울이며 소리의 암호를 풀고 있었다고 보아야 할 것이다.

그런데 어젯밤에는 그야말로 원자로의 핵이 폭발했다. 나와 두 딸이 자정을 넘겨 책을 보다가 위층에서 들리는 괴성에 거실로 튕겨져 나왔다. 여자가 아닌 남편의 청천벽력 외마디소리가 왝왝하더니 통곡과 물건 던지는 소리에 뒤엉켜 무언가 나동그라지는 굉음이 이어졌다. 그러다 아내와 자식을 향해 던지는 욕지거리는 금방이라도 지겨운 가족을 살해하고 자신도 세상을 하직할 것만 같은 괴성을 질러대기를 2시간여 그렇게 2시를 넘기고 있었다.

모두가 잠든 아파트에서 그것도 매일 폭우처럼 성난 파도처럼 짖어

대던 여자도 이리 몰리고 저리 뛰어다니던 아이들도 어찌된 영문인지 찍소리도 없다.

남자 혼자 때려 부수고 울부짖으니 분명 무슨 사단이 난 것은 분명하겠다. 상상이 예까지 미치자 캄캄한 어둠 속에서 공포에 질린 나머지 울부짖는 남자를 상상하게 되고, 그 상황은 마치 '뭉크'의 '절규'를 떠올리게 했다. 그러다 '뭉크'의 '절규' 배경이 되었던 가장으로서의 남자의 처지를 추리해 보기도 하고, 사람의 정신상태가 피해의식에 이르면 어찌어찌 된다는 상식까지 총동원하면서 마치 TV를 틀어놓고 잠이 들듯이 나는 남자의 절규를 자장가로 슬그머니 잠들어 버렸다.

딸아이는 시험기간이라 새벽 4시를 지나서까지 잠을 안 잤기에 윗집 상황을 시작에서부터 끝날 때까지 시간별로 체크를 해 놓았다는데. 1막, 계속 남자의 목소리만이 우렁우렁하고 매일 극성스럽게 외쳐대던 여자의 목소리는 단 한 마디도 들을 수 없었음. 2막, 아이들의 소리도 없었음. 그러나 어른의 발소리 아이들의 발소리가 이리 뛰고 저리 몰리다 소리가 멈추기를 2시 반. 3막, 다시 30분여 남자의 발작하는 소리가 이어지더니 또 쿵쾅 우당탕 이리 몰리고 저리 몰리는 울림도 그쳤다. 4막. 이때부터 소음도 발소리도 없는데 남자의 목소리만이 우렁우렁하고 소리 지르기를 미친 것처럼 하다 모든 상황이 종료된 시각은 4시경.

딸은 야밤중의 상황을 4막으로 연습장에 기록을 했던 것이다. 등교하기 전 나에게 그 메모지를 보여주며 아이들의 안부가 궁금하다고 했다. 요즘 이상한 뉴스가 종종 나는 것을 본 우리는 서로 눈을 마주치며 의미심장한 눈빛을 보냈다. 그리고 나는 집안일을 보면서도 윗집이 평상시보다 조용한 것에 더욱 의심이 갔지만 이런저런 몇 가지 불길한 상상과 짐작만 무수히 했다. 그러자 마침 딸아이에게서 문자가 오고 나는 답하고.

방금 또 문자가 도착했다.

'아파트 입구에서 유아원 다니는 아들을 보았음 두 아들 모두 무사함이 확인됨.'

나는 쓰레기를 버리려 내려왔다. 윗집 여자가 멀쩡히 외출을 하는 것을 보았다. 저녁에 퇴근한 남편이 윗집 남자와 같은 승강기를 타고 올라왔다고 한다.

아! 우리 네 식구는 밤새워 윗집의 상황을 우리의 '짐작' 대로 네 사람이 네 종류의 드라마를 썼다. 그것도 단 한 번의, 지레짐작으로만!

우리는 보통 매사를 남의 상황을 알지도 형편을 이해해 보려고도 않고 나의 기준으로 답을 확정해 버리고 '내가 이런 사람이야' 의기양양 보란 듯이 회심의 미소를 지으며 가슴을 쓸어내린다. 이때 단 한 번이라도 너에게로 다가가 같이 반성하고 다독일 줄 모른다.

내가 어렸을 땐 부모님이 혹여 다투거나 집에 큰소리가 나면 온 동리가 몰려와 결국 싸움은 흐지부지 술잔을 기울이고 동리가 더욱 한 가족이 되며 왜 몰려왔는지조차 잊게 된다. 그렇게 길들여진 이웃들은 우리 집 숟가락 숫자를 나보다도 정확히 알고 있었다.

동리의 집은 뚝뚝 떨어져 있지만 아파트는 현관문만 열면 단독주택 안방에서 건넛방보다 옆집이 더 가깝다. 그런데도 누구 하나 옆방에 관심도 없을 뿐 아니라 도리어 이웃의 일이 심각해지기를 기다리며 즐기고 있는 꼴이 돼 버렸다. 혹여 내 일처럼 간섭하고 충고라도 하는 사람이 있으면 그 사람은 몰상식하거나 정신병자 취급을 받는다.

그러니 위층 앞집 아래층에서 사람이 죽거나 살해당해도 TV를 통해 알게 되고 혹여 미리 알았어도 번거로운 것이 싫은 나머지 외면한다. 어젯밤 위층에 우리가 상상하던 불상사가 일어났다고 치면 어찌 됐을까, 아찔하다. 두고두고 죄책감으로 '그때' '짐작' 하지 말고 뛰어가 야단치고 훈계하고 관리사무소에 신고라도 했었더라면……. 드러내고 말은 못해도 죽을 때까지 죄책감에 시달릴 것이다.

'짐작' 은 꿈을 꾸는 것과 같다. 꿈은 깨기 전까지는 황홀하다. 지레짐작이란 꿈의 결과는 늘 악몽이며 죄악이 되는 것이다. 인간의 마음이란 동사는 '짐작' 이란 무기로 죽이고 살리고 구렁텅이로 몰고 끌어내고 하는 아주아주 비열한 것이다. 마음이라는 것을 나에게만 맞춰진 기준에 두었을 때 '짐작' 은 가장 무서운 짐승이 된다. '짐작' 으로 인해 가정과 이웃과 사회와 인류가 온갖 무서운 음모와 혼란에 빠진다.

지레짐작은 좋은 쪽이든 나쁜 쪽이든 모두 버려야 할 허상이요 공상이다. 그동안 '짐작' 이란 무기에 얼마나 많은 사람들이 간첩으로 몰리고 고문당하여 죽어갔는가! '짐작' 으로 남편을 아내를 의심하고 자식이 자식이게 하는 기회를 빼앗아 죽어서도 씻지 못할 후회와 상처를 얼마나 주었는가! 나의 '짐작' 으로 친구와 이웃을 멸시하지 않았던가! 나의 '짐작' 으로 그 사람을 도둑으로 몰아가지 않았는가? 나의 어림짐작으로 이웃의 사랑을 미움으로 몰고 가지 않았는가?

이승의 삶이란 꿈과 같다 했다. 그러니 '짐작' 은 계속될 것이 아니겠는가. 꿈이 꿈다워지려면 지레짐작이 일어날 것 같으면 불시라도 '참회합니다' '감사합니다' 로 마음가짐을 공기로 숨 쉬듯이 생명의 필수조건이 되어야 하지 않겠는가!

마지막 집전執典

왕십리 넘어 마장동 게딱지같이 엎드린 초가에 호롱불이 가물가물하다. 마치 빈집마냥 사람 그림자 하나 없다. 그런데 사립문이 정갈하다. 그냥 밀고 들어서면 마당쇠가 새벽같이 비질을 한 마당처럼 대빗자국이 댑싸리 피듯 나 있다. 집에 비하면 제법 뜰안이 넓어 휑한 느낌마저 든다.

뒤란 어디쯤인가 물 끼얹는 소리가 간간이 들린다. 주인인 김 백정이 목욕재계를 하는가 보다. 오늘 집전이 있을 모양이다. 목욕재계를 마친 건장한 노인이 무명수건으로 머리를 툭툭 털며 방으로 들어간다.

"여기 옷 내놨어요, 갈아입으세요."

구부정한 여인이 투박한 손으로 깨끗이 빨아 얌전히 개켜놓은 바지저고리 조끼 행전 두루마기, 두건같이 머리에 두루는 무명수건, 버선 모두 하얀색의 일습을 내놓는다. 노인은 알았다는 듯 차분한 눈빛으로 내려다본다. 숨을 크게 들이마시더니 조용히 내 쉰다. 마치 노장스님이 임종을 맞을 준비를 하듯이. 그리곤 가부좌를 틀고 앉아 잠시 명상을 하는가 싶더니 무슨 결심을 한 듯 입을 굳게 다물고 두 손을 짚고 일어나 옷이 놓여 있는 곳에다 정중히 절을 한다.

'이번이 마지막이 될지도 모른다….'

천천히 아낙이 내어준 하얀 무명옷을 차례로 다 입는다. 그리곤 다시 좌정하더니 염불인 듯 주문인 듯 소리 없이 두 손을 모으고 기도한다. 호롱불도 꺼지고 밖은 훤히 밝았다. 사람들의 말소리가 웅성웅성 들린다. 부인이 외다리 상에 조반을 차려 내온다. 하얀 쌀밥에 김치 푸성귀 멀건 된장국이 전부이나 무명옷만치나 진솔하다. 밥을 다 먹고 큰기침을 두어 번 하니 밖에 있던 남정네가 부른다.

"준비 다 됐습니다."

"알았네. 시각이 다 됐구먼. 내 나감세."

문을 열고 툇마루에 나서는 노인의 풍채가 장중하여 신선같이 광채마저 난다. 대여섯 기다리던 이들이 일제히 허리를 굽혀 인사한다. 그 분위기가 마치 죽음을 각오한 결단으로 결집한 사람들같이 엄숙하고 비장한 분위기마저 든다. 노인이 앞서 사립을 나가고 문밖에서 기다리던 사람들이 그 뒤를 따라 중랑천 냇가 도살장으로 간다. 노인의 집에서 머지않은 곳에 나라의 도살장이 있다.

대궐에선 농번기도 지나고 소들이 제일을 다하고 대략 잡아도 될 소를 골라 오늘은 소를 도살하는 날로 일정을 잡은 것이다. 소는 아무 때나 잡지 않고 꼭 필요하면 나라에서 잡으라는 명이 있으면 잡되 허가를 받은 소만이 도살되는 것이기에 소 잡는 날은 사람을 저승으로 보내듯이 엄숙하게 아니 인간보다 더 엄숙하게 도살이 이루어지는 것이다.

도살장에 다다르니 벌써 내로라하는 양반 세도가들의 마름들이 웅성웅성 김 백정이 나타나길 기다리고 있는 것이다. 김 백정의 모습이 보이자 서로 가까이 가서 아는 척을 하려고 법석이다. 노인은 뒤도 보지 않고 입을 꽉 다문 채 소 곁으로 가서 소의 머리에서 꼬리를 쓰다듬더니 사람과 이야기하듯 눈을 맞추고 얼굴을 비빈다. 한참을 소와 놀 듯 친구하듯 정답게 소와 맺은 인연의 일들을 추억의 담소를 나눈다.

"여보게 워낭 지금껏 내 자네한테 빚 많이 졌네! 고마웠네. 내가 인간에 치여 멀미할 때 푸근한 자네 등에 기대며 예까지 안 왔는가!"

사람들은 엄숙히 그 광경을 지켜본다. 사방이 고요하다. 간간이 소가 '우엉—' 하거나 앞발로 땅을 구르고 머리를 꾸벅꾸벅 노인에게 인사하듯, 노인보다 소의 눈이 더 생생하고 마치 노인을 위로하기나 하듯 코끝을 노인의 얼굴과 손등에 옷깃에 문지른다. 드디어 노인이 입을 연다.

"여보게, 오늘 내가 자네를 나보다 먼저 보내야 하겠네. 너무 염려는 말게. 내 정성껏 단박에 끝낼 것이니 나를 믿게…."

"음매— 워엉—."

소는 마치 대답하듯 염려 안 한다는 듯이 답한다.

"나도 머잖아 자네 곁으로 가얄 것 같어. 먼저 가서 내 자리도 잘 봐두게나. 잘 좀 부탁하이."

"음, 음 머엉."

그제사 노인은 두루마기 앞자락을 접어 묶고 춤을 추기 시작한다. 하얀 몸짓이 시작되는 것이다. 소도 모여선 사람도 한 덩어리가 되어 승천하려는 듯 숨소리도 없이 조용하고 간혹 소의 숨소리와 노인의 숨소리가 마주치는 소리만 장안을 울린다. 혹은 합장을 혹은 눈물을 훔치는 품새는 식물인간에게서 산소마스크를 떼어내는 것보다 더욱 간절하다. 위대한 집전의 장엄으로 지피고 있는 향나무를 태우는 향에 인간과 소가 하나가 된 위대한 절대생명의 불꽃이 하늘로 함께 피어오른다.

생명이 생명이게 하는 김 백정의 춤사위는 한참을 이어진다. 그 노인의 집전에 모두의 넋이 평안으로 인도한다. 집전을 준비하는 도축장은 도저히 소를 살육하려는 도살장이 아니다. 백정은 원래 소를 죽이는 것이 아니라 이처럼 장엄한 죽음의 세계로 편안히 스스로 들게 하는 거룩한 신전에 제전을 맡은 신관이었다.

신관의 의식은 소를 무아의 경지로 무르익기까지 이어진다. 마침내 제관은 반짝반짝 빛나는 장도리만한 망치를 허리춤에서 꺼내들었다. 소를 마주보며 머리를 끄덕이고 소는 알았다는 듯이 스스로 머리를 조아려 제관 앞으로 간다. 제관이 작은 망치를 들고 소 주위를 한 바퀴 돌고 소에게 큰절을 올린다. 절을 올리고 일어선다. 소가 제관의 앞으로 다가서 스스로 제 얼굴을 든다. 순간 도인은 망치를 높이 들어 눈 깜짝할 사이에 소리도 없이 소의 미간을 내리쳤다. 마치 멀쩡한 날 번갯불이 비끼듯이.

'텁석.'

소는 무릎을 꿇고 쓰러진다. 피도 없다. 잔명의 숨소리도 없다. 노인도 단 한 번 망치를 들었고 단번에, 단 한방에 소를 저승으로 보냈다. 이렇게 소를 도축하는 풍습이 우리나라의 전통이었다.

홍익인간 정신을 만물 다스림의 근본에 두었던 우리네 조상이었다. 도살장과 백정이란 의미는 소 잡는 날을 정해 소를 축생에서 인간으로 환생할 수 있는 죽음으로 편히 인도하는 집전이었다. 만물의 영장에게 필요한 육고기를 보시할 기회로 축생들의 소신의 장을 열어주기 위한 도살이었다. 평생 인간에게 우직했던 소의 생명은 살생되는 것이 아니라 스스로 제물로 바쳐지는 마지막 화려한 생명의 제전이었다.

보이지 않는 신들의 제단보다 도살장이 더 엄숙한 장소요, 보이지 않는 신이 아니라 현존하는 소중한 생명, 소가 백정의 인도 하에 조용히 인간의 임종보다 더 아름답게 스스로 하늘문으로 들어서게 하는 백정.

백정은 살생하는 천민이 아니라 신관보다 더 존경받는 생명을 다루는 장인이었다. 도살은 칼을 잡았다 하여 아무나 백정이 될 수 없었던 것이 우리 민족의 위대한 생명존엄 풍습이었다.

이렇게 잡은 소는 그 맛이 지금의 소 맛과는 비교도 안 된다. 어느 부위를 먹어도 살살 녹고 어느 부위도 버릴 것이 없었다. 그래서 아마도 우리나라가 소의 가죽까지도 삶아서 어묵으로, 사골탕, 도가니탕, 꼬리곰탕, 내장탕 등등 다 먹을 수 있는 요리법이 발달되지 않았나 생각된다. 소의 희생을 기리려니 소의 어느 부위도 함부로 할 수 없고 더구나 피 한 방울은 더 소중하여 선짓국, 지구상에서 피를 국으로 끓여먹는 나라가 또 있는가!

소의 위대한 희생과 백정의 참다운 신관으로서의 지극한 생명존엄! 이것이 소의 육질에 스며들어 죽은 소의 어느 부위를 먹어도 바로 생명으로 태어나는 죽음이 맛나기 때문이라 생각해 본다. 이렇게 잡은 소는 그 육질에 원한과 원망이 없으니 냄새가 나질 않는다.

나라에서 허가 없는 도축을 금지했다. 백정은 그들이 살생하는 집단이 아닌 거룩한 생명을 거룩하게 길일을 잡아 '너는 이제 축생을 하직하고 네 몸을 보시하여 극락왕생하리니 나를 원망하지 말고 기꺼이 네 몸을 보시하라' 는 마지막 신의 설교와 더불어 자신이 갈 길을 자신이 택하도록 춤으로 소와 대화를 했던 것이다. 백정은 설교의 손짓과 눈빛을 넌지시 폈던 것이다.

오늘날은 인간의 욕심이 인간의 생명을 나락의 구렁텅이로 몰아넣는 대량 육우의 개량종이 사육되고, 사육된 소의 질병을 핑계로 생매장하는 만고의 죄를 짓고 있지 않은가.

지구상에 존재하는 모든 것은 멸한다. 와중에 인간의 생명을 연장하려는 온갖 피나는 노력은 결국 생명을 천대하는 방법의 발달로 이어지는 인연, 외계의 어떤 생물이 우리와 같은 욕망이 생겨 지구로 와서 인간개량종을 사육하다 병들면 생매장을 한다고 상상하면, 아니 우리가 까무라치게 좋아하는 블랙버스터 영화의 스토리는 인간의 두뇌에서 나온 것이다. 하여 우리가 만나야만 할 미래일 수도 있다.

어느 날 우주에서 날아온 동물들이 인간을 개미볶음같이 만들어 식량으로 하는 상상을 해 보라. 그 개미 같은 처지 속에 내가 들어 있다면 그 개미들은 아픔을 모르겠는가! 인간에게 들리지 않는 동물의 언어가 무의미하여 들리지 않고, 보이지 않는다 하여 그 도살되는 고통이 없겠는가! 일개미 한 마리도 나의 목숨이고 나의 살이고 세포라고 생각해 보자.

소시지는 돼지가 옆으로 한 줄로 세워져 기계를 향하여 자동 이동대 위에서 이동되어지고 이동되는 순간에 차례로 목이 잘리고 털이 뽑히고 난도질되어 드디어 소시지가 햄으로 완성되어 내 자식의 뼈로 내 위장에서–. 그 육질엔 상상할 수도 없는 생명의 원망이 서려 있을 것이다. 함부로 죽이는 살생은 그 인연으로 정해진 길의 확실한 인간의 미래다. 내 목숨과 살아 움직이는 모든 목숨은 생명이란 선에서 동등한 아픔이 존재한다.

내 생명을 소중히 생각한다면 육식에 젓가락을 얹을 때 한 번 생각해 보면…, 줄여지지 않을까?

불에 대한 작업을 위한 조언

불의 단층—표피적인 불, 시각적인 불의 이미지.

불의 심층—불이 가지고 있는 파워는 어디서 나오는가.

불의 주변—불이 존재하기 위한 물리적 조건을 문학적으로 파악.

불의 궤도—불이 스스로의 영감을 찾아가는 정해진 궤도를 찾아볼 것.

불의 분노—불이 에너지의 정점이라는 걸 부인하는, 무시하는 사람을 향한 분과 노.

불의 애증—불이 세상을 얼마나 뜨겁게 사랑하고 또 배반하는지의 핵심 파악.

불의 의상—불은 어떤 의상을 입고 있는 것인가? 불은 여자인가?

불의 자유—불이 불을 태우는 자유의지는 어디서 발로되는가.

불의 언어—T. S. 엘리어트의 '황무지' 중 화교火敎의 사상은 무엇이었던가.

불의 환생—불은 꺼진다는 약점을 어떤 의지로 극복하고 다시 타오를 수 있는지를 역설적으로 표현.

불은 최초의 인간들이 너무 무기력하여 그를 불쌍히 여긴 신神 프로메테우스가 태양을 이끌어가는 마부인 동생 에피메테우스에게 빌려서 인간들이 사는 코카서스산에 내려주고 그 벌로 큰 바위에 쇠사슬로 묶여 날마다 독수리가 그의 심장을 파먹게 했다.

다 파먹으면 새로운 심장이 자라 다시 파먹히는데 그때 그가 지른 비명이 하늘로 올라가 천둥이 되고…. 훗날 영웅 헤라클레스가 아홉 가지 난제를 푸는 모험을 나서면서 그를 데리고 가려고 묶인 쇠사슬을 풀어주며 쇠사슬 일부를 끊어 손목에 끼워주며 '너는 영원한 내 노예다' 라는 표시로 삼은 것이 전해져 결혼식 때 신랑이 신부에게 반지를 끼워주는 유래다.

시인은 가난하여 가진 것은 마음뿐이어
마음 하나로 세상을 다 덮어
따뜻하게 하리라.

불火의 습성

1. 빛, 오색이 있다. 불에는 봄(분홍) 여름(녹색) 가을(노랑) 겨울(파랑) 빙하기(적색) 화산기(검정)
2. 열기, 따스함과 냉랭함이 있다.
3. 재를 잉태했다. 죽음인 동시에 생명이다.
4. 욕망.
5. 희망.
6. 보드랍다.
7. 광기.
8. 수직성, 하늘로 오르려는 것에서 높은 산을 정복해 가는 인간 의식의 원시성.
9. 옮겨가려는, 이동하려는 자성이 있다.
10. 사랑을 대변한다.
11. 리듬소리가 있다.
12. 시간을 쥐고 있다. 돌의 무늬, 나무의 나이테, 애무로 완성된 불꽃.

13. 생산의 능력, 다산.
14. 꿈이 아닌 몽상의 질료다.
15. 남성적이며 여성(애니미즘. 건조함에서 강렬한 남성이며 습한 곳에서 여성, 연기煙氣).
16. 태양을 대신하는 인간이 만들어낸 태양. 대지로 옮겨온 태양.
17. 촛불은 가장 위대한 불이다.
18. 참선이다. 참선參禪의 초정점을 제시한다.
19. 숭배와 배신, 존경과 상처를 동시에 거느린다. 난로가의 어린이가 따스함과 데일 염려에서 가까이 가는 것에 아버지로부터 벌을 받거나 데인다.
20. 불에는 맛이 있다. 불로 익혀지는 고기의 노란 맛, 감자의 구운 맛, 한 방울의 물에 가한 불의 열기로 익혀내는 계란의 맛.
21. 불에는 소리 없는 경악과 안도가 있다.
22. 양성의 전기이론을 부여했다.
23. 불은 인간의 자식이다.
24. 불의 생명과 불을 낳아준 나무 조각 두 개, 즉 부모를 먹어버린다.
25. 연금술사의 의지 내지는 의식이며 도구다.

평범함이 절대다

남향의 아담한 집 뜰에는 기화요초 향기가 그윽하고 정지에선 고기 굽는 냄새가 맛나고. 사랑에선 글 읽는 소리 낭랑하고, 안방 TV 보는 올망졸망 새끼들의 웃음소리에 자지러지는 어른.

인간은 잠시 행복했다가도 그 뒤엔 언제나 이별 괴로움 근심이 행복보다 빠르게 길게 공존한다.

이곳은 죽음이란 거대한 불기둥 속에 놓여 있다. 이 절대고통에 노출시키지 않으려는 우주의 대법칙이 불행과 행복의 순환작용이 아닐까.

이 불은 인간의 육체로서는 감지할 수 없는 쾌적한 안락이라 칭한다.

따라서 인생은 모든 것이 함께 타는 '모닥불' 이다.

세한도歲寒島

1부. 환해還海

그녀는 고교시절 방학, 추사고택에 걸린 세한도를 우연히 마주하게 되었다. 숨이 꼴깍 넘어갈 것만 같은 충격이었다. 유난히 산과 고적답사를 좋아하던 그녀였다. 그땐 세한도의 내력이나 세한도에 대해서 아는 것이 전혀 없었다. 상식을 전혀 몰랐다. 그저 추사체로 유명한 김정희 고택에 걸린 고서화라 알고 넘길 뿐이었다.

그런데 무채색의 묵화, 그림이라기보다는 나무도 집도 모두 무채색의 하늘나라 선비의 집만 같았다. 동그란 창문에선 여인이 내다볼 것만 같았고, 나무는 모든 가식을 끊어냈고 필요한 만큼만 키웠다. 가지가 빛을 향한 게 아니라 몸통 통째로 빛을 발하고 있다. 담양 식영정 소나무보다 더 살아있는 나무였다.

그녀는 말을 잊고 그곳을 떠나왔다. 그때부터 자나 깨나 세한도는 그녀의 청정한 범할 수 없는 꿈의 섬, 그곳에만 살려지는, 살고 있을 그런 사람을 그려보는 게 그의 결혼에 대한 꿈이고 희망이었다.

첫딸을 낳았다는 이유가 덧붙여지면서 시집살이는 고문과도 같은 매서움으로 변했다. 명랑한 성정이던 그녀는 눈 내리깔고 참고 참는 인내심에도 한계는 있었다. 드디어 정신착란으로 출산 후 두 달 만에 병원에 한 달 간 입원했다. 친정에서 시집으로 다시 떠밀려 들어가는 날 노스님께서 고서화 세한도 전자복사본을 표구하여 건네주셨다.

무슨 인연이었을까? 그것은 추사 김정희 선생이 유배지 제주도에서 치고 추인한 불후의 명작 세한도歲寒圖였다. 생애 두 번째 접하는, 그녀에겐 세상에 하나밖에 없는 보물이다. 그 순간 무명 빛깔 화선지 속에 세상은 모든 힘이 좌악 빠져나간 신선의 세상이 아닌가.

그녀가 그리던 초막, 바로 그 집에 들어가는 순간, 잎도 가지도 더할 가지조차 애시당초 없었던 풍광 속에서 선비는 늙지 않고 그 한때 고고한 정신, 힘이 불근불근했다. 더구나 변치 않고 힘 있게 딱 버티고 있는 두 팔, 맑은 눈과 입가의 미소, 안온한 숨을 뱉으며 일상처럼 그녀를 맞아주었다.

집으로 어찌 돌아왔는가. 좁은 방을 비집고 머리맡에 모셔졌다. 이젠 시집살이에도 처연했다.

'난 돌아갈 궁전이 생겼지?'

그때마다 절로 미친년같이 웃음이 번졌다. 날로 얼굴이 화사해졌다. 그녀는 매일 그림 속을 들고나며 그림 속의 안주인으로 사는 날이 점점 많아지면서, 굽이굽이 섬에서 쉬고 꿈을 꾸었다.

불필요한 모습을 배제한 원형의 창가에서 간간이 바다에 눈길을 주며 거품과 바람에 흘러오는 만상의 소곤대는 소리와 화답했다. 환생還

生은 그녀와 비스듬히 한 무릎 떨어져 글을 읽었다. 그 소리는 귀를 통해 섭취하는 양분, 그녀의 허기진 사상思想을 채우고 즐겁게 포식하는 양식이었다.

날마다 때마다 방안에 들어가는 것은 그녀가 생존할 이유가 됐고, 공간이요 여인의 완성, 아내로서의 충직한 내조, 그러면서 생명의 젖줄이었다. 그녀의 삶의 현장이었고, 숨쉬는 우주, 대지의 품이었다. 상상으로만 꿈꿔왔던 서방님. 생각과 이름을 부여 받은 현물을 마주하는 순간, 그토록 오래 올리고 올려왔던 온도가 드디어 용암이 단 한 번 분출되어 대지를 휩쓸어 그녀의 그 자리도 세상의 바다도 그 고난도 한순간에 사라지게 했다.

2부. 꿈 행복

재앙이 휩쓸어버린 의식은 시원의 바다로 고요하기만 했다. 적적하여 웃음은 바다를 넘어와 빛으로 핀다. 어디선가 소리 없는 소소한 바람이 불어온다. 이끼, 풀향기가 가만히 소곤댄다.

"여보세요. 정신 차리세요."

"애들아, 여기 드디어 사람이 왔어, 사람!"

어렴풋이 귀를 들고나는 미동을 느낀다. 한여름, 뜨거운 머리를 냉장고 냉동실에 집어넣을 때와 같은 상쾌함이 쏴아 덮친다. 가만히 촉각을 세우니 쪽빛의 드넓은 하늘을 배경으로 갖가지 색채의 코스모스가 빛으로 한들대며 그녀를 내려다보고 있었다. 그녀는 생각했다.

'여기가 어딘가?'

눈을 움직였다.

"여기는 세한섬, 환해環海예요."

'꽃이 어찌 말을 할까….'

의심은 아니지만 어제처럼 습관으로 생각했다.

"여기선 만물의 생각은 모두 하나인 세속으로 말하자면 이심전심입니다."

순간 그녀는 깨달았다.

'이곳은 거짓과 습이 없구나. 그토록 바라던 백지의 세상이구나!'

"네. 잘 오셨습니다. 우리 이제 같이 살아도 돼요."

순간 어디서 그런 힘이 솟을까. 벌떡 단숨에 일어섰다. 자신의 그 상황이 기특해 몸을 훑어본다.

'어머 발가벗겨졌잖아!'

"뭐가 이상해요."

"옷을 입지 않아서 그래요."

"호호호, 우리도 또 저기 모두…."

그와 동시에 주위는 온통 아름다운 나체의 사람 모습으로 꽉 채워지고 있다.

"옷이 왜 필요해요. 이렇게 편하고 넉넉한데 인간은 너무 옷으로 가리고 치장하니 욕심이 생기잖아요."

그러면서 그들은 모두 꽃향기를 타고 궁륭 높이높이 흘러 이동한다.

저만큼 모래 언덕 위로 머리가 보이더니 발이 땅에 닿을락 말락 바람에 실려 오듯 천천히 다가오는 사람이 있었다.

'저 사람은 환생인데…, 그럼 여기는 환해?'

"임자— 돌아왔소! 여울에서 발 씻는 것조차 당신에겐 경이로운 일이지, 자 어서 들어갑시다."

"아— 아, 오매불망 그리워하던 필생의 도반 세한섬의 남편을 만나기 위해 소금가마에 달달 볶았구나."

그가 손을 내민다. 와락 품에 안겼다. 사람이 폭우를 동반하고 천둥번개가 치고 벼락이 쏟아진다. 그녀가 전혀 알 수 없었던 고통이 환희로 되돌려지는 순간, 하늘을 비상하는 상쾌함, 토해의 아름다운 풍광, 모조리 한순간에 깜박 소등되는 희열을 그녀에게 안겨주었다.

그가 잡은 손을 놓지 않는다. 그녀는 사람이었다. 동시에 깨달음의 부처요 그리스도요 신이라 다짐한다. 모래톱에 밀리고 밀리는 물살이 햇빛에 찰랑찰랑댄다, 온 섬 가득히.

허허로운 그러나 만족한 세계, 무소유한 낙원 환해環海, 그녀는 해풍을 받으며 향선에 실려 오는 이웃들과 자비로운 몸짓으로 즐겁게 대화를 한다. 간간이 저 멀리 야트막한 지붕을 바라본다. 고개를 돌리는 그녀의 발그스름한 얼굴과 나체엔 고단한 빛을 찾아볼 수 없다. 그도 그럴 것이 모든 생필품과 먹을거리는 생각으로 차려지고 부족하다 싶으면 절로 모두의 손에 풍요롭게 쥐어지니 욕심과 욕망이란 언어란 기억조차 없는 세계에 존재하고 있었다.

나들이에서 돌아온 행적은 까마득하여 고해苦海의 자취를 기억해 낼 수조차 없다. 아니 저장이 지워졌다. 몇 겁이 지났을까? 몸통은 성인인데 살갗과 의식은 신생아 그대로다. 더하여 모습은 발가벗었는데도 생각대로 황홀하게 빛나고 바람은 흐르는 대로 움직이는 도화 꽃잎이다.

그녀가 움직이는 곳마다 꽃잎의 길이 되고 그 꽃잎 따라 만물이 흐르니 알리지 않아도 환생還生은 절로 아름다운 물살에 실려 풍요롭게 그녀와 함께 흐른다.

입으로 음식이 들어가는 것은 볼 수 없다. 다만 입은 웃음만이 흐르고 찬탄과 감사의 직조틀일 뿐이다. 눈은 온갖 만물이 제각기 들고나는 면경일 뿐이고, 코는 일체 구별이 없어 공기가 흘러가는 통로이며, 귀는 모든 소리가 한쪽에서 다른 쪽으로 들고나는 말 그대로 귀가 둘이 있어야 할 증거가 되는 것이다. 내 품안에만 드는 아름다움이 아니라 예쁘고 있는 그대로 예쁘다가 만상과 만물이 흐르듯 흘러갈 뿐이다.

모든 일상은 절로 때가 되면 일체 간섭이나 통제 없이 생각으로 먹고 생각으로 일체를 움직였다. 시장하다면 문을 들어 보기만 하면 원하는 만큼만 자신이 생각하는 대로니 쓰레기조차 없다. 지천으로 풍부한 온갖 과일과 열매들이지만 다가가 만져도 잡히지 않는다. 또한 잡아당기는 의식조차 물체를 감수할 의지조차 일체 없다.

무욕 무소유가 일체를 소유할 수 있는 곳! 저장하고 가두어두지 않는 절대공간, 세한섬의 토해土海 절대무색의 절대세계다.

3부. 환해幻海 육림肉林

회색의 어둠이 수평선에 좌악 펼쳐진다. 그리고 점점 떠오른다.

"어쩜 누가 이리로 오고 싶어 하네요."

모든 꽃들이 일시에 잎을 접고 구부러진다.

"누가요?"

"저기 보세요."

순간 잊었던 TV에서 방영되었던 '세상에 이런 일이' 의 여주인공이 생각이 난다. 그러자 언젠가 거리에서 부러워했던 여자가 천평을 타고 그의 남자와 대칭으로 위험스럽게 묘기를 부리며 온다. 자세히 보니 여자는 모자를 썼다. 모자란 것이 식충식물 꽃주머니가 주렁주렁 장식으로 달린 꽃이다.

남자는 진딧물이 하루도 빠지지 않고 달라붙어 있는 무궁화 꽃이다. 무궁화는 낮엔 피고 저녁엔 오므린다. 그런 무궁화 꽃을 모사로 쓰고 있다. 추한 것들이 천평대에 주렁주렁 대여섯 매달려 서로 손을 뻗어

구원을 청하고 있는 것이 보였다. 그 아이들은 여인이 화를 내면 남자 쪽으로 와르르 밀려 기울고, 남자가 역정을 내면 여자 쪽으로 와르르 밀리고 있었다. 그럴 때마다 두 사람은 오물이 출렁대는 바다 속으로 떨어지려다 서로 묵묵해지면 자신만이 오물의 바다로 떨어질 것을 모면하느라 쉬지 않고 서커스 외줄타기 모양새로 중심을 잡고 있다.

그들의 옷은 여자는 남자의 옷을 움직일 수 없을 정도로 덧껴입고 남자는 여자의 옷이 덧입혀져 거추장스러워 손수 잘라내려고 가위를 들고 열심히 도려내고 있다, 한 올도 자를 수 없는 무딘 가위로. 덧껴입은 옷과 거추장스런 옷만이라도 벗을 수 있다면 고통도 덜어질 것만 같았다.

"오늘 뭐해욧?"

"잠시 집에 들러 가져올 것이 있다."

남자는 훌쩍 천평에서 내려섰다. 여자는 바다 속으로 순간에 빠져 들어갔다. 바다는 들끓는 용암으로 변하고 그 속에서 여인은 남자가 집으로 돌아간 것에 대한 질투로 살과 뼈는 산산 조각나 그 형체를 알아볼 수조차 없었다. 자세히 살피니 그 조각세포마다 여인의 일그러진 모습이 고통, 환멸이 뒤엉켜 용암을 마셨는가 하면 다시 열기로 솟구치곤 했다. 이미 사람의 형체는 없고 넘실대는 처참한 열기, 검은 불꽃이다. 불꽃은 아우성친다. 냉기로 타는 불꽃이다. 이미 사랑은 간데없고 빙산에 가두어진 고깃덩이만 있다.

"살려주세요. 나 죽어요. 당신은 내꺼야, 가지 말아요. 나 죽을 때 당신도 같이 죽자고 해놓고 나만 이곳에서 죽을 순 없다구요!"

엄청난 불덩이, 투전판에서 모조리 잃고 돌아오던 사람이 길을 잃고 온 산을 헤맬 때 돌연 도깨비불을 만나 죽었다 살아났던 기억이 있다 했던가. 그런 무서움이 밀리는 파란 불덩이가 휙 지나더니 스크루지,

어우동, 허생의 처, 온갖 것들을 매달고 산더미만큼 자신의 몸에 지고 형체 없이 날카로운 목소리가 허공을 찢고 달린다. 낯익은 목소리다. 기억엔 없지만 낯익다.

"이봐요! 웃기지 말아요. 볼상스럽게 고 남자를 붙들고 내 것이라 우기고 살지요? 당신 남편은 지금 뭐하고 있을까? 남자가 생각나면 이렇게 하나쯤 뜯어내 질겅질겅 씹으면 요렇게 맛있는데, 남자? 헛꿈 꾸네. 난 도사야 그 방면엔."

"당신은 누군데 나한테 이래라 저래라 해! 죽어 볼래?"

가름 안 되는 불덩이를 확 덮친다. 그래도 도깨비불도 도깨비답게 훌쩍 곡예를 넘는다. 어림없다.

욕망의 주머니 여인, 어우동은 가만히 보니 주렁주렁 달린 것은 모두 남자다. 또 자세히 보니 여인의 세포는 모두 그 수만큼의 주머니로 변해 있고, 몸체엔 뿔이 나서 9개월마다 주머니의 곳을 채우느라 성이 바짝 올라 눈과 입만이 디룩디룩댄다. 죽은 듯이 매달려 있다가 입으로 훅 불면 먼저 그곳에 붙어온 것을 질겅질겅 씹는다. 주위를 살피니 고통스런 표정의 도깨비, 여자보다 어린 사내들이다. 그 때마다 여자의 주위엔 온통 최루탄 같은 독기로 인해 본인도 하루에 수천 번 죽었다 살았다 하는 것이다.

"웃기는 년, 천하에 불상년, 자식도 안 낳아 봤으니 네가 사랑을 아냐? 그 어린 것들을 씹어대?"

불이 이글이글 솟아오른다.

"뭐 사랑, 자식 있는 년이 불륜이지. 그게 사랑이냐? 거짓이지. 천하에 죽일 년 누굴 훈계해!?"

"뭐 불륜? 네 년이 사랑을 아냐?"

"그래 안다 사랑했다 죽을 만치. 그런데 나 없으면 죽겠다던 남자도 촛불이 다 타기 전 휙 꺼졌어. 그때부터 난 사랑 안 해. 내 능력대로 남자를 농간하는 재미로 살았지, 너 그 맛 모르지."

이들이 제가 잘났다느니 내가 잘났다느니 할 때마다 바다엔 오물이 차오른다. 사랑을 호소하는 이들의 탐욕과 욕망, 서로가 서로를 소유하려는 허상의 갈망이 꺼져 가는가 하면 하얀 연기가 옆으로 옮아가는 불의 화심으로 인한 탐욕이 이미 한계를 넘었다. 이미 사랑은 뱃속의 똥이고, 아니 독소이고 그 입으로 내뱉는 사랑이란 알을 까느라 으르렁거리는 진동이 밀어올린 구더기. 해일은 숲을 구더기로 덮었다. 그 구더기를 몸보신으로 마구 먹어대는 육신의 아가리. 사람으로 되돌려지는 세상은 오려는지—.

4부. 대재앙

마당의 햇살은 아직은 별 탈 없는데 멀리 부안 앞바다 하늘에 먹구름이 드리웠다. 언제 눈비로 바뀔지 모른다. 빈 가지를 때리며 지나는 바람이 낯설지 않은 오후다. 간간이 문풍지가 떨며 덧문을 덜컹 열어놓는다. 진전되지 않는 글맥과 씨름하던 시몽은 펜을 던지며 모포를 후딱 벗어놓고 의자에서 일어나 들창 밖을 내다보나 개미새끼 하나 얼씬하지 않고. 멀리 농촌의 들판은 파란햇살 아래 죽은 듯이 엎드려 있다.

며칠 있다 내려올 거마, 하던 전화 이후 크리스마스가 어제였고, 오늘 하루가 다 가도록 연희한테선 카드 한 장 전화 한 통 없다. 문득 괘씸한 생각이 든다. 시몽은 천천히 일어나 핸드폰을 들고 뚜껑을 열었다 닫았다. 초조한 듯이 방안을 서성이다 방문을 신경질적으로 열고 마당으로 내려섰다. 멀리 신작로 길을 주시해 본다.

머릿속은 깊은 바다에 갇혀 있다. 생각은 무수히 일어나는데 그것들은 시끄럽게 지껄이다 윙하고 북풍에 휩싸여 사라지곤 한다. 사립을 등지고 돌아서는 자신이 한심하다. 오늘 유난히 그녀가 보고 싶다. 그녀와 소주 한잔에 한바탕 지껄이면 속이 후련할 것 같다. 그러다 생각을 털어내듯이 머리를 흔들며 다시 방으로 들어와 TV를 켠다. '지-지-지' 화면이 뜬다. 화려한 의상의 인도 전통무희들이 화면 가득 배꼽을 흔들며 현란하게 춤을 추고 있다. 비록 민속춤이라지만 그에겐 벌거벗고 요란한 몸동작이 못마땅하다.

"미친것들 지랄하네."

그러면서도 눈을 떼지 않고 본다. 그리고 점점 문명으로부터 도시로부터 멀어지는 자신이 불안하다. 사실 화려한 도시문화가 싫어서 이렇게 먼 남도 고향두메에 들어와 산 지 수년째다. 자신이 선택했는데도 아직도 소외된 듯하여 더욱 현실 밖으로 밀려난 자신이 초라해진다는 생각을 지울 수 없다.

'강아지라도 한 마리 키울까.'

무심히 내뱉으며 씁쓸한 생각을 접는다. 그녀에게 전화를 걸려고 핸드폰을 집어 든다. TV에선 소녀그룹 가수 3명의 아슬아슬한 화면이 나온다. 딱히 귀를 기울이진 않아도 눈은 TV에 손은 핸드폰을 열자 TV자막으로 '긴급뉴스, 인도네시아에서 한낮에 쓰나미가 발생 수많은 인명피해' 자막이 몇 번 지나더니 광고가 멈추고 낯익은 아나운서 목소리가 들린다.

"방금 들어온 뉴스를 알려드립니다. 인도네시아 수마트라 섬에서 세기 최초의 거대한 쓰나미가 발생하여 수만 명의 인명피해가 났다고 합니다."

시몽은 TV에서 방영되는 50미터가 넘게 넘실대며 밀어닥치는 쓰나미의 현장 화면을 보면서 입을 턱 벌리고 화면에 집중하다가 문득 시시포스 신화가 떠오른다.

'인간의 심장도 바꿔치기하는 세상인데 원–. 현대문명이란 놈은 신화를 다시 쓰고 인간의 운명을 바꿀 과학적 지혜는 키울 생각은 왜 못 하지!'

신의 도덕성, 인간, 현대인간의 도덕성은? 그 혼돈에서 어디까지가 사람의 몫이며, 처자식은 또 어떤 고리의 인연인가. 배웠다는 것, 많이 갖는다는 것, 오래 산다는 것, 품위 있게 살기 위해 악연으로라도 백년 해로를 해야 한다는 것이 과연 행복과 불행에 어떤 지대한 공헌을 한다는 말인가.

시몽은 자신이 아내와 떨어져 사는 지 수년이다. 자식도 모두 제각기 흩어져 이 힘든 세월을 짊어지고 살아내야만 했나. 이유가 어디서부터 잘못 됐었나를 기억해내려 하는데 아나운서의 다소 흥분된 목소리가 들려온다.

"속보입니다. 쓰나미가 휩쓸고 간 해변에서 기적 같은 현장을 발견했다는 보도입니다. 잠시 화면을 보시죠! 자 여기 스티로폼 위에 백일 가까이 지난 아기가 보입니다. 현지 구조반이 혹시나 하여 해변으로 넘치는 부유물을 검색하던 중 떠오는 스티로폼 위에서 잠자는 아기를 발견했답니다. 그런데 해일 속에서 마땅히 죽어 있어야 할 아기가 새근새근 자고 있었답니다."

화면에선 이 기적 같은 뉴스와 더불어 시시포스가 바위를 굴려 올리듯 거대한 파도는 밀려갔다 밀려오고 있었다. 얼핏 지나쳐 간 화면에 편안하기 만한 아기의 얼굴에서 지리산 토벌로 잔인하게 부모형제 잃고 홀로 떠돌던 유년시절 자신의 생존을 기억했다. 그는 '획–' 일어섰다.

'저건 절대생명의 천재天災다. 운명이란 놈이 한 인간을 선택해서 생명에게 전쟁을 선포한 거다. 도전이다. 신의 노름판이다. 아니면 절대 생명의 무지無智한 무의식의 의지다! 저 아기는 자라면서 자신이 기적으로 살아난 것을 감사할 것인가? 부모 형제 자매 다 잃고 제 성도 이름도 알 수 없는 황무지에서 옷 한 벌도 걸치지 못하고 살아남은 천애고아로 살아가야 하는데―.

시몽의 기억으론 차라리…, 아무것도 소유한 것이 없어서 아기는 안심하고 자고 있었나? 소유한 것이 없어서 신은 저 아기를 데려갈 가치도 없었나? 쓰나미에 쓸려간 아기가 하나 둘이겠는가! 그런데 저 아기는 쓰나미 속에서 말짱하게 살아 그것도 떠밀리는 스티로폼 위에서 그 파고를 아랑곳하지 않고 자고 있었다니 도대체 무슨 힘으로…, 시시포스의 실존인가? 더 많은 고통을 주기 위해 살려준 것인가. 그가 풀지 못하는 생의 물음표를 곱씹는 중에 낯익은 노랫소리가 들려온다.

'멀고 먼 알라배마 나의 고향은 그 곳, 벤죠를 메고 나는 너.'

시몽은 느리게 핸드폰을 켠다.

"여―보―세―요―."

"네―."

굵직하고 전혀 낯설은 남자의 목소리다. 잠시 의아해 한다.

"여보세요."

다급하고 힘이 들어있는 목소리다.

"핸드폰 010―0000―9414 번호의 주인을 아십니까?"

"네에?"

"아시냐구요!"

딱딱하다.

"네, 압니다만 누구신데 연희 전화번호를 거론하십니까?"

"아― 다행이다."

"그런데 제 전화번호는 어찌 알고 전화한 겁니까?"

얼떨결에 전화를 받았지만 이상한 전화가 하루에도 몇 통씩 오는 바람에 행여행여 받고 보면 짜증과 실망이 여간 부아를 돋우는 게 아니었다. 하여 전화를 끊으려다 얼핏 연희의 전화번호를 물어오니 궁금증이 다급증으로 바뀌었다.

"여보세요. 연희에게 무슨 일이 있습니까?"

"네. 그게 설명하기 복잡한데 아무래도 이쪽으로 나와 주셔야겠습니다. 지금 곧바로 출두해 주십시오."

"이봐요. 나는 남도 끝인데 오늘 어찌 갑니까!"

"그럼 내일 10시까지 남대문경찰서 수사과로 오십시오."

그러더니 전화를 뚝 끊어버린다.

그렇잖아도 심사가 요상한데 알 수 없는 홧덩이와 의심덩이가 가슴을 짓눌러 도저히 앉아있을 수가 없다. 대강 옷과 지갑을 챙겨 산을 내려갔다.

5부. 달리는 우등버스에서

시몽으로부터 전화가 와 있었다. 내용은 내일 강남에서 모임이 있는데 그리로 나오라는 메모였다.

사실 그녀는 한동안 세상일엔 도통 관심이 없었던 것 같다. 무슨 모임인가 잠시 헷갈리다 '오 그 날짜가 내일이구나' 하면서 그 전 같으면 동아리 사람들 만나는 기쁨과 선후배들과의 문학얘기로 꽃피울 시간이 무척 기다려지지 않았던가. 이젠 그런 모임 자체가 시간 낭비일 것만 같고 남자들이 섞여 농담도 그와의 배신인 것 같아 핑계를 대고 거의 끊어내다시피 한 지경이다.

그러나 시몽의 문학의 깊이를 누구보다 존경하는지라 그 모임만은 빠지지 않고 참석하여 예를 갖추고 있다.

"아, 김 선생 이제 오나, 이쪽으로 오게나. 자넨 저리로 가고."

옆에 있던 선배를 옮겨 앉도록 하고 자리를 만들어 준다. 그녀는 모두에게 안부를 물으며 즐겁게 맞이해 주는 동료들과 악수로 화답하며 시몽 옆자리에 앉았다. 시몽은 혀를 차며 한심하다는 듯 빤히 그녀의 얼굴을 들여다본다.

"자네 언제쯤 여학교 졸업하려나?"

시몽은 언제부턴가 그녀가 여학교 졸업을 아직 못한 사춘기 철없는 아이로 낙인을 찍고 말았다.

"제가 여학교 대학교 졸업한 지가 언젠데요, 선생님도, 제가 자식이 셋이라요."

그녀도 시침 뚝 따고 대꾸한다.

"아따 이봐 자네들, 저 김 선생 저 사람 쓰는 글은 모두 가식이다. 자세히 보면 수박 겉핥기 어린애지."

좌중들이 어리둥절해 하며 시선을 모은다.

"시몽 선생, 아무리 대선배지만 좀 심하신 것 같습니다. 그러다 김 선생 손톱 보이면 어쩌시려구요."

"제깐 것이 그럴 용기나 있건디야. 문학이 글만 많이 읽고 책만 옆구리차면 읽는다드냐. 멀어두 한참 멀어. 그깐 것은 헛것이여 헛것. 저리 못났으니 연필하고 씨름하다 날만 새지. 그 뿐인가, 잎만 동동 뜨지."

아마도 시몽은 그녀를 빌려 모두를 싸잡은 것이리라.

"사랑도 모르는 것이 시를 써야? 더구나 불법佛法이 이렇구 저렇구 내게 강의해야. 불법이 먼디? 사람 사는 이치를 허허하게 설한 것 아닌가베. 석가모니도 자식 낳을 땐 사랑의 이치를 인간의 정점으로 삼았길래 나훌라를 잉태시키고 출가했어야! 그냥 여자 품이 좋아서 잔 것이 아니드란 말씀이야. 더구나 사랑과 인생의 덧없는 세계를 심각히 고심한 적 없는 보통 인간들이 자비행? 어림없지. 그럴 바엔 저잣거리의 철저한 야바위꾼이나 다름없어야—. 자부심과 남들보다 착하게 보일려구, 기부하거나 봉사해 본들 그 속내가 빤히 들여다보이지 않냐? 돼먹지 못한 척들 하는 거지."

"아니 형님 너무 헐뜯습니다 그려. 사랑 모르고도 승려나 신부 기타의 인간들도 있습니다."

"당신이 그들의 삶을 알고나 있냐? 자네가 헌금 낼 때 어떤 심사였는지 자세히 곱씹어 보게"

"……."

"난 지금 저 연희라는 계집의 건방을 꼬집고 있는 걸세. 하— 하— 하—."

언제나 그랬듯이 시몽은 그녀를 만나면 한 번씩 면박 주는 것을 잊지 않았다. 그런 그를 그녀는 고맙게 받아들이고 있었다. 시몽 선생이 그녀를 정확히 간파했고 그녀도 늘 자신의 보기 싫은 껍질을 언젠가는 벗겨 내리라 간절한 마음은 있었으나, 그녀가 걸어놓은 세한도의 꿈을 그렇다고 태워 버릴 수는 없었다. 다만 기다리고 기다려 보는 인내로 그 자리를 보존하고 있었을 뿐 남자를 사랑을 멀리 한 것은 아니었다. 시몽 선생도 그 점은 짐작하고 있으리라. 하여 만나면 다구치는 것이 아닐까.

언젠가는 신화의 필로멜라의 세계를 심각하게 얘기하신 적도 있었다. 그러면서 어떤 면에서 필로멜라의 생을 나에게서 그려본다고도 했던 생각이 난다. 자신이 알 수 없는 그녀의 꿈이 있다는 것을 소중하게 인정하는 것이다. 한 번도 농담 같은 헛된 소리로라도 그녀를 놀린 적은 없었다. 진정 부모 같은 동기간의 염려를 그에게서 항시 느꼈다. 또 그리했다.

자리를 옮겨 모두 넉넉한 찻집으로 삼삼오오 생각이 비슷한 동료와 좌담을 한다. 대개 문학 동아리가 노래방 술집으로 이어지나 이곳은 시몽 선생의 통솔 하에 시간을 쪼개어 문학을 토론하라 명해서 누구도 여기에선 술타령이나 잡거리들은 아예 엄두도 못 낸다. 허나 선생만은 비몽사몽 취객이다.

아마도 오랜 문우들의 두터운 정으론, 작품의 정곡을 아픈 곳을 찌를 수 없는 착한 성품이라 짐작되며 모두들 그런 선생의 특권을 떠받들고 있다.

그녀는 한 번도 시몽 선생에게 자신의 세한도의 꿈을 내비친 적이 없다. 언젠가 수필에서 찰스램의 이야길 하다 넉 줄의 글로 그녀의 세한도 선비를 묘사했는데 그녀의 돌아가신 모친이 병석에서 그 글을 읽고, '우리 딸이 이런 생각을 갖고 있었구나, 우리 딸이 모든 인생가치를 이렇게 두고 있었구나' 하시며 통곡을 하셨다.

그 글을 읽은 후론 그녀의 어머니도 그녀를 보는 눈이 그녀의 결혼이 얼마나 잘못된 시작이었나, 자신들의 어거지를 통탄하고 통탄하시다 끝내 한을 풀지 못하고 세상을 뜨셨다. 그토록 친엄마도 모르게 수십 년 그녀는 세한도의 꿈을 쥐고 남몰래 먹고 마시며 토해내며 또 먹고 반복해 탄식하며 살아온 것이었다. 얼마나 어리석고 바보스러운가.

그로 인해 모든 불행한 과거를 조립식 주택으로 화려하게 꾸미며 살아온 것을 알면서도 놓지 못하는 편식된 천애고아였다. 거슬러보면 결혼, 자식의 굴레보다 먼저 '세한도' 의 굴레로 무장된, 이승에 맨몸으로 던져진 누구도 바라봐주지 않는 헛것에 물든 헛것의 노리개였다.

6부. 정박碇泊

시시포스는 그녀가 살아온 허상과 실체에서 어떤 것을 외면하고 어떤 것을 조롱했을까. 아니면 인간 자체로 태어난 인연 따라 흐르는 것을 보면서 가끔 세상이 너무 황홀해서 심술을 부리고 노리개감을 선택한 것일까. 그런 아리송한 시간들을 붙들고 인간들은 그 안개 속에서 허우적대다 종내는 놓지 못하는 시간을 붙들고 죽어야 끝이 날까. 살아서 영화를 볼 수 있을까. 죽어도 좋을 행복한 오늘이 과연 있을까.

이런 운명들이 '당신은 내가 조종하고 있다' 고 하는 것 같다. 운명, 다시 말해 전생에 매달린 보통 사람으론 알 수 없는 기氣, 그 기의 지시의 탑, 인연이란 쇠사슬로 묶여 이곳에 이른 것이다. 너의 간절한 기도는 좌절과 죽음 앞에서 여성으로 살아보려는 열정이었다. 욕망의 끈, 여인의 소중한 임무 출산과 욕망의 젖값을 치르기 위한 허상의 의무였다.

'사랑이란 노동의 교도소다.'

그녀의 세한도는 이승에서 그녀에게 주어진 교도소였다. 그녀는 그 교도소에 갇혀 허상의 희망과 꿈을 꾼 것이었다. 이 모든 것이 꿈이다, 라고. 그 순간이 행복이라고. 그러니 인간의 꿈은 죽음으로 가는 긴 열차여행, 그 열차에서 인간은 꿈을 먹고 죽음을 키운다.

모든 생각은 한순간에 일고 사라져 간다. 시시포스는 그녀를 휘잡고 구름을 타고 목어 뱃속으로 들어갔다. 황홀한 스카이 덱크(Sky Deck)에서 목선을 탔다. 폭우가 쏟아진다. 멀리 수평선으로부터 거대한 운명의 허리케인이 불어온다. 가늠키 어려운 불기둥 죽어도 좋다. 심해 폭발은 지구 핵의 반란! 허상을 향한 진실의 복수다. 욕망은 생의 한가운데서 그 누구도 어떠한 방법으로도 피해갈 수 없는 거대한 해일이었다.

언제 그랬냐는 듯이 쓰나미는 지나가고 붉은 노을이 남태평양 해안을 붉게 불들이고 있었다. 한 무리의 사람들이 내달려간다. 시몽도 덩달아 그곳으로 달려갔다.

아홉 치 정도 두께의 하얀 스치로폼 위에 남녀 한 쌍이 밀착되어 있다. 남자는 잠시 눈을 붙인 듯 어느 모로 보나 흐트러짐 없이 단정하다. 오른손은 눈과 눈썹 사이에 살짝 얹어있다. 입은 꾹 다물고 왼팔은 여인에게 팔베개로 내주고 여인의 머리칼이 의식적으로 부끄러워 얼굴을 가린 듯하다. 살아온 여인의 가슴을 숨길 양 그의 왼쪽 옆구리에 묻은 채 한 손으로 그의 목을 감고 있다. 허벅지로는 그의 무성한 그 곳을 가볍게 누른 듯도 하고, 로댕의 조각처럼 힘차고 팽팽하게 살아 있다.

남태평양의 사랑스런 바람에 남녀 한 쌍의 나신이 불꽃으로 핀다. 주검이란 육질에 생명이 불끈댄다. 땅과 물의 정사 쓰나미, 접신을 마친 연리지의 나체가 여명의 바다를 건너 기막히게 황홀한 주검의 해안에서 당당히 정박하여 닻을 내렸다.

"불쌍한 사람, 그래 너는 찌루찌루였고, 네 세한도는 파랑새였더란 말이냐. 소원성취한다더니—."

시몽은 혼자 중얼거렸다. 그녀가 쥐고 있던 핸드폰에 시몽의 번호가 마지막으로 담겨졌었다. 하여 시몽은 쓰나미의 구렁에서 인간의 육즙이 썩는 냄새와 친구의 황홀한 죽음의 춤사위에 너훌너훌 반추된다. 그가 되돌아 비틀비틀 걸어가는 사이사이로 응급차의 사이렌소리가 요란하다. 한 대인가 싶더니 뒤 미쳐 또 한 대다. 시몽도 달려간다. 그러다 죽음이 쌓인 해변에 털썩 주저앉는다.

이승이란 끝없이 되풀이되고 놓쳤는가 하면 잡히고, 잡혔는가 하면 헤어지는 것이 살아서는 풀 수 없는 세상나들이인가. 시몽은 연보랏빛 해변으로 숨어버리는 일몰의 순간을 눈물방울에 담으며 아직도 풀지 못한, 언젠가 그녀가 내뱉는 말을 되씹어 본다.

"한순간에 날아간 꿈으로 인해 자신은 없고 오직 껍데기만이 불끈불끈 솟습니다. 그래서 매일 마음은 공황이고—. 내 자신을 버리고 소유를 위해 끝없이 채우고 채우는 꿈의 세계에 살고자 했는데 어느 날 갑자기 현실이었습니다. 현실에 충실했기에 꿈이 있었고 내가 그토록 오랜 시간 끼고 살았던 세한도가 헛것의 꿈이라는 것을 모르고 살아온 죄, 그 업장은 산속에서 유년을 살아야만 했던 검증할 수 없는 단절된 삶의 테두리 속에서 한 발자국 떼어보지 못했고, 사람 틈새에서 동기간과 이웃 세상살이를 모르고 공상 속에서만 길들여진 사상이 나도 모르게 세한섬을 소장하게 되었던 것 같습니다. 출가하여 사회, 사람 속으로 들어와 세상을 알고 난 후 자신과의 괴리감에서 몇 번의 자살실패 원인은 이승에선 절대로 검증할 수 없는 저승과 내세의 업보에 대한 두려움 때문이었습니다. 그 두려움과 고통은 아이러니컬하게도 제자신의 목숨을, 삶을 유지시켜 준 이유였습니다. 그 이유가 인생을 걸어온 원동력이었기에 고마울 뿐입니다…."

이승의 시간에 갇혀당한 그녀는 진실을 감출 모든 것을 잃고서야 재생되고 있었다. 해일이 휩쓸고 간 해변은 더없이 아름답고 휑하다. 어디선가 아기의 울음소리가 들린 듯하여 귀를 기울이고 있는 시몽은 어딘지 쓸쓸했지만 안도하는 듯도 하여 풀썩 주저앉아 담배를 피워 물었다.

난생 처음으로 그가 눈물을 주룩 흘리는 것을 갈매기가 물고 수평선을 향해 비상해 간다.

오! 생명이여 삶이여

우리는 삶의 가치, 그 선택을 스스로 택했다고 생각한다.

"어떻게 살아왔냐? 그 험한 속에서."

"죽지 못해 살았지요. 참 목숨줄이 질기긴 질기데요."

극한의 상황에서 벗어나 뒷얘기로 이렇게 극명하게 말한다. 이처럼 '나' 란 생명의 질곡을 풀어 놓는다. 사람은 최악의 경우가 되면, '죽어야지, 살아서 뭣해! 죽을까? 죽자' 하며 그 질곡을 놓아 버릴 때까지 하루에도 수번 또는 식음을 전폐하고, 고민하고, 상실하고, '나' 만의 세계에 가두어 놓는다. 그리곤 자신의 괴로움을 모두 타인의 탓으로 억울해 한다. 그러면서도 타인과는 의논하질 않는다. 의논할 정도면 절박하지 않은 것이다.

우리는 종종 매스컴을 통해 기업, 행정부, 청소년, 가장들의 알 수 없는 조건을 빌미로 삶이나 생명을 포기한 사건을 접한다. 이런 상황에서도 자신과 싸워서 이기거나 부모 처자식을 구실삼아 목숨줄을 다시 잡고 버티는 경우도 있다. 이 세상에 살아있는 사람이라면 빈부귀천을 막론하고 누구나 한 번쯤 경험하며 살아 내는 게 일상이요, 인생이며 목숨줄이다.

이렇게 소중하거나 천박하거나 평등한 목숨을 우리는 유식하게 생명이라고 말한다. 이런 생명은 인간에 더하여 동식물조차도 살아낼 목적을 지닌다. 그러나 생명의 진정한 목적은 삶에 있는 것이 아니다. 생명이 있는 모든 존재, 지구까지도 유한하기에 죽음이란 소멸이란 공통의 종착점을 지닌 것이다.

생명은 내가 스스로 버리고 스스로 가질 수 있는 물건이 아니다. 그러기에 함부로 포기해서는 더더욱 안 되는 것이다. 왜냐하면 나의 존재는 내 부모, 조부모, 그 위로 거슬러 올라가다 보면 단군에게까지, 더 올라가 보면 결국 인간의 종에 이르게 되고 그 종은 지구가 생겨날 때 품어온 지구의 궤적인 것이다. 이런 궤적에 의해서 지금 '나' 가 존재할 수밖에 없었던 것이다.

더하여 생명이 수 겁 년 동안 직조된 인연의 그물에 내가 있는 것이다. 이 '나' 란 생명의 주인은 나의 부모요 조상이요 하늘인 것이다. 쉽게 말하면 지구가 생성된 후 아담과 이브로 더 거슬러 단세포가 진화된 것이다. 그러니 짚신벌레조차도 한 생명으로 보아야 한다.

생명은 이렇게 부여 받아온 것이다. 절대로 스스로 존재한다고 하면 안 될 것이다. 지구엔 이렇게 생명을 부여 받아 태어난 동물 중에 '만물의 영장' 이라는 인간의 생명을 찬탄해야 할 것이다. 이렇게 위대한 생명을 난 내 부모로부터 받았고 태어나는 순간, 그때부터 할머니 할아버지, 어머니 아버지, 아들 딸 형 누나 동생, 이모 고모도 함께 태어난다. 나의 생명은 이런 많은 존재를 이끌고 다닐 수밖에 없는 인드라망의 그물코이다.

나란 존재는 생명만 부여 받은 것이 아니라 목숨줄까지 모두 부여 받게 되는 것이다. 말하자면 어머니 태중에서는 어머니가 드신 온갖 영양분을 열 달 동안 탯줄에 의지해 나에게 공급되어 한 세포가 태중에서 인간의 형태로 어머님이 만들어 주신 것이다. 그러다 열 달을 채우고 고고의 울음으로 세상 밖으로 나오니 주위로부터 공급받는 한 모금의 물 우유 어머니 젖으로 연명한다.

그것뿐이랴. 알몸으로 태어나서 옷도 입혀졌다. 주는 옷도 입혀주어야 알몸을 가릴 수 있는 것이다. 혹여 거리에 버려진 아가도 옷 한 벌은 입혀진다. 모두 그 근본은 내 주위 사람들로부터 공급 받아 생명이 유지되는 것이다.

이리 보면 모든 공급은 인간의 자비심 봉사로부터 나온다고 할 것이다. 그래서 지구상의 모든 생명은 단연 성자이다. 인간의 육체는 점점 자라면서 동시에 늙어가는 것이다. 이 과정에서 의식주의 해결이 우선이다. 성장해 가면서 더더욱 많은 사람들의 도움으로 살아간다.

돈으로 해결한다. 돈만 있으면 무엇이든지 살 수 있다. 과연 쌀은 흙에게 돈 주면 나오냐? 옷은 허공에 돈 뿌리면 하늘에서 떨어지냐? 설사 이런 일들이 가능해도 흙과 허공은 어디에 있는가? 내가 만들었나? 이렇게 따지자면 난 할 수 있는 게 하나도 없다. 죽는 것마저도 목을 맬 나무와 동아줄, 물에 빠지자면 강물, 음독하려면 약물, 차에 치자면 달려오는 타인의 자동차와 그 운전수의 고통까지에도 의존해야 한다.

그러니 내가 할 수 있는 건 다만 겸손과 찬탄과 감사만 있을 뿐이다. 말하자면 자비를 쉽게 베풀 수 있는 엎드린 지하철 거지에게조차 감사해야 마땅한 것이다.

이렇게 생각되니 능력이 하늘을 찌르고 천재의 천재를 겸비한 인간일지라도 스스로 잘난 척 생명을 이어갈 능력은 절대 없다. 이 말은 '내가 사는 것이 아니라 세상으로부터 살려지는 것이다' 라는 진리가 '절

대진리' 인 것이다. 이 길에 우리는 존재되어지는 것이다

담쟁이 넝쿨도 담이 있어 싱싱하게 올라가면서 커간다. 담쟁이 넝쿨은 의지할 곳을 탓하지 않고 길을 내주는 대로 말없이 건강하게 자란다. 도리어 잘해 준다고 옮겨지면 시들어 버린다. 이처럼 우리의 생명도 스스로 주위에 맞추어 나를 버리면 절로 살아지는 것이다.

세상에 모든 생명은 점점이 존재하는 모든 것에 의존해 지속되는 것이다. 보시 받아 살려지는 것이다. 쉽게 말하자면 내가 슬프면 주위 동네가 슬퍼지는 파장을 일으킨다. 이것은 핸드폰 컴퓨터의 원리작동을 생각해 보면 바로 이해된다. 허공엔 비어있는 공空은 항아리 속같이 빈 것이 아니다. 공은 충만하게 채워진 공간이다. 보이지 않는 모든 소리 빛이 촘촘히 존재되기에 그 파장을 잡아 우리가 쓰고 버리게 되는 것이다.

아이티 산업으로 무궁한 재를 축적한 재벌은 그가 위대한 기술자를 고용해 이룬 것 이전에 이미 존재했던 것을 발견해 파먹어 들어가는 것이다. 하여 우주가 존재하는 한 무궁무진하다. 이렇게 촘촘히 짜여진 그물망에서 우리는 한 치도 벗어나 존재할 수가 없다.

이 원리를 김태영 문사수 경전학당 여여법사는 인드라망이라 명했다. 이해하고 보니 우린 그 인드라망의 그물코에서 펄떡이는 물고기다. 다만 누구도 그 수명을 끊어내는 태공이 존재하지 않는다. 그 낚시꾼은 바로 '나' 이기 때문이다. 나는 맘대로 나를 죽일 수 없다. 그러면 살인자가 된다. 왜냐하면 인드라망에 걸린 끝없는 존재를 끊어내는 것과 같으니까! 소름이 끼친다. 난 지금 나만을 위한다고 이 엄청난 우주의 핵을 흔들고 있는 것이다. 이럴 때 내가 할 수 있는 것은 살려지게 하는 모든 것에 깊이 감사하는 일이 저가 죽고 남을 살리며 그 파장으로 자신

도 살아지는 곳으로 도달하게 된다.

이런데도 나는 할 수 있는 게 없어! 하는가. 물론 나는 할 수 있는 게 없다. 그러나 위대한 동사 감사합니다. 모두에게 찬탄드립니다, 하면 나도 살고 우주도 생성되는 것이다. 왜? 인드라망에 걸린 물고기는 위대한 영원 생명이니까?

인드라망을 숙지하는 순간 아! 내 생명은 나만의 것이 아니구나. 이 세상 모든 생명이 우주의 망망대해에서조차 나를 떠받쳐주니까 내가 존재할 수 있구나! 생각이 여기까지 이르니 절로 이웃에 동물 거지 아스팔트를 뚫고 나온 풀 한 포기에게조차 합장하고 감사드린다.

죽지 못해 산다는 '어떻게' 하는 방법을 끝없이 고민해 온 평생의 어리석음이 박살났다. 내 생명이 나만의 것이 아닌 친구 부자 강국의 인드라망에 내가 존재하니 생명은 무한 능력과 가치를 가질 수밖에 없다. 한탄하거나 원망하지 않는다.

그럼 이 무한 능력을 어찌 내어 쓰는가? 내어 쓰는 지혜는 어디서 구하는가? '나' 를 버리는 습習이 붙어야 한다. 이것이 출가인 것이다. 중이 되는 것만이 출가가 아니고 진정한 출가는 이런 것이다. 우리는 매일 '나' 를 버리는 출가의 하루로 산다면 이것이 습으로 정착한다면 가족을 거느리고 사는 삶이라도 진정한 출가인 것이다. 이 출가는 누구의 도움이 아니라 나의 결정이다. 매일 출가하면서 매일 지식을 터득하여 그 지식은 나로부터 탈출한 지혜로 변환될 때 자신의 지혜만큼 성장하게 되는 것이다.

아인슈타인도 없는 것을 발명한 것이 아니다. 하여 발견했다고 하는 것이다. 지구상의 모든 발명은 마땅히 발견이라야 옳다고 나는 생각한다.

모든 지식을 뇌에 저장하면 끝나는가. 만권의 책을 보고도 의식주가 해결 안 되는 것을 우리는 손가락질 또는 위대하다 한다. 이때 손가락질도 위대하다도 다 안 맞는다. 그저 그 사람의 '나' 의 고집이고 선택이다. 그는 자기 지식만 쌓아갔다. 지혜로 변환하는 나를 버리는 수고는 깨알만큼도 안한 증거다.

나를 버리는 작업이 힘들다면 내 생명의 무한한 능력을 찬탄함과 동시에 감사를 게을리 하지 않아도 반은 성공이다. 그리고 무한 능력의 생명임을 스스로 찬탄하고 당당해라. 내가 이렇게 당당하게 의견을 피력할 수 있기까지는 나의 모든 생활 터전을 잃어버린 후 불교라는 나의 종교를 바르게 터득하고였다. 즉 종교란 소원을 빌고 신께 의지하는 것이 아닌 철저한 나를 바라는 해탈을 실행하는 과정이 있게 하는 곳이라고 깨닫게 된 것이다.

이를 깨우쳐 준 곳이 '문사수' 경전학당이다. 종교란 소원을 성취하는 곳이 아니다. 그 법으로 나를 일깨워 내 스스로 지혜를 터득하여 일어선다. 이 '절대법' 을 듣고 전수받고 행하는 것을 알아지게 하는 곳이다.

아! 생명 목숨줄이 이래서 저 홀로 질긴 것을 고맙게 생각한다. 세상을 원망해서 무한히 펴져 있는 인드라망의 생명을 한꺼번에 싸잡아 무능력하다고 오해하지 말자. 모든 생명은 나에게 속해 있는 위대한 동사! 나의 생명은 참으로 위대한 것이다. 하여 나는 선언한다.

'생명이란 위대한 동사이면서 동시에 보통명사인 것이다.'

그러면 생명이 이끌고 가는 삶이란 무엇인가?

오늘을 어찌 살 것인가?

골절상을 입고 온몸에 깁스한 노인이 누워서 한 술의 밥과 한 젓가락의 반찬을 물 한 방울 흘리지 않고 받아먹는 모습. '죽어야지' 하면서 삼시끼니를 놓치지 않고 고집으로 살아가는 노인. 태어나자마자 바로 링거줄을 코와 폐에 꼽고도 세상을 포기하지 않는 신생아의 모습. 생명이란 내가 어찌 해 볼 수 있는 동사가 아니다. 함부로 농단할 수 있는 명사가 아니다.

세상에 한 번 태어나서 살 수 있는 생명은 이 모든 고통을 받아들여야 한다. 산 목숨 줄 인드라망을 끌고 가야 하는 몸짓이기에 참으로 위대한 것이다. 이 위대한 생명의 길엔 수많은 사람들이 오늘도 존재한다. 우리가 빌며 기도하며 매달리는 신도, 생명의 위대함을 증명하기 위해 수시로 점성가의 도움을 받아 위대한 인드라망 한 점 인간의 육체에 깃든다. 신도 이렇게 이승이 그리워 인간의 틈을 비집고 들락날락하는 것이다. 신도 이승의 위대한 동사이고 싶은 것이다.

이 세상을 살아내고 있는 인간은 모두가 위대한 것이다. 위대한 생명의 길엔 오늘도 수많은 사람들이 존재한다. 이들에겐 '어떻게' 라는 목적은 없다. 오로지 생명을 생명답게 내어쓰며 나를 살려주고 있는 모든 것에 감사하고 헌신한다. 이런 모습을 우리는 성자聖者, 현인賢人, 더 나아가 종교적 대상으로 숭배하는 것이다. 이런 위대한 생명은 누구나 가지고 있는 참생명의 자리다. 하여 생명은 모든 이의 보통명사며, '나' 또한 그곳에 있는 보통명사로 존재되는 것이다. 모든 인간은 나의 스승이요 내가 터득해야만 할 지혜의 보고인 것이다. 저 위대한 생명의 도량이 오늘도 곳곳에 '나' 를 위해 도도한 생명 흐름의 실화가 몸으로 땅에 기대어 가고 있다. 다만 나도 그곳에 흐르고 있을 뿐이다.

생명의 동작을 따라가면서 그림 같은 삶을 요량한다. 오늘도 글을 쓴다. 이 글을 쓰고 있는 혼! 이 위대한 춤.

'비나리' 의 주인, 오! 생명이며, 삶이여!

제 2 부 대왕생

대왕생 · 1

— 인연으로 시작된 꿈

캄캄한 대지에서 나는 내 기억을 진공상태로까지 만들어 버리고 있는 것은 하늘 두께만큼의 우주에 갇힌 때문. 질료를 다루고 있던 연금술사가 한 방울 톡, 불씨를 헤집는 인연 닿고 내려선 생명은 어머니가 복사해낸 태胎에 의지해 '나' 의 시간은 흐른다.

기억 속의 별빛을 따라갈 수밖에 없는 동굴 끝에서 점화되는 고통, 빛나는 생명의 불꽃보다 아름다워지는 알뜰한 고통, 육체는 생명의 땔감이라는 것을 알고 있었을까. 생명이 다시 '대왕생열차' 에 탑승할 좌석표를 구입하는 대가는 대지에 기록된 알뜰한 육체의 궤적이 아닌가.

여인은 핏덩이를 바라보면서 허탈하게 비워진 태실胎室의 모래바람 갈증 몽환마저 갈취당한 현실을 맞이해야만 했다. 자신이 복사해낸 꿈에서조차 낯설기만 한 복사된 아기가 방긋 쫑긋 입을 움직인다.

태워지기 위해 산소를 마신다. 타고 있던 불의 유혹을 받는다. 불이 당겼다. 불이 불을 마신다.

대지에 걸리는 스크린에 몽환적인 꽃잎이 찬란하다.

대왕생 · 2

인생은 꿈결같이 지나간다. 그토록 몸부림치며 예까지 왔건만 남은 것은 뭔가. 늙고 병들어 날이 저물어 갈수록 주위에 더더욱 의지해야만 하게 되었다. 스스로 할 수 있는 일이 남았는가. 없다. 똥도 누군가의 손을 빌어야 해결된다. 혈기 넘쳐 이리 뛰고 저리 뛰면서 예까지 왔다. 생각해 보니 늙어가기 위해 육신이 지치게 하기 위해서였다. 허망하다.

난 매일 해가 지면 잠자리에 들 준비에 바쁘다. 바꿔 말하면, 매일 아침이면 태어나서 종일 생존에 필요한 모든 일용할 양식을 얻기 위해 허덕인다. 밤이 되면 어김없이 잠자리에서 매일 죽는다. 잠자리에 들면서 '내일은?' 하고 희망과 함께 만반의 준비를 하고 잠자리에 든다. 그렇다면 잠을 자는 것, 죽는 것이 존재하는 이승은 분명 꿈의 세상이다.

생명은 아침에 태어나 저녁이면 스스로 죽고 또 이렇게 되풀이 되어 태어나고 죽고 하는 꼴이다. 태어나면서 산실에서 죽어도, 단 한 시간을 숨쉬다 죽어도 일생이요, 백년을 숨쉬다 죽어도 일생인 것이다.

이 어마어마한 생명의 고리를 쥐고 살아내는 만물의 영장이 백세시대가 열렸다고 축제를 열고 있는 판이다. 매일 죽는 연습을 하면서, 이 순간에도 죽는 연습은 계속된다. 나란 존재는 살려지고 있으면서도 자신의 재산 욕망 지위와 '죽는다' 와는 바꿀 마음이 전혀 없다. 그 의지는 날이 가면서 박달나무 다듬이 방망이처럼 단단해진다.

사람은 태어나면서 오늘날까지 죽음의 연습을 해 왔다. 앞으로도 죽는 연습을 할 것이다. 이렇게 내 존재가 이미 생명의 법칙을 철저히 준수할 수밖에 없는 절대의무를 갖고 태어났다. 그런데 백세시대가 열렸다고 한다. 외부로부터의 공포를 스스로 받아들이면서 생명의 의지와는 전혀 무관하게 과학이란 자연의 살인자에게 스스로 생명을 바치려 하는 것을 축제라고 떠들어야 하는가? 천년을 살 수 있어도 잠은 자야 한다. 아니 매일 죽음을 재연하면서, 또한 오매불망 잠을 푹 좀 자고 싶으면서도 백세시대가 열렸다고 좋아한다.

아! 이제 죽는 연습 없이 백세시대를 즐기자! 할 수 있을까? 신은 미리부터 죽음이란 생명이 축복받을 또 다른 공간을 마련해 준 것은 아닐까? 죽음이 준비된 장소로 옮겨온 이승에 존재하는 모든 이의 귀향이 아닐까? 그렇게도 소망하던, 기도했던 행복으로의 출사표는 아닐까? 백세시대가 열린 것이 과연 축복인가? 행복인가? 절망인가? 희망인가.

우리는 소원성취란 글씨가 새겨진 초의 일생을 살고 있지는 않은가!

"그는 초를 켠다. 그리하여 나는 그때, 추억하며 자신에게로 되돌아간다. 그리고 나는 몽상가가 그렇듯이 밤샘하는 사람이 된다. 몽상가가 연구를 하는 것처럼 나도 연구를 한다. 세계는 그에게 있어서와 마찬가지로 나에게 있어서도 촛불의 불꽃에 비추어지고 있는 어려운 책이다. 고독의 친구인 촛불은 특히 고독한 일의 친구다. 촛불은 텅 빈 독방을 비추고 있는 것이 아니고, 한 권의 책을 비추고 있는 것이다."

– 가스통 바슈라르의 '촛불의 미학' 에서 (이가림 옮김, 문예출판사 간)

대왕생 · 3

자식이 성혼하면 아들은 희미한 옛 그림자, 며느리는 가까이 하기엔 먼 당신, 딸은 아직도 그대는 내 사랑. 딸 둘에 아들 하나면 금메달, 딸 둘이면 은메달, 아들만 둘이면 목매달(?).

아들 둘 둔 엄마는 이집 저집 떠돌다 노상에서 죽고, 딸 둘 둔 엄마는 해외여행 다니다 외국에서 죽고, 딸 하나 둔 엄마는 딸네 집 씽크대 밑에서 죽고, 아들 하나 둔 엄마는 요양원에서 죽는다.

재산 안 주면 맞아죽고, 반만 주면 쫄려죽고, 다 주면 굶어죽는다.

백세시대가 열리는 문명세류에 일어나고 있는 이야기다. 참고로 이 글은 카카오 톡에서 옮겨온 글이다.

백세시대가 열렸다는 말은 수명이 지겹게 연장될 수 있다는 의미를 둔다. 그런데 앞서 말한 유머가 떠돌 정도인 이 문명시대에 수명이 자신의 능력에 필요이상으로 연장되는 것이고, 이 시대가 열린다고 좋아하는 것은 행복한 세상을 꿈꿀 수 있기 때문일 것이다. 그렇다면 백세시대는 과연 나에게 행복의 미래가 열리는 것일까. 불안하다. 나무.

대왕생 · 4

요즘 시중엔 다양한 초가 판매된다. 자신의 필요에 따라 다양하게 선택할 수 있다. 그중에 동그란 알루미늄 받침 속에 들어있는 것에 두 종류가 있다.

한 종류는 3시간 정도 탄다. 또 다른 종류는 7시간 정도 탄다. 두 종류 모두 다 타고 나도 아주 깔끔하다. 그런데 3시간 타는 초는 끄름이 없고 맑다. 보통 청혼 이벤트로 하트모양으로 촛불을 나열할 때 쓴다. 7시간짜리는 이웃나라에서 생산한 것인데 3시간짜리와 같은 일생을 마치지만 도중에 끄름과 냄새가 있고 맑지 않다.

또 풀갑 뚜껑만한 양초 굵기로서 표면에 소원성취라고 쓰여 있고 한 이틀 온갖 몸짓으로 탄다. 말하자면 촛농을 가늘고 굵게 부채모양 떨구고, 생선지느러미모양 자신의 몸통에 매단다. 이런 과정에서 끄름을 펄펄 낸다.

이때 불과 끄름이 벽면에 그림자로 흔들리면서 그림자는 벽에 붙어 마치 귀신같이 춤을 추어 한밤에 무서움을 동반하며 타오른다. 이 초는 생명을 마칠 때는 주위를 번거롭고 질펀하게 오염시키는 것이 마치 요양원의 손길을 기다리는 행려자와도 같다.

이 초들의 모든 형상이 한 권의 책이다. 한 사람의 일생이라고 할 때, 3시간짜리는 소설로는 '어린왕자' 요, 사람으로는 '김소월' 이다. 7시간짜리는 소설로는 '톰소여의 모험', 사람으로는 '이상' 이다. 굵은 양초는 소설로는 '삼국지' 요, 사람으로는 얼마 전에 작고하신 나의 스승 '조봉제' 선생이라고 생각해 본다.

첫째나 둘째는 상상이 가지만 굵은 양초는 하필 삼국지인가. 삼국지 같이 완벽한 소설이라면 지구수명과 같이 생존한다고 믿게 된다. 그래도 이 세상 사람들의 손이 안 가면 가능할까? 조봉제 선생님은 87세로 2012년 12월 25일 영면하셨다. 아들 내외의 지극한 효심과 아내와의 평생 아름다운 동행을 마치는 순간, 그것도 새벽, 자신의 방에서 자손들이 지키고 있는 시각에 아내의 팔에 안겨 조용히 자는 듯 가셨다.

이 세 부류로 우리가 살 수 있다면 삼일이면 어떻고 일주일이면 어떠랴. 구태여 백세 이백세 살지 않아도 행복한 일생이 아니겠는가. 또한 이렇게만 살아냈다면 죽어도 영원히 사는 것이 아니겠는가?

깨어 있는 낮 동안 어떤 모습인지가 중요하다. 잠들면 업어 가도 모르는 것이 삶이다. 그런데 오래 살기만을 바란다면 얼마나 어리석은가?

어느 날 전철 경로석에서 옆에 노인에게 물었다.

"아주머니, 백세 살면 좋겠지요?"

"아이구, 욕을 해라. 물론 건강하게 살면 그도 괜찮지."

그 옆 노인이 끼어들면서 한 마디 한다.

"벽에 똥칠하며 오래 살면 뭐해."

"건강하면요?"

이때 앞좌석 할아버지가 끼어든다.

"건강해도 먹고 살 수 있어야지. 이집 저집 구걸하고 자식한테 구박받고…. 아, 요즘 제주도에 버려진다잖아? 아파트 이름도 어렵게 짓는다잖아!"

또 어느 날 전철에서 젊은이들에게도 물었다. 그들은 아무 생각 없이 답한다.

"오래 살면 좋-지요-오."

그들은 짝지어 앉아있었다. 저들은 자신의 새끼를 낳아 기를 수 있을까. 아니 아기를 낳을 생각은 할까? 노인만 늘어가는 쭉정밭에서 우린 양식을 거둬들일 수나 있을는지….

백세시대가 무슨 의미가 있단 말인가? 우리를 반겨주는 들에 꽃이 없는데 과연 행복할까? 죽는다는 의미로 보면 한 시간을 살다 가도 일생이요, 천년만년을 살아도 일생이다. 그래서 죽는다는 의미는 평등이다.

과학이 인간수명을 늘려준들 무슨 소용인가. 지금도 과학을 모르는 자연인이 지구 어딘가에 천년을 선인으로 살고 있는지 알 수 없는 일 아닌가? 과연 백세시대가 도래했다는 것이 무슨 의미가 있는가?

오랜 옛날부터 인류는 이미 백세시대를 살고 있었는데, 과학의 백세시대가 그들을 몰살시키는 것은 아닐까. 백세시대를 살고 있는 우리가 명심할 것은 우리들의 미래가 아닌 지금의 양식을 거둬들일 텃밭부터 생각해야 되지 않겠는가?

허참! 나무.

대왕생 · 5

은행을 가기 위해 나섰다. 노인연금을 쪼개어 적금을 붓기 위해서다. 왜냐? 백세시대가 도래했다는데 마음대로 죽을 수 없는 생명이니까. 나는 백세까지 싫어도 살아야 하니까! 내 인생을 열심히 살기 위해.

지금부터라도 내 촛불이 꺼질 때까지 알뜰히 책을 읽어야 하니까. 눈을 뜨고 열심히 읽어갈 기운을, 내 스스로를 위해, 고만한 희망은 지키자.

글자가 보이는 날까지 책 덮을 생각일랑 버리고 열심히 살아내자.

이것이 내게 주어진 할당량이니까! 나무.

대왕생 · 6

아들은 주말에 운동을 나가면 늦게 귀가하기에 나와 거의 마주치지를 않는다.

그러나 종일 집에 있으면 거실에서 TV를 본다. 나는 어쩔 수 없이 TV 앞을 지나 베란다로 나가게 된다.

"엄마 뭐 화난 일 있어요?"

"…?…."

"불만이 있으면 속 시원히 말하세요. 좀처럼 집에서 쉬는데 왜 인상을 찌푸려요? 나가줄까요?"

"아니 넌 왜 내가 화난 사람이라고 불끈거리냐? 난 너야말로 이 엄마가 못마땅한 것처럼 생각된다."

"엄마 피해가지 말아요! 엄마 속이 빤히 보이는데?"

참으로 억울하다. 그러나 자식이 어미를 향해 짜증을 낸다는 것은 고마운 일이다. 어미가 눈앞을 얼씬거려도 생각 없이 볼거리만 챙기고 있다면 어미의 안색이고 뭐고, 더하여 엉금엉금 기면서 다녀도 '저리 비켜 안 보여!' 할 텐데 말이다.

그런데 내 자식은 언제나 집에 있으면 어미의 안색을 살핀다는 확증이 바로 엄마의 인상착의를 볼멘소리로 대신하고 있다는 증거가 아닌가.

그도 그럴 것이 집안이 기울자 제 아비의 자리도 기울어 어미를 봉양해야 하는 자식은 참으로 걱정일 것이다. 그런 마음이 언제나 제 편인 엄마를 향해 스스럼없어 쏟아내는 사랑의 세레모니라 생각한다. 그렇게 생각하면서도 아들이 집에 있는 날은 나는 베란다로 나가기를 안방 창틀로 넘어간다. 그러다 언제는 아들이 거실문을 확 열며 질책한다. 들킨 것이다.

"엄마 뭐하는 거야. 왜 그리로 다녀?"

"얘! 네가 인상을 쓴다고 하기에 그 꼴 보이지 않으려구. 옛날엔 엄마 인상이 좋았다고 하는데 그땐 엄마 양미간에 팔자주름도 없었고, 볼테기도 심술궂게 늘어지지 않았어. 그러니 좀 봐주라. 네가 핀잔을 줄 때마다 난 네게 죄짓는 것 같아."

"아이구, 못 말려. 엄마 말을 누가 당해–."

참으로 해명이 안 된다. 그래 어느 날 종일 거울을 보며 인상을 조절해 봤다. 고개를 숙이는 것보다 먼 산을 바라보듯이 조금 들어앉아 있는 아들이 내 얼굴을 올려다 볼 수 없게 하는 것이다. 그리고 또 아들의 마음을 헤아려 보니 아들이 나가서 언짢은 일이 많았거나, 친구 부모가 행복해 보였을 때, 제가 즐겁거나 맛난 음식을 먹었는데 어미가 걸렸거나, 잡비를 지나치게 지출했거나 하면 꼭 그런 심상이 되었을 것도 같다.

얼마나 기특한 자식인가. 그냥 무관심이라도 같이 주거하는 것만으로도 요즘 세상에 행복한 일이다. 나는 이젠 친정붙이가 전혀 없다. 일상을 친구 아니면 나를 찾아줄 인간이 없다.

아들이 짜증을 내면 낼수록 나는 평안하고 안심이다. 내 자식이라 나는 네 속을 거울같이 본단다. 너는 어렸을 때도 엄마가 우울하면 그렇게 물었고, 그럴 때면 나가 놀지도 않았다. 머리맡에서 장난감 병정놀이로 '두두 두두' 침을 튀기며 내 얼굴 위로 비행기를 조종했다.

그러면 나는 웃었다.

지금은 단지 장난감 대신 TV를 보고 있을 뿐이다.

그러면서 '엄마! 엄마 보는 연속극이야!'

고맙다. 내 자식.

감사합니다. 나무.

대왕생 · 7

– 오씨 영가

금강경 32편을 한 마디로 요약해 보면 사구게 2편을 지닌다.

범소유상凡所有相, 무릇 있는 바 상은
개시허망皆是虛妄, 다 이것이 허망하니
약견제상비상若見諸相非相, 만약 모든 상이 상아님을 보면,
즉견여래卽見如來, 곧 여래를 보리라.

– 금강경 5편

이 사구게를 혹자는 불교가 공이요, 이 공을 허망이라 단언하는데 그렇지 않다는 것을 결단한다. 마지막 법문은 인생을 생명의 삶을 꿰뚫는 말씀으로 끝을 맺는다. 이 넉 줄에 우리들의 삶을 확연히 드러내주고 계시다.

일체유위법一切有爲法, 일체 함이 있는 모든 법은

여몽환포영如夢幻泡影, 꿈이며 환이며 물거품이며 그림자 같으며
여로역여전如露亦如電, 이슬과 같고 또한 번개와도 같으니
응작여시관應作如是觀, 마땅히 이와 같이 관할지니라.

이 세상을 한 마디로 공空이라는 것이다. 다만 이 빈 곳에 아무것도 없는 것이 아니라 그 빈 곳은 오직 우리가 나아가야 할 생명만이 빛나며 모든 것이 생명일 때 진실한 것이라는 것이다. 또한 우리는 이미 생명을 갖추고 있기 때문에 꿈에서 깨기만 하면 우리는 절대 생명의 길로 나가는 것이라 했다.

이 나이가 되니 그 말을 점점 실감한다. 허나 깨알만큼 다가온다. 이것 또한 내게 어려운 상황일 때 애써 피해 보려 그 가르침을 놓고 싸우게 될 뿐이다. 친구처럼 즐기는 것이 아닌 싸우게 된다.

그런데 저 영정사진 속 할머니는 숨을 거두는 순간까지 금강경을 외었다. 언제부터 금강경이 절대 친구로 그의 분신이 되었을까. 남편 사별 후 밤마다 얼마나 외롭고 슬펐으면, 딸이 성장하면서 아빠의 빈자리를 확인할 때마다 얼마나 원망스러웠을까. 시집식구들은 또 얼마나 버겁고 미안하고 슬퍼했을까.

그런 눈치를 보면서도 저만큼 살아서 60년이 넘도록 동서지간 정을 이으며 끝내 그 동서들이 그의 영면자리를 지키게 했다. 남편이 싱싱하게 오늘날까지 살아주고 있어 그 그늘에서 오늘도 엉덩이를 흔들며 쇼핑을 하고 있는 것은 젊으나 늙으나 매한가지다.

저 사진 속 영가는 그 모든 평범한 세상을 꿈이라 생각하고 앉은자리에서 책이 낡아빠지도록 독송을 했다. 그러나 인생사 다 그렇듯이 가슴앓이는 있다. 꺼내 보이지는 않았지만 그것이 오래도록 자리 잡고 병이 되었다. 그러나 그 고통은 오히려 그녀가 마지막까지 염불할 수 있는

계기를 더해줬다.

이렇듯 인생은 어쨌든 하루도 고통을 피할 수는 없다. 그런데 나는 여기서 확신했다. 고해든 낙원이든 염불이 있어 그녀의 삶은 주위 사람들에게 환심을 사게 했고 '더– 더–' 하는 욕심을 버리게 했다.

그러니 혼자 손에 키운 외동딸을 누구나 가고 싶은 호주이민도 보냈다. 그 딸이 홀가분하게 이민을 갈 수 있게 해준 것은 청상과부로 저만 믿고 살았을 어머니라고 본다. 이쯤해서 아들 며느리에게 시어머니 또는 딸이 친정어머니에게 친정엄니는 딸에게 무엇을 어찌 해야 할까.

서로 원수가 되어 살림을 가르는 원인은 서로 자신을 내세우기 때문이다. 세상은 쇠하면 죽고 생하면 사는 것인데 늙어 쇠하면 철저히 갓난아기같이 되어야 한다. 아기가 예쁜 것은 남녀노소 빈부를 따지지 않고 누구에게나 방글방글 웃기 때문이다.

그러나 차츰 자라면서 싫고 좋고, 고집과 아집이 생긴다. 그것도 어른들의 장난감 노릇을 하면서 터득된다. 그 선생은 부모요 형제요 일가친척이요 매스컴이라 생각한다. 그러면서 모두는 저는 책임이 없다는 척, 어미마저도 밉다 곱다 한다.

이제 늙어 쇠한 나는 매일 벙글벙글 웃기로 하자. 미쳤다면? 그래도 웃자. 그리고 하라는 대로 하면서 또 웃자. 먹으라는 대로 먹고 고마워서 웃자. 내 자신이 제왕처럼 군림해도 죽을 것이요, 내가 장수해 병이 없고 탐욕의 덩어리로 싱싱하다고 해도 밤새 꼴깍 숨넘어가 이 육체는 흙이 될 것인데, 웃다 죽으면 때깔도 좋지 않겠나?

"엄마 왔다 갔다 하지 말고 양말 하나 꺼내줘!"

"예 고맙습니다. 감사합니다."

나무.

대왕생 · 8

– 난 누구지?

오늘도 나는 여지없이 집을 지키는 신세다. 아들은 출근하고 또는 제 볼일 찾아 나가고 습관처럼 리모컨을 들고 TV를 튼다. 아침뉴스를 마치고 오늘의 일기예보를 알리는 요일과 날짜를 밝힌다.

그러고 보니 오늘이 목요일, 고교 동창들과 만나는 날이다. 지금 단장하고 나서도 늦다. 그도 이유지만 이 나이가 되면 어제부터 미리 서둘지 않으면 만사가 귀찮다. 핑계를 대고 못 간다. 전화를 하려 전화기를 찾는다. 없다. 어디다 놓았을까— 아무리 생각해도 까맣다. 집전화로 불러본다. 소리가 없다. 진땀이 난다. 핸드폰에 전화번호가 저장돼 있어 전화번호를 알 길이 없다. 초조하다. 허둥지둥 찾는다. 절로 염불도 나온다.

이쯤 되면 '이래도 살아야 되나—' 씁쓸하다. 회의에 잠겨 한숨만 푹— 쉰다. 오늘은 시멘트 관속에서 죽은 목숨이다. 숨넘어가야 죽는 건 아니다. 만사를 놓친다 싶으면 죽는 게 아닌가. 건망증 한 가지만 붙들고 있자니 숨쉬는 게 숨쉬는 게 아니다.

TV도 귀찮다. 소파에 눕는다. 그러다 문득 시장기가 돈다.

시계를 보니 점심 겸 저녁이다. 반찬을 꺼내려 냉장고문을 열었다. 냉장고 위에서 셋째 칸 앞에 핸드폰이 서늘하게 잠을 자고 있는 게 아닌가. 전화기를 들고 어린아이를 찾았다는 듯이 가슴에 안고 털썩 주저앉았다.

문득 '단지 조막손만한 이 쇳조각을 찾아 종일 헤맨 나는 뭐지? 지금 난 누구지? 뭐 땜에 살지? 아! 이렇게 무덤으로 가야 하나?'

내가 임종할 때 나는 과연 어떤 답안지를 내놓을까? 내가 나를 인정할 수 없는 이 지경이고 만사가 허탈하고 귀찮다면 그동안 칠십 평생 나의 자존심은 무엇이었는가. 나는 헛똑똑이었다. 배내부터 법문 듣고 자란 난 과연 종교에서 무엇을 익히고 지켰는가. 아니다. 나는 이제까지 삿된 짓거리로 법당을 드나들었을 뿐이다.

왜냐하면, 나는 내가 지금 '나는—' 하고 글을 쓰고 있듯이 매일 나, 나, 나를 입에서 마음에서 놓은 적이 없었다. 이 말은 나는 늘 나의 틀에서 내 앞에 상대를 놓고 나를 확인하고 확인시키며 달려 왔다. 이를테면 남편의 귀가가 늦어지고 바람을 피우고, 자식이 내가 시킨 대로 안 하면 '또 그래!' 하면서 남편을 염려하고 자식을 무지 사랑한다는 이유를 들어 고집했다.

지금 생각하니 모두가 독이었다. 상대방은 나를 무시하고 일부러 거스른 것도 아니고 어쨌든 집으로 들어왔다. 그리고 죽지 않고 모두 건강하다. 무엇이 문제였는가 말이다. 이제 나를 나에게 비추어보니 모두 나의 만족을 위해 열심히 독을 품어 왔던 것이다. 그러면서 보시 보시 했고 결과는 그 독으로 스스로 목숨을 깎아먹고 있었으니….

첫째, 스스로는 자신을 사랑하지 않았고. 둘째, 존경할 만한 믿음을 스스로에게 주지 못했다는 결론이다. 내가 믿음을 가지고 살았다는 것은 믿음의 종교가 아니고 법문을 듣고 외워도 마음으로 알지 못했다. 그러니 자신의 삶을 알 수가 있었겠는가. 그러니 헛똑똑이가 맞고 살려는 것이 아닌 매일 자살을 시도했던 것이다. 이렇게 사는 것은 매일 죽음을 마주할 뿐이라고 생각하게 된 것이다.

자식 다 키우고 인생의 고지를 바로 눈앞에 둔 쉼터에 앉아서 지는 석양에 내 모습을 비춰보는 오늘에야 알았다. 매일 태어나는 삶은 분명 존재한다. 그렇기에 인류는 발전하지 않았겠는가. 지금 나 같은 어리석은 사람만 존재했다면 지구는 텅 비어야 옳다.

전화기를 냉장고에 넣어둔 일을 까맣게 잊어버린 것은 나의 행운이다. 이 행운이 나로 하여금 다시 삶의 팽팽한 줄을 잡게 했다. 나무—.

대왕생 · 9

– 근성

주부가 직업인 어머니들이 가장 아름답던 시절에 전성기를 누렸던 노인이다.

잘 사는 딸이 제발 우리 집에 오셔서 푹 쉬면서 저하고 즐겁게 보내잔다. 아들들에게 그 누이의 의견을 전했다. 여기는 걱정 마시고 다녀오라고 흔쾌히 합의해 주었다. 너무 선선해서 섭섭했다.

'아니 내가 저들에게 얼마나 부담을 주었길래?'

그러나 비행기 탈 날짜를 정하니 마음은 풍선같이 부풀어 그날부터 트렁크에 짐부터 하나하나 챙겼다.

드디어 딸네 집에 왔다. 말 그대로 고대광실 저택이다. 싱크대에서 식탁, 주방에서 거실, 거실에서 해밝은 베란다 테이블, 거실에서 이층 방들, 이층 서재, 욕실, 내가 한국에서는 상상할 수 없는 저택이다. 물론 이곳엔 더 큰 집들이 있지만 내 생애에선 전무후무할 저택이다.

그저 '감사합니다' 란 기도와 기쁨, 말 그대로 아무것도 하지 말고 즐기자! 너무 감격해 첫날은 잠도 못 자고, 어차피 시차로 인해 이층 거실에서 감사회향의 염불을 했다. 문제는 그 때부터 발생했다. 피로해서 잠시 누웠다. 그런데 몸이 근지러워 일어났다. 수많은 스위치를 확인해 가면서 주방의 불을 겨우 찾아 불을 밝혔다.

주부 9단 할머닌 냉장고부터 점검한다, 아니 뒤지는 수준이다. 엉망이다. 순서를 한국할머니 방식대로 뒤집어 놓는다. 아무 생각 없이 제가 아주 딸을 위해 무슨 큰일이라도 하는 양, 이렇게 동이 터 올 때까지.

"엄마!"

소스라쳐 뒤를 돌아보니 붉근거리는 딸의 모습에 얼이 빠진다.

노인은 스스로의 잘못을 모른다.

"얘, 왜 벌써 일어났어?"

"왜에 에? 엄마 지금 뭐하는 거야? 왜 남의 냉장고를 뒤져! 그리고 왜, 잠자지 않고!"

"잠이 안 와서 그랬다. 얘, 냉장고가 왜 이리 엉망이냐? 그래서 네 짐 덜어주려 정리했다. 좋지?"

"엄마 누가 파출부 도우미하라고 불렀냐? 제발 이러지 좀 마! 여긴 미국이고, 여긴 내 집이야. 엄마 일하라고 도와달라고 오시란 것 아냐. 울 엄마 어쩌다 이렇게 됐냐!"

딸은 마침내 속상해서 이 꼭두새벽에 울음을 터트려 통곡했다.

다음날 평생 전업주부로 살아온 노인은 결단코 즐기는 것이 무엇인지 찾아 나섰다.

종일 자다 먹다 자다 먹다 도저히 무료하여 살 수가 없다.

'그래! 난 염불할 때 행복하니 법당 차리고 염불하자. 내가 왜 그 생각을 못했지.'

손자 방엘 들어가 봉대불 사진을 들고 나와 거실 책상에 놓고 염불했다. 집주인이 퇴근했다.

"엄마! 별일 없지?"

드디어 이층 거실로 올라온 주인이 또 노했다.

봉대불 사진을 가리킨다.

"이거 어디서 꺼냈어?"

"아들 방에서."

"엄마! 정말 왜 이래. 나도 그 방엔 안 들어간다고 했는데, 왜 그래. 그 사진 없으면 기도 못해! 내가 엄마한테 여기에서 지켜달라고 몇 가지 부탁했잖아요!"

난 화가 났다. 아니 그깟 일로 이 야단인가? 화가 살짝 나려 했는데 '나무' 하고 아, 내가 자식에게 짐이 되려 하고 있구나, 하고 번개같이 뇌리를 스친다.

"엄마! 제발 엄마가 여기서 할 일은 딸에게 얘—, 나 뭐 먹고 싶다. 얘, 나 뭐 사 달라. 얘, 어디 가자. 이런 걸로 날 괴롭히면 난 할 얘기가 없어. 엄마 요구사항을 다 들어줘야 하지만 이건 아니야. 제발! 엄마—."

난 나의 행동이 어째서 주인의 화를 돋구었는지 이해가 안 됐다. 한참을 연구에 연구를 거듭하고 이십년을 그것도 이국 만리타향에 떨어져 스스로 커진 자식이 내 집 내 살림에 가깝게 길들여진 내 소유물쯤으로 알고 살아온 모든 전업주부의 근성을 그대로 보여주고 있었다. 내 집에서 샌 물은 내가 얼른 닦으면 되지만 남의 집에서 샌 물이니 얼른 닦을 걸레도 방법도 모른 채 그대로 노출된 것이었다.

'제기럴, 놀아봤어야 놀지—. 즐겨봤어야 즐기지—. 니넨 좋겠다. 내 나이 되면 놀고 즐길 테니.'

공연히 부아가 치밀었다. 나무.

대왕생 · 10

– 해탈의 기쁨을 누리게 하는 만상

해탈에 들게 하는 기쁨을 나는 어디서 찾아야 하는가. 바로 이 자리, 스스로 자고 먹고 부딪치고 깨지고 욕심내고 아파하고 죽고 태어나고 할 때, 기쁘거나 슬프거나 하는 가지가지 고통이 있는 이 자리, 이 고통을 나의 잣대로만 하면 피해갈 도리가 없다. 하여 나를 버리고 그간의 상대적 평가를 내리고 괴롭고 힘든 것의 입장을 같이 향유하면 된다. 그도 아니면 같이 울고 웃는다. 아니면 같이 아파하면 된다. 뻐대 없다고? 없으면 어때 어차피 죽으면 모두가 흙인데 나를 내세우지 않으면 만사 오케이!

그렇다면 게으른 것인가? 그건 아니다. 이렇게 마음을 다스려가는 것이 스스로부터의 탈출이다. 자신으로부터 탈출이 쉬운 줄 아냐? 누구로부터 탈출은 더불어 하게 되고 동정이나 지원도 받는다. 스스로의 탈출은 아무도 모르고 알면 놀림감이고 외롭다.

고독이 바로 고통으로 암에 걸리지 않았어도 죽을 만치 괴로운 것이 고독이요, 외로움이 아닌가. 이것으로부터 탈출이다. 해방이다. 이 생각의 힘이 생명이요, 살아있음을 즐기면 된다. 고통이 없으려면 죽는 것이다. 그러나 불치병 환자일수록 죽음을 두려워한다. 두려움에서 고통에서 즐기는 것이다.

이 생명력이 동아줄이 되면 이 동아줄을 무엇으로 누가 이 동아줄을 끊을 수 있는가. 나는 즐겁다. 나를 묶어줄 동아줄을 나는 오늘도 엮는다. 길에서 전철에서 이웃들과 자식과 손자와 친구와 병마와 관절염과. 그런데도 누구와? 하고 물으면 문사수 도반과 함께 염불로. 나무.

대왕생 · 11

— 불이수도원 일기

천년 묵은 이무기 모양으로 둥글게 휘어져 누워
효자동이 마을로 인도되는 냇물이
눈을 씻어 더욱 훤한 길
매통쩍은 논과 밭 사이로 편히 누워
폐교된 소학교 내 수십 년 은행나무

남의 남정네 곁눈질하다 앵심 뚫린 바람난 계집이
비 오는 어느 날에
물항라 저고리 앞자락 탱탱해 어쩔 줄 모르고
도토리묵 한 쌈에 조망스런 맘 씨앗 담아
오소 오소 정참하여 오소

엊그제 뜻이 맞아 떨어지는 문우와
거나해져 가는 가운데 내가 불쑥

사람이 아침에 눈을 뜰 때
하루치의 실수를 할당 받고
고작 실수나 하자고 하루를 시작하는 것인데
세간의 앙금이 처연하게 깔린 바람재
차마 그냥 지나칠 수 없는 그 길에
실수처럼
실수처럼
삼사백 년 훌쩍 건너온 당신이 그리움처럼 서 있을까…

대왕생 · 12

— 생명이 신성神聖이다

우물을 파려면 우선 수맥을 보고 물이 나올 곳을 파야만 물을 얻을 수 있다. 이 말은 땅 속엔 언제나 물이 있어 발굴하면 물을 얻을 수 있다는 것을 의미한다.

마찬가지로 이미 나는 모든 것을 가지고 태어난 생명이다. 그래서인가 사람은 저마다 소우주라고도 한다. 그러니까 공부하면 알아지고 밥 먹으면 살찐다. 지각이 축적될 수 있는 뇌를 가지고 태어났기 때문에 지식은 쌓여진다.

우린 이미 곡간을 가지고 태어났다는 증거다. 또 무뇌를 가진 생명도 그 생명의 곡간만큼만 축적된다.

좋은 씨앗을 갖고 있어도 땅에 심어 싹을 틔우지 않으면 생명은 자라지 않는다. 일단 생명의 눈이 틔면 스스로 땅에서 물을 길어 자라고 꽃 피고 열매 맺는다. 생명이 틔어 자라지 않는 것은 없다. 자라는 새싹을 몽땅 잘라버려도 또 싹이 난다. 이것이 자생력이다. 한갓 식물도 이런 자생력이 있는데 하물며 만물의 영장인 인간은 말해 뭣하랴!

사람들은 자신의 생명력을 발휘할 생각은 않고 더 잘난 사람 더 많이 가진 사람 권력에 빨려 들어가 결국 자생력을 잃는다. 그러면 결국 그 집단도 망하고 만다.

엘리트집단이 자신들의 지식만 밀어붙이다 발전된 지식을 놓치고 결국 다른 집단의 정보와 과학에 밀려 낙후된다. 생명은 생명대로 놔둬야 한다. 인간도 자생력이 있어 자신의 병도 놓아주면 자신도 모르게 완치된다는 이야기를 우리는 종종 듣는다.

그런 것을 신기하게 경청했었지만 스스로 그대로 행하지는 전혀 못했다. 친정어머니가 돌아가신 후 어머니 시골집에 한 달에 한 번쯤 가기도 힘들게 지냈다. 겨울엔 수도와 보일러 동파되지 않게 단속하기만 하면 삼동은 그런대로 마음 편했다.

그런데 여름은 달랐다. 넓은 어머니의 정원엔 100여 가지 초목을 심어놓고 가꾸셨다. 어머니 정성에 무척 부담이 되었다. 그러니 도저히 그 초목을 베어버리거나 죽일 순 없었다. 더하여 넓은 정원 한 귀퉁이에 푸성귀를 심어먹는 재미도 쏠쏠했다. 여름엔 주말마다 달려가 물주고 잡초 뽑느라 내 손마디는 그때의 수고로 관절이 불근불근 솟아났다.

올 여름은 어찌 가물었는지 모기조차 없을 지경인 해다. 그러나 나도 바쁘고 해마다 그러려니 지겹기도 했다. 이 핑계 저 핑계 삼는 모양에 자손들도 나의 그런 모습이 안쓰럽다 못해 지겨워했다. 8월이 오도록 내버려 두었다.

문득 가뭄뉴스를 보고 가슴이 덜컥 내려앉아 저녁인데도 불시 일어나 차를 몰고 시골집으로 갔다. 넓은 한옥이 컴컴한 산자락같이 웅크리고 있었다. 대문을 따고 문을 들어섰다.

장정이다! 어둑선이다! 다시 문밖으로 나왔다. 무서웠다. 그래도 정신차리고 들어가 마당불을 밝혔다. 날짐승이 날고 나비가 환히 떠올랐다.

박쥐가 찍찍 처마에서 번쩍였다. 말라죽었으리라 했던 호박넝쿨은 길길이 자라서 땅을 덮다 못해 향나무 감나무 댓돌에 넘치게 흘렀다. 마치 밤바다의 파도 같았다.

나리꽃이 내 키보다 크게 자라 꽃을 피우고 있었다. 능소화 꽃잎은 떨어져 둑을 이루어 들어가는 길에 노을처럼 누워있었다. 이 정원의 100가지 식물은 서로 나누고 대화하고 인간으로부터 해방의 자유를 만끽하고 있었다. 마치 나를 보자마자 쥐새끼가 도망치듯 숨어버리는 비밀작전이 실행됐다.

그런 정원 수목들의 사정을 알 수 없었던 나는 문을 열자 알 수 없는 공포를 느낀 것이다. 저 자연이 나를 살리는 영양분이라면서 우리는 자연을 얼마나 간섭했던가! 그들은 내 간섭과 걱정을 먹고 사는 것이 아니라 이미 어디서나 살 수 있는 능력을 갖고 있다.

그토록 심한 한발에 물을 줄 때보다 적당히 적응해 번성할 수 있었다. 그 능력은 이미 타고 난 것이지 누구의 도움으로는 도저히 저리 될 수 없다는 것이 분명해졌다.

말 못하고 걸어 다니지 못하는 식물도 그러 한데 인간이 타고난 능력은 어떻겠나. 이미 갖추고 있었기에 가능하지, 갖지 못한 빈곳에서 무엇이 나오겠는가. 땅속에 물이 있었기에 우물을 파도 물이 나오는 것과 같은 이치다.

그러니 우린 이미 다 갖추고 태어났는데 어디서 달라고 할 것인가. 보통은 신이 내려주신다고 한다. 그러면 저 아프리카나 사막, 적도에 신은 왜 주지 않는가. 신이 주는 것이 아니다! 우리가 갖추었기에 우리는 스스로 구할 수 있는 것이지 갖추지 못하면 어디서 누가 주겠는가.

만일 그렇다면 개천에서 어찌 용이 나온다고 할 수 있겠는가. 갖는다는 것은 갖춘 것을 자신의 능력으로 발견해 간다는 것이라 했다.

이 말의 뜻은 신에게 비는 시간과 조금어치의 시간조차 낭비하는 것보다 더 믿을 수 있는 법이 아닌가. 다만 기도하는 도중 마음이 비워져 지혜를 터득할 수 있을 뿐이다.

어머니의 정원에서 이 모든 것을 확실히 증명해 주었다. 모든 생명은 생명 그 자체일 때 무위의 자유로서 무한능력을 가지고 있음이 분명하다고 절대 믿는다. 그토록 불심이 깊었던 어머니의 생명이 지금 나의 생명에 접합된 끈으로 내 동아줄이 튼튼해졌음에 감사합니다. 나무.

"상대화된 모습에 쫓아가지 마라. 운전중 파리를 쫓다 사고치기, 자신의 검지손가락을 눈을 쏘고 보면 눈이 가운데로 몰려 괴물이 된다."

대왕생 · 13

— 따님!

자식을 셋 두었다. 살림밑천이라는 맏딸, 그 아래로 아들 둘. 자식이 대학 졸업할 때까지는 남부럽지 않게 살았다.

살림밑천은 미국유학을 마치고 아들 하나를 둔 세계유수기업에서 잘 나가는 연구원이다. 아들은 한국에서 샐러리맨이요 학원 원장이다. 지금 아들 둘이 정성을 다해 나를 봉양하고 있다. 난 무일푼이다. 진작 뒷주머니를 찾으면 꽤 챙겼을 텐데 지혜가 없어 그러질 못했다.

딸이 전화를 하면 난 겁부터 난다. 좀 똑똑하게 살란다. 어떻게 하는 게 똑똑한지 난 모르다가 꾸중 듣는 기분이라 겁이 난다. 전화를 마치고 나면 알 수 없는 배신감과 울화가 치민다. 그래도 난 불자니까 '나무!' 한다. 그러면서 잊고 또 잊는다.

다 잊어버렸는가 하면 또 전화가 온다. 그렇게 되풀이하는 세월 속에서 난 딸이 나를 너무나 염려하는 나머지 꾸중과 많은 애정을 가진 것을 알 수 있었고, 지금은 넉넉한 마음으로 반갑게 통화를 한다. 그러나 절대로 딸의 말에 토를 달 수가 없다. 그러면 또 혼난다. 대개 늙은 어미들은 딸에게 지청구를 먹는 것을 즐겁게 여기는 버릇이 있다. 만일 며느리가 그랬다면 '못된 년, 죽일 년' 하고 푸념을 할 것이다.

딸의 요점은 이렇다. 지금은 아들을 공부시켜야 하니까 조금만 기다리란다. 나는 딸에게 별 도움을 청하진 않았다. 부족함이 없이 내 아들들이 다해 주기 때문이다. 아들이 뭐라면 얼른 '미안해, 다시는 널 속썩이지 않을게' 한다. 그러는 내가 즐겁고 흐뭇하다.

아들은 '나중에 해 준다' 라는 말을 한 번도 한 적이 없다. 나를 먹여 살리면서 모시고 있는데도. 딸은 너무나 착하다. 그래서 늘 염려되지만 자신의 생각같이 못해 주니 나중에 잘해 준다는 딸이 애처롭다.

난 칠순이 넘었다. 난 딸의 자식이 아니다. 세월이 에미에겐 멈춰지는 줄 아는가 보다. 제 능력이 탁월하니 어미의 세월도 과학적으로 붙들어 매놓고 있는데 어미가 몸부림치며 빠져 나갈 궁리를 하는 줄 아는가 보다. 난 절대로 그런 일 없다. 더하여 나의 세월을 붙들기는커녕 어찌하면 빨리 자식의 힘을 덜기 위해 병들기 전에 왕생하는 것이 지금의 소원이다. '지금보다 더' 라는 바람이 없다. 또한 바란다고 할 수 있는 형편이 아니기에 단념했는지도 모른다. 그러나 알뜰히 내가 걸어온 인연을 낱낱이 드러내 주는 딸에게 감사한다. 딸이 드러내주는 내 업에 '참회합니다. 감사합니다.'

돌이켜보면 나도 내 어머니에게 그리했다. 그렇게 인연을 맺고 오면서 내 자식이 은연중에 나처럼 되었을 것이다. 참으로 인연이란 이렇게 고스란히 뿌리고 온 만치 거두어지는 것이라는 걸 뼈저리게 실감한다. 그러나 내 자식만큼은 그 인연에서 벗어나기를 기도하며 전화를 집어들고 딸의 음성이 들리면 우선 '참회합니다.' 전화를 끊으면서 '감사감사합니다. 찬탄 드립니다. 나무!'

나를 버리라 했던가. 난 언제나 나의 잣대로 딸을 생각했다. 손주가 보스턴대학을 졸업하고 워싱턴의 훌륭한 직장에 합격 입사했다. 딸은 이제 경제적으로 해방이 됐단다. 손주 졸업 후 그렇게 세월은 흘렀다. 참회가 효험이 있었는지 난 근사한 비행기표를 메일로 받았다.

시카고로 갔다. 딸은 신시내티에서 나를 마중 나왔다. 에미가 비행기 두 번 갈아타면 힘들다고 시카고까지 6시간 운전해서 마중 나온 것이다. 여행이란 움직이는 시간 속에 흘러드는 낭만이 있지 않는가! 신시내티로 돌아가는 중 나는 조수석에서 딸의 즐거운 소식을 들으며 달렸다.

난 울엄마와 이렇게 즐겁게 달려본 적 있었나? 없다. 순간순간 울엄마에게 이렇게 즐거운 효도 한 번 못한 것에 눈물 콧물 짰다. 과분했다. 이유는 설명 안 했다. 너무 황홀해서라고 했다. 딸은 고국의 동창들이 보내는 카카오톡의 노래를 틀었다. 최백호의 '낭만에 대하여' 그 노래가 자신의 지난 세월을 대변해 준다고 했다. 그러고 보니 나에게도 합당했다. 돌아오는 내내 '낭만에 대하여'를 외우고 리듬을 익혔다. 우리 두 모녀의 음정박자는 원래 갈지자다.

그 후 두 달 동안 그 노래 익히느라 난 심심적적한 줄 몰랐다. '에미야, 고맙다.' 지금도 톡으로 음성을 걸어 그 노래 해 보란다. 그럼 난 핸드폰을 들고 멋을 부려 칭찬 받으려 열심히 부른다. 딸이 있어 황혼이 더욱 신나고 아름답다. 아들과의 삶에 갖은 고명을 뿌려준다.

감사합니다. 찬탄 드립니다. 사랑합니다. 내 소중한 인생 박사 따님! 나무—.

대왕생 · 14

— 남산에 들다

꽃잎이 휘날리는 남산의 밤은 깊어
자분자분 나리는 꽃잎 안개같이 흐르고
밤을 잊은 나그네 꽃물에 젖는데
생명의 길 일러주신 님의 목소리 확실하여라

흙에 존재하는 생명은
남산에서 태어나 남산으로 드는 것을
아!
귀먹어 헤아리지도 듣지도 못하는
어머님의 웃음
오늘 흐드러지게 뭇빛으로 핍니다.
나무.

대왕생 · 15

– 2009. 9. 24

나주역에 닿았다. 자매인 듯한 여자 둘이 깡충깡충 뛰어내린다. 석양은 멀리 나주땅 끝에 있어 금방이라도 호롱불을 들고 나올 것 같다. 집들이 군데군데 품고 있는 검은 산들이 다가온다.

시골 역!

엄니가 지지미랑 무국을 끓이면서 연신 사립문 밖을 정지에서 내다볼 것이다.

자매는 아마 오늘밤 엄니 품에서 자신들의 나긋한 손으로 엄니의 꺼끌꺼끌한 손을 풋솜인 양 꼭 쥐고 단잠을 잘 것이다. 황토 냄새와 구리구리한 냄새에 입맛을 돋우며 단잠을 잘 것이다.

나에겐 찾아갈 시골이 없다. 형제자매도 없지만 친절할 이도 없어 그리워 찾아 나설 시골이 없다. 저물어진 이 저녁 열차가 스르르 나주역을 빠져 나가면서 두 자매의 행복을 훔쳐 도망치듯 달린다.

여름이 가면서 석양을 차창 밖으로 달아주고

차창엔 산야가 달려온다.

듬성듬성 잘 깎은 사내아이의 맨 머리마냥
*천동의 산소는 깨끗이 정리되어 있다.

아! 벌써
은하수가 입으로 드는
추석이구나.

어느 외딴 산사에서 도적이 되어야 하는 설움에 설움에 베갯잇을 적신다.
나무.

* 천동; 호남도로를 지나면 나오는 고장으로 말 그대로 산소가 밀집해 있다.

대왕생 · 16

– 난 무죄다

'내가 왜?! 죄인으로 살아야 되냐? 누가 그러더냐? 네 자신이 지레 죄인으로 묶는 거지.'

새로 사온 스텐레스 설거지통에 삶을 행주를 가스불에 올리고 미리 불을 아주아주 작게 줄여 올려놓았다. 그리곤 깜박 잠이 들었다.

막내의 볼멘소리에 잠이 깼다.

"왜 그러세요? 엄마, 제발 불조심 하세요!"

그 말에 후딱 달려가 보니 새로 사온 설거지 그릇에서 행주가 깨끗해지기는커녕 보기 흉하게 타버린 것이다. 온통 빨래비누 락스 냄새가 섞인 묘한 연기가 집안 가득했다.

"엄마, 불 다루는 거 하지 말고, 행주가 더러우면 버리세요. 불나는 것보다는 적당히 새로 행주 사서 쓰세요. 도무지 불안해 죽겠어! 미안하다, 잘못했다, 그러지도 말고! 젊은 사람이 해야 하는데 엄마가 하니깐 어쩔 수 없잖아. 그러니 자주 사서 바꿔 쓰세요."

'그래야겠구나! 아 옛날이여!'

엊그제는 행주 삶으면 하얀 것이 새것보다 청결하여 기분이 좋았는데 그때가 옛날, 정말 그때가 옛날이다. 그런데 자식 보기 미안해서 죄지은 것 같다. 나를 봉양해 주는 자식에게 짐이 되는 것 같아 진정 참으로 죄인 같다. 제발 아낀다는 핑계를 대지 말고 자식이 시키는 대로 하자.

나가면 지하철에서도 쓸데없이 몇 천 원 쓰는 것이 다반사다. 몇 천 원 아낀다는 자만自慢이 죄인으로 만들었음을 자책한다. 생활의 기준을 철저히 나란 놈이 그 기준이어야 함을. 그놈의 말에 복종한 것을 지배당한 것을 참회합니다. 나무!

대왕생 · 17

— 아기 스승

전철을 탔다. 내가 승차한 다음 정거장에서 젊은 여인이 아이를 업고 탔다. 내 옆에 여인이 애를 무릎에 앉혔다. 두 정거장을 지나니 건너편 노인석이 비어졌다. 아이 엄마는 아이에게 눈웃음을 보내 그 세 자리가 몽땅 비어진 넓은 자리로 갔다. 아이는 뒤뚱거리며 좌석에 앉으려다 말고 맞은편 자리를 손가락으로 가리킨다. 머리를 절레절레 흔드는 것이다. 난 몸을 내밀어 그쪽을 살피니 내 나이 또래의 할머니가 신발을 신은 채 두 다리를 좌석에 올려놓고 소파에서 잠든 자세로 자고 있었다.

아이는 엄마가 손짓을 하며 빨리 앉으라고 하니 다시 꾸짖듯이 작은 손을 살레살레 흔든다. 좌석을 몽땅 차지하고 편히 자고 있는 노인을 보고 얼굴을 찡그렸다. 아이 엄마가 손가락을 입에 대고 '쉿—' 한다. 난 가슴이 움찔했다. 나도 무의식중에 노인석이 비면 저런 자세로 다리가 아프다는 핑계 아닌 핑계로 정당화 하며 늙은 것이 자랑인 듯 떳떳하게 몰상식한 행동을 했던 것이다.

인욕바라밀이란 계율을 지키는 것이다. 계율이란 종교에만 있는 것은 아니다. 사회가 편안히 유지되기 위한 전통이며 약속이다. 노인들은 아니니, 나는 종종 '괜찮겠지' 하며 의식적으로나 무의식적으로 약속을 위반하는 일을 종종 자행해 왔던 것을 참회한다.

늙었다는 것은 세포가 뼈가 내장이 늙어가는 것이 아닌가. 정신은 더욱 성숙하여졌고, 사회생활도 더 많은 규칙과 법을 준수해 왔음일 것이다. 생각해 보니 얼토당토않게 양심과 수치심은 멀쩡하다. 단지 나이가 많다는 이유만으로 이 양심과 수치심마저 무슨 늙은 것이 훈장인 양 뻗댄 것을 나는 반성한다.

인간은 늙어갈수록 또 성숙해질수록 주위 모두가 스승이고 선지식이어야 할 것이다.

오늘 아기에게도 두 다리를 죽 펴고 자고 있던 노인에게도 감사한다. 그리고 참회합니다. 나무!

대왕생 · 18

– 식충이

식충食蟲이란 낱말을 국어대사전에서 찾아보면 '식충이' 이다. 살아 있는 생명은 모두 식충이라 해도 과언이 아닐 것이다. 내가 어렸을 때 자주 들었던 말씀이다. 토실토실한 내가 뒹굴며 손에 누룽지를 들고 먹으면 어른들께선 간지럼을 태우며 '요런 식충이, 커서 뭐가 되려고 먹을 것만 보면 사죽을 못 쓰냐?' 고 하신 일상이 엊그제 같다.

그런데 아무리 둘러봐도 나에게 그런 곱상한 말씨로 핀잔 아닌 사랑의 언질을 줄 사람이 한 분도 이 세상엔 없다. 설사 계신다고 해도 그런 상황은 절대로 일어나지 않는다고 확신한다. 왜냐하면 그 시절 누룽지만큼 만난 것이 지금은 존재할 수가 없다. 내 누룽지는 일부러 엄니가 검정콩을 밥솥바닥에 한 움큼 깔고 쌀을 안치고 밥을 했다. 내 누룽지는 검정콩이 잘 누른 상태로 듬성듬성 깔려 있는, 지금은 맛볼 수 없는 특제였기 때문이다.

그런 이유만도 아니다. 요즘의 햄버거 피자 곡물과자 초콜릿 등등 감히 누룽지가 끼어들 틈이 없기 때문이다. 그리고 요즘 아이들 보고 식충이라고 하면 에미나 할미들도 눈을 부라리며 '왜? 내 아이 내 손자가 식충이냐' 고 서로 어긋날 것이다. 그러나 못 먹는 사람이나 너무 먹는 사람이나 대체로 우리는 '식충이' 이다.

이렇게 살아온 내가 '밥값을 얼마나 했을까' 하고 생각해 본다. 내가 조금이라도 밥값을 할 수 있었으면 아마도 내가 만난 모든 생명인 식충이 덕분이라 생각한다. 그것은 내가 식충이로 살면서 단 한 가지도 내가 할 수 있었던 것은 전혀 없었다는 것이다. 이 나이까지 식충이로라도 생존할 수 있었던 것은 이 세상 모든 존재 때문이었다. 보이는 모든 것, 모든 주위의 살아있는 것, 보이지 않는 것, 볼 수 있는 것, 심지어 생각으로 밖에 상상할 수 있는 것조차 나를 살려주고 있었다는 것이다.

생각해 보니 내가 할 수 있는 것은 숨쉬는 것뿐인데 그것조차도 공기라는 천연자원이라는 것이다. 거슬러보면 내가 존재한다는 것은 내 부모요, 조상이 있었고 나의 스승 나의 친구 심지어 바다 건너에서조차 나의 바람을 충족시키고 있다는 것이다 지금 와 생각하니 내가 내가 하며 토를 달고 외쳐 왔던 나의 시간들은 모두가 살려짐에 있었다. 내가 식충이로라도 살 수 있었던 것도 식충이라고 일깨워 주었던 모든 만남의 인연들이었다.

거울을 보니 밥값으로는 지금의 내 얼굴이 아닌가 싶다. 그런데 얼굴의 주름, 눈주름 입주름 이마주름 목주름, 이 모두도 세월이라는 시간이 만들어 준 시간의 끌값인 것이다.

베란다에서 한길을 바라본다. 과연 저 도로를 흐르는 사람들은 내가 운전하고 내가 걸어다닌다고 생각할 것이라고 생각하니 지난날 나의 헛된 자만심을 비추어 뉘우친다. 아무리 서두르고 아무리 느리게 가도 시간은, 세월은 나의 의지와는 상관없이 언제나 같은 흐름으로 다가오고 지나가고 하는 것이다. 그 속에서 서둘러 봐야 자신이 할 수 있는 것은 아무 것도 없었던 것이다.

모든 일상은 나를 제외한 모든 것들이 나를 여기까지 오게 한 것이다. 심지어 내 자식과 손자까지도, 내 친구 나의 종교 믿음까지도 내 스스로 일구어 낸 것은 단 한 가지도 없다. 이미 종교는 존재했고 그곳으로 인도된 것도 선지식이었으며 믿음이 깊어진 것도 법우들과 세월이 나를 이끌어 줬기 때문이다. 나라는 것은 살려지는 우주의 한 그물코에 지나지 않았던 것이다. 이 깨달음은 나의 깨달음도 아니다. 이 깨달음조차도 이미 존재했기에 내가 알아진 것이다. 나란 존재는 그저 순순히 흘러가는 시간이라고 생각된다.

이제 만 생명의 종착지를 향해 가고 있다. 미지의 세계는 항상 두렵다. 그러나 이미 밝혀진 생명의 신비대로라면 걱정할 것이 없다. 순수하게 순명하는 것만이 현명하리라 본다. 그곳도 살려진다는 진리대로 마주하면 되리라. 오늘도 살려짐에 감사의 축배를 든다. 나무.

대왕생 · 19

– 부속물

자고 나면 흰 것 검은 것이 흉측하다. 아니 검은 것만 보이니 그저 그랬다. 그런데 돋보기를 끼고 주우려 하니 가관이다. 노란 방바닥이 마치 사발에 금간 것 같다. 그대로 있기엔 큰일 저지른 것 같아 아기들 흘린 밥풀 줍듯이 줍는다.

그런데 볼 수 없어 달고 다니니 밥풀 흘리듯이 여기저기 즐비하다. 긴 머리카락은 잘도 보이지만 희끄무리하고 짧은 머리라 줍기에도 힘들다. 일어나면 아니 종일을 내 머리카락과 씨름하지만 늘 돋보기를 쓸 수는 없다.

'엄마 짧은 머리카락 천지야 맨 엄마머리잖우' 하여 안경을 쓰고 보면 그렇다. 나도 저 나이 때 울엄니한테 그랬는데! 참회합니다. 왜? 왜? 왜? 노인은 빠지는 것이 몸에 붙어 있는 부속물과 정신이냐? 빠지려면 돌아가고 싶고, 늙기 싫고, 죽기 싫은 것이나 날마다 빠질 것이지. 그러면 새털같이 가벼워 어디든지 출입할 텐데. 나무!

대왕생 · 20

— 노부부의 외출

나는 대형 아파트 단지에 산다. 이곳 주변엔 중산층의 생필품 구입 장소로 대표되는 대형 E—마트를 비롯한 한국의 대형마트가 운집해 있다. 단지마다 소형마트도 있다. 가깝게는 소형 대형 공연장과 유원지 놀이터 스포츠 센터가 가깝게 자리하고 있다. 한국의 경제성장 지표와 비교해 보아도 한국 중산층의 집단지라고 생각된다. 이곳에도 최고 한자리 수에 속하는 부유층도 있고 서민들도 있다. 그러나 중산층이 70프로를 차지하고 있다. 이곳 주민들이 일궈내는 모습에서 나는 한국의 중산층의 표본이라고 생각한다.

내 생각으론 중산층이란 고등학교 이상의 교육을 받았으며, 30평 이상의 내 집과 이 집을 유지할 수 있는 연봉을 받고 있는 계층이라 정의했다. 물론 다른 여러 가지 조건과 입지가 있을 수도 있다. 이렇게 정의내린 이유는 나는 나름대로 확실히 중산층으로 살고 있기 때문이다. 내 생활 환경 정도면 여러 매체를 통해 종합 분석해 보니 이곳에 거주하는 내가 바로 중산층이라 생각했기 때문이다.

나는 적어도 일 년에 한 번은 2박3일의 여행도 하고 한 달에 한 번 외식, 3번의 모임, 한 권의 책을 구입하며 계절에 맞춰 공연 관람을 할 수가 있다. 또한 TV에서 알려주는 건강 음식을 나름대로 챙겨 먹을 수도 있다. 이쯤 되면 충분히 중산층이 아니겠는가. 어쩌면 요즘 경제 사정으로 배부른 중산층이라고 할 수도 있고, 서울 부자 동네에서 보면 중간 빈민이라고 웃을 수도 있겠다. 그러나 엄격하게 난 한국의 중산층이다. 따라서 내가 사는 아파트단지는 한국 중산층이 모여 사는 모델로 생각한다.

화창한 봄날이다. 밤새 보슬보슬 내린 봄비로 하늘은 더욱 싱그럽다. 베란다 창문을 연다. 아파트단지 내 나무 숲길로 난 오솔길에 두 사람이 걸어온다. 노부부인 것 같다. 남자는 종이봉투를 들고 두 걸음 앞에, 여자는 가방을 들고 뒤에서 따라가며 앞에서 뒤로, 뒤에서 앞으로 말을 주고받으며 간다.

이상하다. 대화가 필요하면 둘이 나란히 걸어가도 될 것이다. 오솔길이라 그러나? 그런데 길을 벗어나 대로를 가면서도 남편의 그림자만큼 떨어져 부인은 부지런히 팔을 휘두르며 따라간다.

내 눈에서 멀어질 때까지 두 부부가 팔짱까지는 아니나 나란히 걸어가기를 바라며 지켜보았다.

돌아가신 내 어머니와 아버지, 이웃은 아닐까 착각한다. 시야를 벗어날 때까지 하염없이 가슴 먹먹한 그리움과 서러움을 새김질하며…….
나무.

대왕생 · 21

– 나 왜 이러지?

나는 노인인데 생각과 하는 짓은 일곱 살이다.

"얘야, 난 이제 모든 생각이 일곱 살로 돌아간 것 같다. 그러니 네가 자식 한 명 돌본다 생각해라."

그런데 지능지수가 늘어나는 곳은 자식이란 내 머리 골 조직의 변이다. 지능지수는 퇴화되지만 자식이란 두 단어조직은 자고나면 두터워진다. 하여 자식이 틀져 모든 것을 잘 처리하지만 난 나서서 먼저 서두르게 된다.

그럴 때면 아들은 화를 낸다.

"엄마보다 우리가 더 잘 처리하니 제발 나서지 마세요! 자식 병신 만들고 싶어요?"

그래도 노인은 잘난 척 지지 않고, 나이도 잊고, 자식을 품안에 자식 때처럼 법석 떤다.

"엄마! 그러러면 혼자 사세요. 엄마, 그럴 때면 질려 버려!"

지능과 기억은 세 살. 욕심은 나이보다 지겹게 대청마루의 기름때처럼 질이 났다, 쌓였다. 죽어야지, 오늘도 아침부터 아들에게 너무 미안해 방으로 숨어버렸다.

'휴- 제미럴. 나 왜 이러지? 넌 힘 없어 일곱 살이니까!'

나무.

대왕생 · 22

— 지금 모두 어디 있을까?

1.

열아!
지금 와 생각하니
너는 내 동무이고
애인이었구나!

나는 산속에서 살았다. 내 부모는 학교를 가지 말라고 했다. 그래도 새벽같이 일어나 비가 올 때면 비 맞고, 눈이 올 때면 눈 맞으며 홑옷바람이라도 학교엘 갔다. 그러니 자료가 필요한 미술시간, 체육복 하얀 바지가 필요해도 나는 그런 것이 있을 수 없었다.

1960년대 그 시절 모든 빨래는 큰 다라이에 더운 물을 넣고 한꺼번에 비눗물이 까맣게 우러나도록 했다. 원래 더운 물이 식으면 더운 물 한 바가지 더 붓고 다시 그 빨래통에서 비벼내어 헹구었다. 다 비빈 빨래는 수돗가에서 고무장갑은커녕, 언 손을 녹일 새도 없이 엄마, 이모, 할머니 함께 거들었다.

그리곤 빨랫줄에 널어놓고 바지랑대를 받쳐주었다. 빨래가 너무 많아 줄이 늘어지기 때문이다. 그렇게 세탁을 해야 하기에 교복이나 하얀 체육복은 때가 보일 때까지 입고 빨았다.

그런데 친구는 전날 체육복을 입었으면 밤새워 손수 세탁하고 부뚜막 가마솥 위에 깔아서 말리고 새벽같이 숯다리미로 다렸다. 내가 부탁을 안 해도 내 사정을 짐작하고 이런 준비물들을 스스로 슬그머니 시간 전에 깨끗이 빨아서 숯불 다림질하여 내 책상에 놓아주는 친구가 있었다.

그 친구는 하교 시간이 늦어 내가 버스를 놓치면 자기 집으로 데려갔다. 식구가 열 명도 넘었다. 방은 둘 밖에 없었다. 그래서 이층마루에 두꺼운 이불 두 장을 주—욱 펴고 나머지 여자 식솔은 나를 포함해 두 장의 포대기 위에서 옹기종기 붙어 잤다.

지금도 그때 옹기종기 추위도 잊은 채 밤새워 소곤거리다 이모들이 '야, 잠 좀 자자!' 하던 기억에 그리움이 진하게 밀려온다. 아침이면 시간표에 맞추어 책도 챙겨주었고, 이모들이 내 점심도 준비하여 주었다. 내 기억으론 점심을 거르지 않았던 것은 그 친구네 집에서 자고 등교한 날로만 기억된다. 그것도 고교 삼년 한 주도 거르지 않고!

그 친구의 이름이 유조선이었다. 이미지가 기름배였기에 별명도 기름배다.

선생님들도 그 친구를 부를 땐 '기름배!'

'기름배, 넌 지금 어디에서 무얼 하니? 난 네가 있어 지금도 행복하다 뭐!'

기름배—.

2.

친구는 한옥 넓은 집에 살며 그 시절 침대를 쓰고 독방을 쓰는 부유한 친구였다. 수학여행에서 돌아와 내가 머뭇대니 그 친구가 다가와 무조건 웃으며 내 손을 잡고 자기 집으로 데리고 가는 것이었다. 그야말로 묻지도 따지지도 않고. 어떻게 알았는지 너무 늦어 버스가 없음을 안 친구는 나를 무조건 손목을 잡아끌고 갔던 것이었다.

지금 생각해도 눈물이 난다. 집으로 가니 그의 어머니도 역시 따뜻하게 딸의 친구를 딸과 같이 대해 주었다. 친구는 나를 침대가 있는 제 방을 쓰라고 내어주곤 여자가 필요한 모든 것을 한 아름 안고 나에게 건네주고 안방으로 갔다. 나도 난생 처음 침대 위에서 잠을 청하나 나 혼자 침대에 누운 것이 너무도 황홀해 잠을 이룰 수가 없었다.

그런데 자고 나니 침대 시트를 버려놓은 것이 아닌가. 요즘같이 그 흔한 생리대를 상상도 못하던 시절. 나에겐 서답마저도 없었다. 당황했다. 영자는 어른처럼 내 뒤처리를 웃으면서 다독여 주었다.

'영자야, 어디서 무얼 하려고 39살 나이에 나도 모르게 이사 갔냐?!'

3.

1960년대 노량진 사육신묘 아래 한강변 언덕에 판자촌 움막이 몇 집 있었다. 그곳에 친구네 가족이 살았다. 한 칸이 겨우 되는 방이 두 개며 방바닥은 낡은 삿자리요, 부엌은 가마솥 한 개가 진흙 부뚜막에 찬장은 사과 상자에 포장을 쳐서 사용하는 것이 전부였으니 식기도 변변치 못했다.

그러나 다정한 어머니와 세 딸이 행복했던 기억이 있다. 네 식구는 조상의 차례와 제사를 한 번도 거르지 않고 모셨다. 굴건제복하고 대지팡이 짚고 꺼이꺼이 제사지내는 모습은 그때 처음 경험했다. 널빤지와 미군부대서 나온 종이박스로 지은 찌그러진 집, 허리도 곧게 세울 수 없는 방에서 아들도 없는 여자 넷이서 거르지 않고 꼭 초하루 보름 제사를 모셨기에 나도 참석할 수가 있었다.

그렇게 대학 4년을, 거의 그 친구 집에서 아무런 대가를 지불하지 않고 한 식구로 대해 주신 식구들 덕분에 편히 대학을 마칠 수 있었다. 그 어머니에게 감사드린다.

방학이면 난 친구를 무조건 내 집으로 데리고 갔다. 뒤란 골방에서 밤새워 이야기하고 아침이면 산에 올라 바다를 보고 꽃 따고 돌을 주웠다.

어느 무더운 여름, 그날은 바람도 없었다. 산위에 있는 우리 집엔 여름도 시원했지만 그날은 너무 더워 잠을 잘 수가 없었다. 우린 마당으로 나와 등목을 하려고 물독을 여니 물이 바닥이다. 바다를 내려다보니 달이 휘영청 밝았다. 소금배가 달빛에 밀려 송도 섬을 막 지나고 있다.

달은 중천에 고요했다. 우린 마주 보고 씩 웃었다. 이미 옷은 홀랑 벗은 상태였고 동리도 없다. 가로등도 없다. 우리 집 거주자는 단 세 사람, 아무도 없다. 풀벌레소리만 요란하다.

수건과 바가지를 들고 아래 우물로 내려가다 우린 화들짝 놀라 바가지로 중요한 부분만을 가렸다. 윗도리는 아랑곳없이 냅다 달려 우물로 가서 마주 보고 까르르 웃었다. 웃음소리에 달빛이 흔들리며 우릴 감싸주었다.

지금은 산골 어디에도 처녀들이 이렇게 목욕할 수 있는 곳이 과연 있을까? 교통이 하늘도 가르고 매스컴과 핸드폰이 난무하고 등산은 밤낮을 가리지 않으니 안심할 수 없어 설악동에서조차 불가능해졌다.

이런 진한 숫처녀 시절, 우리들의 추억은 그 후 출가하고 환갑이 지나도록 만났다. 그 시절이 그리워 추억에 잠겨 서로 깔깔 까르르 웃었다.

말을 않고도 말이 통하는 친구 몇이나 될까….

내 집 집안 사정이 어려워졌다. 연락이 한동안 없던 친구가 봉투를 들고 나를 찾아와서 봉투를 건네주며, '다 이렇게 사는 거야' 하고 뒤도 돌아보지 않고 갔다. 우리가 부도난 것을 어찌 알고—. 친구는 늘 나의 안부를 묻고 있었으리라. 우린 1년에 많으면 두어 번, 한 번도 만나지 않을 적도 많았다. 그러나 만나면 어제 만나던 것같이 할 얘기도 없었다. 웃고 손잡고 걷기를—, 그런 친구가 만나지 않았던 시간에 내 허락도 없이 대장암 수술을 세 번이나 했단다.

내가 걱정할까 봐 내 사정을 감안해 연락을 안 했다. 그러나 더 이상 참을 수 없어 친구는 전화를 해 왔다. 단숨에 달려갔다. 봉투를 건네니 펄쩍 뛴다. 연금을 받아 나보다 부자라면서 노여움까지. 그러나 난 안 된다고, 내가 이겼다! 그러고 자주 만났고 난 친구를 위해 예쁘게 모자를 뜨고 빨리 전해 주려 깜짝 쇼를 준비했다.

그런데 강원도에서 동무가 전화했다. 마지막으로 공기 좋은 곳으로 치료를 갔단다. 내가 달려가려니 '제발 이 모습 보여주기 싫다' 며 꼭 좋아져서 기별할 테니 그때 오란다. 어딘지 모르니 달려갈 수가 없었다. 그렇게 하루가 여삼추로 기다리던 중 부고가 왔다. 낯모를 이름 뜯어보니 친구의 딸이었다.

어떻게 내가 행동을 했는지 도통 기억에 없다. 몇 밤낮을 멍하니, 왜? 나는 친구를 이렇게 모두 먼저 보내야만 하는가? 부모 형제보다 친한 친구 셋을 보두 먼저 보내야 한 내 자신이 지겹게 느껴졌다.

친구의 사망이 슬프기보다 내 처지가 더욱 서글펐다. 지금도 그 심정은 변함이 없다.

'열아 넌 지금 어디서 무얼 하니?'

이렇게 한 친구는 59세, 한 친구는 39세, 열이는 72세에 내 곁에서 꿈결같이 사라졌다.

난 과연 이들과 같이 누구의 친구가 되어준 적이 있을까? 지금 친구를 구하기엔 너무 기력이 없다. 친구가 되어주고 친구가 있으면 좋겠지만 이 나이에 특별한 친구가 있겠는가. 이미 자리매김 다했고 모든 만물이 친구인 시절이 아닌가. 길가의 잡초마저도 정다운 나이가 아닌가! 만물과 만인에게 친구가 되어야지. 그래서 하늘은 아직도 내가 할 일이 있어 나를 부르지 않는가 보다.

친구야! 너희들같이 나도 어질고 지혜로워지면 나도 그곳으로 데려가! 알았지? 지지배들 지들만 좋은 곳에 있기야? 내가 해떨어지기 전까지는 그 동리에 도착한다. 난 너희들 집을 모르잖니! 그리운 동무야, 동구 밖까지 나와서 날 기다려줄래? 열아!

제기럴! 나무.

대왕생 · 23

– 반세기의 우정

1박2일로 경주여행을 떠났다. 만남의 장소는 서울역 부산행 KTX 열차 타는 곳. 나는 인천에서 동행한 친구와 1층으로 들어섰다. 3층에서 내려오는 에스컬레이터에서 손을 흔든다. J였다. J는 듬직한 남편의 팔짱을 끼고 있었다. 부부는 30분 일찍 미리 나와 있었다.

J 남편은 우리에게 아내를 인도하며 돌아올 때 기차시간을 알려달라고 부탁했다. 우린 그러마 했다.

7명 모두가 제 시간에 기차를 탔다. 경주까지 2시간 넘게 소곤소곤 때론 승무원의 지적도 받아가며 수다를 떨었다. 그러면서 여행비를 걷었다. 모두가 탑승시간을 즐겁게 보내는데 느닷없이 친목회 돈이 있는데 왜 여행비를 내냐고 J가 눈살을 찌푸린다. 총무는 조근조근 설명했다. 점점 J는 따지면서 총무를 의심했다. 그 도가 지나치다 못해 마구잡이로 따진다. 모두는 한숨을 푹푹 쉰다.

우린 고교동창들이다. 17세에 우리가 따르던 영어 선생님을 모시고 독서클럽을 만들었다. 그 모임이 70이 넘도록 반세기를 넘겨오면서 달을 거르지 않고 모였다. 이들 중엔 초등학교 교사 교감을 지낸 동창도 있고 대학을 나와 직장생활 약국 기타 등등 나름대로 힘든 세월과 청춘을 보내고 자식 성혼을 대부분 마친 인생들이다.

J와 S는 같은 교사 출신으로 더욱 각별한 사이였다. 그걸 아는 우린 S에게 J를 부탁했다. S가 J의 손을 잡고 설명을 하려 하니 손을 뿌리친다. 우리의 입은 동시에 합, 잠잠했다. 더러는 소곤대며 J를 데리고 온 것을 후회했다. 그러나 이제 와 어쩌랴. 가족에게 약속까지 한 형편 아닌가.

그 시간 이후 경주에 도착할 때까지 J는 열심히 수첩과 자신의 핸드백을 뒤적거렸다. 치매의 처음 단계가 그렇단다. 그런 J는 또 여행비로 시비를 건다. 이젠 S도 입을 다물고 난처한 표정이다.

J에겐 명석한 두 아들과 잘 나가는 일류대학 출신의 약사 딸이 있다. 그런데 모두 집을 나가 각자 생활한다. 우린 드디어 그 자식들을 폄하하는 데 열중했다. 남의 얘기니까! 에미가 저 지경인데 각자 제 생각만 하고 엄마의 형편을 헤아리지 않는가. 재산도 많이 있다던데 아마도 더 심해지면 요양원으로 보내질 것은 불 보듯 뻔하다고 모두는 말했다. 그 남편도 건강이 좋지 않기 때문이다. 그러니 J남편은 오히려 지금쯤 아내로부터 해방되어 느긋할 수도 있을 것이라고 우리는 짐작했다.

J는 무얼 골똘히 생각하는지 모두 맛있게 먹는 순두부 백반을 투정하며 점심도 거르고 저녁도 걸렀다. 우린 온종일 바늘방석이다. 화장실엘 가도 한 명을 따라 붙였다. 누구랄 것도 없이 J를 감시하고 그 비위를 맞추느라 한숨과 웃음으로 노래 삼았다. 말 그대로 노인치매 수학여행이 되고 말 것은 분명했다. 그러나 우리는 J와 마주치면 그저 웃었다.

J는 박물관 에밀레종 기타 관람은 성한 사람과 똑같이 행동했다. 그런데 우린 마치 소싯적 자식 유치원 견학에 동행한 에미처럼 J 꽁무니 쫓아다니는 데 몰두했다. 천년고도의 박물관은 말 그대로 잊혀진 세월의

암흑시대일 뿐이고, 조상의 추억은 무덤일 뿐이었다. 저녁에 콘도에 돌아온 모두는 기진했다.

S는 묵묵히 J에 집중했다. 난 그런 J가 부러웠다. 우린 반세기를 동행한 동무다. 그런데 유난히 지금 S와 J는 친구라는 말이 참으로 어울린다. 나는 누구와 저 둘같이 각별할 수 있었나. 맨 정신으로 온통 어제와 오늘을 뒤집어 발겨도 없다. 그 답은 그저 내 기분 따라 나에게 필요한 동무였다, 이다.

그렇다면 친구란 어느 한쪽이라도 묻지도 따지지도 말고 무조건 답이 없는 길을 가야하는 동행은 아닐까 이쯤 생각에 이르니 이제도 늦지 않았다 싶어 나도 S와 같은 내 동무의 친구가 되어보리라. 이 치매 여행에서 적어도 난 이 나이가 되어서 비로소 가슴으로 친구란 어떤 모습과 의지를 가져야 하는가를 확실히 가슴으로 알아지는 계기가 되었다.

아뿔싸, 이 얼마나 오랜 방황인가. 돌릴 수가 없구나! 이렇게 살았으면서 잘난 척, 척, 척 친구 많다고 했던가? 스스로에게 참회한다. 그리고 J와 S에게 감사한다.

노인들의 여행엔 탈도 많고 말도 많고 아는 것 많은 것이 여행의 필수 조건이다. 그러나 이렇게 서로 잘났다고 떠들고 수다치는 힐링 시간 없이 조용히 구부정히 앞사람의 꽁무니 구경만하는 노인의 여행은 주검의 행진이다. 그러나 우린 비록 치매 반 인생 건강이지만 아직은 숨쉬고 생각하는 인생이다. 하여 몸은 느리지만 마음만은 조급해 넘어지기 일쑤인 초등학교 수학여행과 동일하다고 비교해 본다. 참으로 말도 많고 탈도 많은 여행이지만 더할 수 없이 소중한 1박2일이었다.

자식이여! 노부모의 소리는 살아있어 건강하다는 증거이니 자식에게만 열중하지 말고 노인의 어정쩡한 말솜씨에도 한쪽 귀를 내어주면…, 후회 없으리! 나무.

대왕생 · 24

— 야! 2016.8.27. 인천 이마트의 하늘

"야! 내가 죽기 전에 어머니 품에서 보았던 그 새털구름을 볼 수 있다니!"

올여름은 난생 처음 7월에서 오늘까지 에어컨을 24시간 틀고 살아야만 했다. 전기료의 누진세를 염려할 기력조차 삼키는 살인무더위는 24시간 지속되었다. 내 기억 속엔 칠팔월엔 습기가 많아 빨래 말리기에는 돌침대에 전기를 켜고 말리거나 선풍기바람에 겨우 말렸다.

그런데 올여름의 빨래는 질펀한 채 베란다에서 밤을 새고 나면 부숭부숭 말랐다. 여름가뭄은 습기를 몽땅 먹어치웠다. 환갑 진갑 넘도록 경험하지 못한 걸 2016년 여름이 선사했다.

그런데 27일부터 뒷바람이 슬슬 불더니 28일 정오 하늘에 새털구름이 화악 쫘—악 퍼져 나갔다. 너무 반갑다 못해 소름이 끼쳤다. 자연이 엊저녁 가는 빗방울 몇 줄기로 이런 명화를, 천정에 그려진 창세기 미켈란젤로의 그림을, 자연을 실물로 내게 건네주고 있다.

허공에서 명화를 볼 수 있을 때까지 살고 있음에 감사합니다. 나무!

대왕생 · 25

– 전철 형님

시집 와서 한 삼년 지났을 때다.

"새 아이 발뒤꿈치는 어째 저리 맨질맨질하냐? 원―, 내 생전 저런 이상한 뒤꿈치는 처음 본다!"

하루는 시모님께서 이렇게 말씀하시는 것을 들었는데 어른들이 해오시던 옛날이야기를 실제로 겪으며 시집을 살았다. 그럴 만치 다른 건 몰라도 내 피부는 머리 단부터 발뒤꿈치까지 결이 고왔다.

지금 목욕탕에 발바닥의 각질을 벗겨내려고 간다. 얼마나 그 일에 열중했는지 발뒤꿈치를 문지르던 부석이 두 동강이 났다. 그토록 열심히 공을 들여도 조금도 나아지질 않는다. 목욕을 마치고는 오일이다 로션이다 얼굴보다 발에 더 바른다. 아마도 시집살이 때가 힘들었어도 그리운 모양이다.

애 나이 시절이 고되고 버거웠어도 노인들은 그때를 눈물겹게 그리워하게 된다. 돌아갈 수 없는 시절을 대신이나 하려는 듯이 줄줄이 보석과 명품으로 치장도 하는가 보다. 나는 노인카드를 받고부터는 운전도 접고 남는 건 시간이니 언제나 전철을 이용한다. 전철은 항시 즐겁다. 앉지 못하면 못한 대로 흔들려서 즐겁고, 앉으면 옆 사람과 식구같이 얘기를 나누니 외롭지 않다. 목적지에 닿아 내리려면 오랜 친구와 헤어지듯이 내일 또 만나자는 듯이 손을 흔든다. 가끔은 같이 내려 잠시 팔짱을 끼고 층계를 오르락내리락 하니 애들같이 즐겁다.

어느 날 전철이 한가한 시간 노인대학을 다녀오는 노인 셋과 나란히 앉아 가는데 전철잡상인이 발을 따뜻하게 하고 미끄러지지 않는 덧버선을 선전한다. 솔깃했다. 그러나 전철 상품은 충동 구매해 대개 후회한다. 내가 중얼중얼 "믿을 수가 있나?" 하니 옆 형님이 적극적으로 권한다.

"진짜야! 나도 두 켤레나 샀어! 발이 이불에 닿으면 서걱서걱 꺼끌꺼끌했는데 단박에 없어졌어. 사! 괜찮아. 나는 오천 원에 샀는데 이젠 이천오백 원이래잖아? 오천 원도 아깝지 않아!"

나는 무조건 두 켤레를 샀다. 왜냐하면 노인의 경험과 직언은 거짓이 없기 때문이다. 노인들은 각자 다 살은 인생이라 맘먹어서인지 거칠게 없다. 본인 생각 그대로 내놓는다. 그날부터 덧신을 사용했다. 3일 만에 뒤꿈치의 껄끄럼이 싹 가시고 발바닥은 말랑말랑해졌다.

감사합니다. 나무!

대왕생 · 26

– 불후의 명곡

스트라디바리우스는 바이올린 중에서 명기다. 이 명기로 연주되는 모든 곡은 최상의 음색을 낸다. 명곡은 악기의 진가를 막론하고 악기에 접속되면 음색을 갖춘다.

다만 아름답다, 조잡하다, 듣기 싫다 탓하고, 배척하게 되어 내다버리거나 심지어 부숴버린다. 소중히 모셔두거나, 즐기거나, 쓰레기라고, 싸구려라고 무시하거나…. 이 모든 것의 구별은 천만가지나 언젠가는 그 수명이 다 한다.

지구가 존재하는 한 음색은 존재되어진다. 다만 그 울림통만 새로이 바꾸어 재연된다.

이같이 '나' 란 실체는 육체에 의해서 육체의 수명만큼 사람이란 울림통에서 세상의 온갖 음률을 연주하고 생을 마감한다. 그러나 베토벤의 운명이 또 다른 오케스트라를 만나 새롭게 연주된다. 이같이 생명은 재가 되어 날리어도 생명이란 실상은 마땅한 새 악기를 골라 다시 '나' 란 연주가 시작되는 것이다.

생명이란 생각 있는 것, 없는 것, 두 발 달린 것, 네 발 달린 것, 여러 발 달린 것, 날아다니는 것, 기어다니는 것 등등. 모든 중생계, 그 활동의 동력으로 세상의 시간을 먹고 자라며 지구상에 살아있는 모든 것에서 연주되는 천계의 명곡이다.

다만 생명이란 저 하늘과 같아 죽음을 맞아 그 얼굴을 고치겠는가.

나무!

대왕생 · 27

— 사랑했노라! 내 목숨 무질러가면서

글을 정리하다 창밖을 본다. 대왕생이란 글을 정리해 나가려니 보이는 모든 것이 내 눈에 질이 나서 반짝거린다.

벽에 걸린 가족사진을 본다. 그림 속 가족은 달랑 딸 하나, 아들 둘, 그리고 손자, 투박하게 기울어가는 나 자신. 식구 부모들은 먼저 떠나갔다. 이제 나도 그들을 찾아가야 할 길에 노을이 아름답다 못해 황홀하다. 노을이 아름답다는 것은 내 주위에 모든 것들이 빛나기 때문이 아니겠는가.

더하여 내 지나온 궤적을 보니 신작로는 없다. 그 길엔 가로등 하나 없다. 단지 나의 알 수 없는 기운과 내 육체의 어둡고 슬픈 사연이 왕모래로 깔려 있다.

그 노란 길에 모두 나와 석양에 노니는 내 뒷모습을 바라본다. 아! 저 어린 것들을 어찌 놓고 가랴. 그들이 나에게 고통을 안겨줄 때마다 나는 행복을 맛보지 않았던가. 어찌 저들을 저 새끼들을 놓고 가랴!

시간이 나를 잠시 쉬었다 오라 한다. 시간이 쉬었다 오라는 건 나더러 열심히 살라는 것이다. 난 이미 시간의 고통 속을 철저히 경험했기에 저들의 속내를 안다. 그들이 설정한 계획서는 내 속내기 때문이다.

어쩌랴. 해는 기울고 있으니 어쩌랴! 예쁘고 눈물겹도록 사랑스런 새끼들을 어찌 놓고 갈 수 있겠는가. 나 없으면? 어쩔 건가! 그것들을 놓고 가야 하다니, 사랑했다. 내가 할 수 있는 최대한의 힘으로 그것도 모자라면 철야기도로 너희들을 사랑했노라! 그 사랑의 길엔 에미의 존재는 없었구나.

이제 내 몸을 내려다보니 아들이고 딸이고 손주였다니!

사랑했노라, 사랑했노라, 사랑했노라, 목숨 무질러가며 사랑했노라.

나무!

대왕생 · 28

– 수면

젊을 땐 잠을 이겨야 했다. 지금은 밤과 싸워 이기려 날을 샌다.

이런 과정에서 바스락 소리만 나도 방문 밖으로 나가게 된다. 그러나 집안은 고요하고 자식의 방은 죽은 듯이 이불 걷어차는 미세한 부추김만 새어나온다.

아들은 곤한 잠에 빠져 제 몸에서 이불이 떨어져 나가는 것조차 모르고 코를 박고 자고 있을 게다. 나도 저랬는데 애먼 이불만 돌돌 말고 세상 모르고 죽어 잤는데…, 저토록 곤한 잠을 자는 아들을 어찌 깨울 수 있는가. 잠도 젊음의 특권인 것을 오늘도 못 깨워 핀잔을 아들로부터 듣는다.

잠들어 죽어 자는 모습이 부러워 한없이 지킨 밤을 너희는 아는가!

나무.

대왕생 · 29

– 붉은 칸나의 세월

우리 집 여인의 세월을 지키던 장독대에 핀 붉은 칸나!

한옥 뒷마당 서늘하고 조용한 곳, 장독이 가지런히 놓여있었다. 여름이면 한옥 장독대 옆엔 어김없이 칸나가 핀다. 칸나 꽃은 질그릇 장독의 빛과 장독대 야트막한 축대와 어우러져 있을 때 가장 아름답다. 그 모양새는 어느 유명한 화가의 그림과도 비교할 수 없이 아름답고 고즈넉해 완전히 칸나의 붉은 빛을 발한다.

이맘때쯤이면 장독대에서 햇장을 푸는 구부린 며느리의 어여쁜 모습으로 내 어머님의 세월을 떨치고 있다.

잠깐 베란다에 섰다. 얼핏 정갈한 어머니의 모습이 보인다. 황혼이 붉게 내린 곳에 핏빛으로 물든 한 그루의 단풍나무는 무사의 투구꽃술 같은 맨드라미. 그 주위에 노을이 지려는 이곳에서 붉은 단풍 꽃으로 대신해 아련히 되새긴다.

내 모습도 저랬으면—, 나무!

대왕생 · 30

– 외로운 그믐달

한밤중에 깨었다. 더듬거려 핸드폰을 들어 시간을 보니 자정을 지나고 있다.

반듯이 누워 가만히 있으니 제법 방안이 환하게 드러난다. 갑자기 고요한 적막이 두렵다. 이때 전화를 걸어도 스스럼없는 동기간 하나라도 있으면 얼마나 좋을까. 친정어머니가 돌아가신 이후로 짜증 섞인 목소릴 내본 적 있었던가. 마음 놓고 푸념 한 번 해 본 적 있었던가.

옆자리를 더듬어본다. 그리곤 '엄마—' 하고 불러본다. 내 목소리에 내가 목 메인다. 눈물이 주룩 흐른다. 누가 죽는 것이 무섭다고 했던가. 죽어본 적 있어서 죽는 것이 무서운가. 난 아직 죽는 것이 무엇인지 확실히 몰라서, 죽어본 적 없어서 죽는 것이 무서운 건지 모르겠다.

그러나 무서움이 확실히 실감 있게 다가오는 건 이 밤중에 홀로 깨어 있는 내 자신이다. 아무에게도 도움을 청할 수 없는, 철저히 나 혼자라는 것이 내겐 죽음보다 더 무섭다.

고독하다는 것도 사실은 사치다. 나는 고독을 따지기 전 철저히 혼자라는 것이 무서운 것이다. 홀로 깨어 있어 무섭다고 할 때는 고독하다. 쓸쓸해 죽겠다는 말로는 표현이 안 된다. 그럴 나이도 다 간 그런 씨알머리 하나 남기지 않은 이 나이에 혼자 방안에 깨어 있다는 사정이 무섭다.

그러면 자식이 있는데 뭐가 그리 외로우냐? 하겠지만 나도 그 원인을 모르겠다. 자식이 이 말을 들으면 호강에 겨워 요강에 빠질 거라고 할 것이다. 그래서 자식에겐 이 밤 물 한 그릇 떠오라는 말 한 마디도 못하는 것이다.

열어놓은 창문으로 그믐달이 삐죽이 걸쳐 있다. 옛 친정집 대청에서 어머니가 모기향을 추스르는 모습이 얼핏 스친다.

제기럴, 죽으면 모두 만날 텐데 죽는 것이 뭐 그리 대수여! 나무!

대왕생 · 31

– 2012. 2.12. 일기

'감사합니다. 감사합니다.'

나는 평생 먹여주는 밥만 먹고 살았다. 나는 70을 바라보는 이 나이까지 한 번도 돈을 벌어서 내 부모 자식에게 보태본 적 없다. 내가 노동의 대가로 얻은 돈이나 물건으로 봉양하거나 살려준 적이 없다. 그렇게 나는 내 주위로부터 먹여주고 입혀주고 간호해 주어서 지금껏 살아가고 있다. 더구나 끼니가 없어서 굶어본 적도 없다.

6.25동란 피란길에서조차 배가 고파서 울어본 적은 기억에 없다. 나는 항상 부모 또는 주위로부터 살려지고 있었다. 피란 와서 서울서 살고 있는 동안 아마도 내가 8살 때로 기억된다. 내 부모님은 나를 공부도 맘껏 시키고, 먹을 것도 좋은 것만 먹을 수 있는 외국으로 입양을 계획한 적이 있었다고 기억된다.

하루는 나를 씻겨주시면서 울음을 고통스럽게 참으시는 모습을 지금도 기억한다. 결국 내 어머니는 나를 떼어내지 못하고 그때부터 시장 노점에서 국수장사를 하셨다. 그 때가 내 기억 속에서 내가 가장 가난하게 살은 시절이라 생각된다. 그래도 나는 끼니를 거른 기억은 없다.

도시락을 싸가지 못한 시절엔 학교에서 전쟁고아들에게 보낸 구호품인 우유배급으로 점심도시락을 대신했다. 우유를 배급받지 못하는 형편이 좋은 아이들은 도리어 내 우유를 얻어먹었다. 비록 가난한 나도 부잣집 애들의 선망의 대상이 될 수 있었다.

가난과 부자는 기준이 각자의 생각에서 비롯되는 것이라고 생각한다. 요즘은 너무 포식을 해서 일부러 음식을 외면하거나 먹고 토하는 거식증까지 유행하고 있지 않은가.

'감사합니다. 감사합니다.'

내 자식은 모두 장성해서 딸은 대학생을 둔 엄마가 되었다. 다행인지 불행인지 아들 둘은 미혼으로 있다. 자식 셋 모두가 다달이 나에게 넉넉한 용돈을 은행계좌로 넣어준다. 그리고 한 집에서 오순도순 어린 자식처럼 나를 반기며 살고 있다. 이렇게 '감사합니다' 라고 온종일 합장합니다만 순간순간 더 좋은 것 더 화려한 것을 보고 있노라면 욕심이 생겨 감사한 마음이 도리어 욕심인 것 같아질 때가 있다. 그럴 때마다 '감사합니다' 라는 마음은 더욱 눈덩이같이 커져 간다.

'참회합니다. 지난 시절 어리석게 팔자타령하며 더, 더, 욕심내고 주위를 살피지 못하고 내게만 고통이요, 불행이라고 문을 꼭꼭 닫고 살았던 것을 참회합니다. 오늘은 한 자리에서 온종일 TV를 보는 막내가 가슴에 멍이 들 정도로 사랑스럽고 감사합니다. 아들들이 총각으로 있는 것도 나의 행복이라고 생각하고 나에게 주는 주위의 복이라고 진심으로 생각합니다.'

세인 너는 참으로 복도 많다. 그런데 세인 '너' 너무 염치없는 것 아냐?! 나무!

대왕생 · 32

– 오후

오른쪽 고관절이 아프다. 앉았다 일어나기가 힘들다. 수도원 풀 뽑고 몇 짐이나 되는 풀을 자루에 담아내기가 힘에 부쳤다. 이를 악물고 문밖 밭에 내다버렸다. 수도원 안팎을 쓸고 닦는 데 온밤을 새웠다. 한 달을 비워둔 집이다. 혼자 힘에 부친다.

아들이 돈을 헤는 것을 문득 보았다. 내가 문을 나오자 돌아서서 헤인다. 에미는 자식 손에 돈이 들려 있는 것만 보아도 기쁜데, 내가 살아온 세월은 플라스틱 돈궤가 아닌 손에 들려 있는 몇 장의 푸른 지폐가 곧 돈궤로 알고 살아왔는데. 딸이 보내온 '비타민B' 를 자세히 보니 비타민B보다 내게 필요치 않은 것이 더 많이 들어 있다. 내 건강은 내가 책임져야 한다. 나는 내가 생각해도 씩씩하다. 일부러라도 자식 앞에서 골골대고 어리석고 불쌍하게 보여야 된다는데. 세상사가 그렇듯이 가족사도 그런 것이라고 요즘 부쩍 그 생각이 든다.

막내는 살림과 내 용돈을 거의 지출한다. 다른 형제는 나머지를 나누어 지출한다. 큰아들과 딸의 속내를 알 수는 없다. 그러나 그 깊은 속을 이해하지 못하고 앞섰다가 얼마나 많은 부끄럼을 감내했던가. 그 속을 생각하면 누구 못지않을 것이라 믿는다.

이런 저런 이야기를 하면 정답겠지만 묵묵한 것은 나도 아이들도 오늘날까지 길들여진 가족 간의 우애다. 서로 능력껏 최선을 다해 알아서 하는 것, 생각해 보면 우리 모자들은 심심산골 도의 길을 가고 있는 것과 같은 일상이다.

다만 아직도 짝을 찾지 못한 것이 능력 없는 에미의 존재로 생각되어 죄인같이 늘 감사와 참회로 다함을 이긴다. 자식들을 생각하면 세상사에 비추어 측은할 따름이다. 역정이 있을 수 없다. 그저 감사하고 찬탄의 박수만 친다.

허리가 더 아프다. 고관절 허벅지까지 저리다.

내일은 요한한의원에 가야겠다. 큰아들 카드를 가지고. 나무!

대왕생 · 33

– 노인의 건망증과 젊은이의 건망증

세탁소에 세탁물을 맡기기 위해 현관문을 여니 신문지가 쌓여 있다. 이왕 나가는 김에 신문지 위에 세탁물을 놓고 가슴 한가득 안고 나왔다. 꽤 무겁다. 경비실 앞에 쓰레기장이 있다.

신문지를 버리고 가야겠다.

"아이, 무거워."

아무 생각 없이 신문지 뭉치와 세탁물을 턱 내려놨다.

"아니 또 신문지를 안고 오셨어요? 저번 날도 그러시더니…."

"아이구, 내 정신 좀 봐. 신문지만 버리고 왔어도 가벼웠는데 낑낑대며 또 신문지를 안고 왔네."

"쓰레기장도 눈에 보이구. 무거웠을 텐데…, 또 안고 오셨어요? 그건 너무했다. 그렇게 건망증이 심하시면 어떡해요?"

"그러게 말이네. 오늘은 꼭 버리고 가야지, 하고 엘리베이터를 탔는데 단 6층 내려오는 사이에 그만 까먹었지."

"정신 차리세요. 그걸 까먹으시면 어떡해요. 쓰레기장을 지나오셨을 텐데. 그건 좀 너무했다."

웃으면서 살짝 핀잔을 준다. 옆에 있던 세탁소 젊은 여주인의 친구인 듯한 여자가 한 마디 한다.

"아이구—, 자기는 뭐 나은 게 있다구. 자기도 깜박깜박하면서. 재두 아주머니보다 더하면 더했지 나은 것 하나도 없어요."

"얘는, 그래두 난 그 정도는 아니니다."

"맞아요. 늙은이는 눈치만 늘어나서 눈치는 백단이구, 건망증은 빵단이라우."

"젊은 저희들도 맨날 물건을 손에 들고도 찾는 걸요!?"

"그렇지 않아요. 젊은이들은 머리회전도 판단도 팍팍 돌아가면서 건망증이 있고, 늙은 건망증은 진실한 건망증이지요. 말하자면 머리회전은 슬로비디오이면서 건망증은 쾌속질주죠! 그러니 느리게 움직이니 주위를 감지할 수 없어요."

"아—, 그건 그렇겠다. 저희들은 바쁘게 생활하다 보니 잃어버리는 것이 많아서……."

"그래요. 엄마 노릇할 때는 너무 빠르게 생각을 진행하다 보니 더러 놓치는 것이구. 늙은이는 눈치만 늘어가면서 건망증이 쌓이는 거구."

"아주머니도 바쁘시게 생활하시잖아요."

"늙은이는 바빠도 머리 회전이 안 되고, 가슴만 앞으로 내밀리고 팽글팽글 숨차게 팔만 휘저으니 정신은 더 사납게 되고, 젊은이는 머리도 몸도 같이 획획 돌아가니 다릅니다. 늙은이는 회복 불가고, 젊은이는 발전하는 상황에서 버리고 가는 것이지요."

두 여인의 눈이 반짝이면서 '그도 그렇다, 그지?' 하며 마주보고 웃다가 나를 측은하게 쳐다본다.

부럽다! 나무!

대왕생 · 34

— 아들아

늦은 저녁까지 추석 차례음식을 마련하고 TV를 보았다. 아들이 퇴근해 왔다.

"내일 차례는 정각 10시에 지내자. 미리 병풍 꺼내 놔라."

전이랑 식혜를 한 쟁반 차려 주었다. 맛나게 먹는다. 흐뭇하다.

"그런데 엄니, 추석은 내일 모레야—."

"그래? 어쩌냐? 나는 내일이 추석인 줄 알고 차례음식 탕까지 끓여 놨는데!"

나는 발을 동동 굴렀다. 피곤해서 정신이 멍했는데 피곤이고 뭐고 정신이 번쩍 들었다.

"엄마, 제사에 올릴 것만 담아서 냉장고에 넣어두면 되잖아요."

"그래야겠다."

그러면서도 내 자신이 한심하다. 피곤해서 멍한 상태보다 더 멍해진다. 한 살만 젊었어도 이럴 땐 방방 뛰면서 정신이 번쩍 들어 난리를 쳐대야 맞는데. 그런데 이젠 그럴 기운조차 없다.

주섬주섬 챙겨서 냉장고에 넣었다. 옛날 같으면 난 고려장감이다. 그런 노인이 다행히도 추석을 지나서가 아니고 이틀 전에 챙겼으니 얼마나 고귀한 정성이랴!

'조상님 꿈에서라도 이 자손 칭찬 좀 하세요! 내일 즉 10월 2일 저녁에 더운 김 들여 모레 아침 차례상에 놓겠습니다.'

내 죽은 후 나같이 차례음식을 마련해 차례상에 올려도 너무나 귀여워 예쁘다고 머리 쓰다듬어줘야지! 내일은 조상님 맞을 대청소나 해야겠다. 이런 실수도 앞으로 몇 년이나 해댈지 모른다. 옆에 한 사람이라도 서 있기만 해도 날자 계산을 도와줄 텐데….

아들아! 나무!

대왕생 · 35

– 숨 넘기며 전화해야지

일어나 이불 젖혀놓고 시계를 본다. 주방으로 나와 냉수 한 컵을 마신다. 아들 방을 살금 들여다본다. TV소리가 크다. 내 방으로 와서 왔다 갔다, 두어 걸음 돌아서 두어 걸음이다. 아들 방에서 쿵쾅쿵쾅 소리가 난다. 얼른 가보니 욕실문이 안에서 잠겼단다.

"엄마가 잠궜어?"

"아니 난 습기 날아가라고 일부러 열어놓는다."

식식거리다 관리실에 전화하니 클립을 펴 찔러보란다. 문이 열렸다.

"휴우."

내 잘못은 아니나 문이 열렸으니 내 아들이 애태우지 않아서 다행이다. 출근하는 아들을 보려고 창가 의자에 앉아있다. 아들이 출근하려다 한 마디 한다.

"엄마 심심하지? 며칠만 있어 곧 올라갈 거니까."

"아니, 난 여기가 네가 있어 더 좋다. 집에 가도 혼자, 종일 기도하다 글 쓰다 책 보다가 일상인데—. 그래도 저녁 아침 너하고 단 몇 마디라도 하고 살잖니!"

"에이, 엄마 거짓말—."

"아니, 넌 왜 맨날 나보고 거짓말이라고만 하냐? 나 정말 창원이 더 좋다. 다음에도 너 따라올 거다—."

대답 없다. 출근했다.

아들 둔 노인은 다 나와 같을까? 그래도 대개는 영감, 형제, 동기간이 가깝게 있어 오고가고 전화로 서로 안부라도 묻는다. 그런데 난 자식 3 남매가 전부다. 그런데 무소식이 희소식이라지만 무언가 궁금해서 전화는 내가 먼저 한다. 막상 전화하면 할 말이 없다. 바쁜 저들에게 심심한 어머니는 그 무료하다는 빌미로 자행하는 폭행이다.

"엄마, 무슨 일 있으면 전화해!"

'늙은 에미가 무슨 일을 해야지 무슨 일이 있지. 죽는 일 밖에 더 있냐?'

이 말을 꼴깍 삼킨다.

전화를 끊으며 '허—' 병이 나서 꼼짝 못해도 내가 전화하리. 픽 웃었다. 노인은 죽을 때 전화하고 죽으면 오죽 좋을까.

TV에서 노인이 아파트에서 홀로 죽어 한 달 만에 경비에게 발견됐단다. 자식은 있는데 홀로 죽었다. 자식한테 전화하고 꼴깍하지, 병신같이 왜 혼자 죽어서 한 달 만에 발견돼 자식 욕먹게 하지. 제기럴!

난 혼자는 안 살지만 요즘은 자다가도 죽는다니 미리 전화해야겠다. 지면에 이렇게 써 놓고,

"애들아, 에민 살 만큼 살았으니 내 죽은 원인이 무엇이든 제 명에 죽은 줄 알고 조용히 염불로 보내주면 고맙겠다. 너희가 있어준 것이 만고의 행복이었다. 행복의 용화등선 타고 여행 간다."

고맙습니다. 효심을 찬탄합니다. 감사합니다. 나무.

대왕생 · 36

— 화엄세계華嚴世界

엄동의 눈이 다 녹기도 전 잔설 틈을 비집고 노란 복수초를 만나보았는가?

사막에 핀 핑크빛 꽃은 꽃이 아닌가.

교도소 뜰에 온갖 꽃이 무성하다. 이들이 가꾼 잡화엄식이다. 이 꽃 저 꽃 속에 나도 끼어있다. 이 무리진 꽃 중에 뽑아 버려야 할 꽃이 있는가. 각자의 취향대로 뽑다 보면 꽃밭은 황무지가 될 것이며, 꽃씨조차 구할 수 없게 될 것이다. 저 꽃무리들은 흙에 뿌리내리고 나 너, 모두 그렇게 어울려 아름다운 세상이다. 생명은 그러기에 장식 없이도 아름다운 것이다.

앉은뱅이 키다리 백일홍 채송화 열매 달리는 꽃, 꽃 없는 녹색 꽃, 오랑캐꽃 등등. 나는 그 속에 어떤 꽃이 되든지 생명으로 자라고 있다.

꽃은 꽃이요 생명은 생명일 뿐, 모두가 살아있음에 황홀한 모습이다. 그곳에 나와 너 이웃이 동등하게 어우러져 아름답다.

흙 위에선 상대적 평가는 없다. 그저 생명이면 만족이다. 잘 키운다고 화분에 물과 영양을 내 취향대로 주다 보니 모두 노랗게 떠서 죽어간다. 생명은 스스로 자라고 진다. 제 먹을 것은 제가 쥐고 태어나니 사막에도 꽃은 피지 않는가!

'생명이여, 몸뚱이 잃어버리지 않게 하시니 감사합니다.'

눈망울 꽃망울 물망울 잎망울 강아지 호랑이 쥐 개구리 뱀의 눈망울 십세十世의 주인공이 사는 세계 토해土海, 이곳에 절대생명 '나' 가 있다.

'저 망울들은 확성기가 되어 나에게 사랑을 말합니다. 난 당신을 사랑합니다.'

나무.

대왕생 · 37

— 흙수저

사람은 흙에서 나서 흙으로 돌아간다고 했다. 그러고 보니 나도 흙으로 돌아갈 날이 멀지 않았다. 자식들이 중년이 되고 나는 내가 낳은 자식의 자식이 되어 버렸다.

하지만 보이는 것은 젊은 사람들, 특히 TV 정치토론 국회의원들의 자질, 금권의 행보, 연예인들의 집안이야기 등을 재미있게 보고 있다. 그중 이 가을 매스컴에선 연일 흙수저 논란이다. 때론 흙수저는 별 볼일 없어 무지랭이가 뭘 해! 하며 무지막지로 잘라낸다. 그때마다 난 웃기는 놈들!

언제부턴가는 잘 모르지만 금수저에 반해 흙수저가 이야기 밥상을 점령했다. 나의 세상 잣대로 보면 금수저는 임금님만 사용했는데 지금은 평등사회라 아무나 금수저를 휘두른다. 금수저는 무조건 뭐든지 무소불능이다. 흙수저는 유소불능이 된다. 임금과 천민의 잣대는 늘 욕망 탐심 진심의 천칭의 일방적 저울질이 되어온 것은 사실이다.

금엔 원래 금만 있다. 금을 분해하면 아무것도 안 남는다. 흙 한 알갱

이도 안 남는다. 금이란 원래 부의 상징이요 권력이요 욕망이요 아부다. 그 외엔 남는 게 없다고 단언한다. 남는 게 없으니 죽은 목숨이다. 물 한 모금도 없다. 인정사정은 더구나 없다. 오로지 누런 빛 가상의 태양이 사라지니 하늘이 컴컴할 뿐이다.

허나 흙은 모든 것을 가졌다. 심지어 하늘도 지구도 가졌다. 만물을 가졌다. 노력여하에 따라 금도 은도 모든 유용한 광물 심지어 우라늄 텅스텐 등등 그 이상 모든 생물의 생존 필수요인인 물과 소금도 얼마든지 품고 있다. 그것을 노력여하에 따라 누구나 이 풍부한 지하자원 내지 하늘과 바람 공기마저도 내 것으로 만들어 무궁무진하게 성장되어질 수 있다.

지구의 역사에서 금수저인 석가모니도 생명의 금을 캐기 위해 금수저를 철저히 버리고 흙으로 돌아갔기 때문에 생명의 등불이요 명장이 되었고, 만생명의 명장인 예수 그리스도는 원래가 철저한 흙수저였던 것인데, 그런 것도 모르고 깔봐! 못된 것들 한 번 견줘 볼탸!

금수저여 아껴 쓰라! 흙수저여! 노력에 노력을 더하며 당당하게 무지개를 펴서 만인과 함께 나아갈지어다. 나무!

대왕생 · 38

— 네티즌

20세기 중엽을 전후하기까지 뼈대 있는 집, 비록 내세울 것 없는 천민 집안에도 호랑이 할아버지는 존재했다. 집안 자손들의 일상생활 단속은 지금 젊은이들이 상상조차 못할 정도였다. 남자들은 나고 드는 시간이 계집들보다는 넉넉한 편이었으나, 잠은 동리 사랑방에서 잘 수는 있으나 밥은 꼭 제집에서 먹는 것을 원칙으로 했다.

그와 반대로 여자는 어떤 일이 있어도 해지기 전 집에 들어와야 하나 밥은 간혹 남의 집 밥을 먹어도 묵인되었다. 이 같은 규칙은 남자는 그 몸을 함부로 굴려도 흠이 되지 않으나 여자는 그 몸의 흐트러진 모양을 절대로 남에게 보이면 안 된다. 하지만 집안 살림을 꾸려나가야 되는 여자는 품팔이나 품앗이를 하면서 집에 와서 끼니를 때우고 다시 가서 일을 하다 보면 시간상 손해를 보니 아마도 먹는 것은 밖에서 해결해도 묵인되었다고 생각된다.

그러니 혹여 예쁘거나 청상이거나 미혼이라면 눈독을 들이지 않겠는가. 지금도 그 방면에 있어서 인간 심리는 별반 변한 것이 없다. 다만 그 상황을 남녀 모두 즐기고 있다는 것이다. 이렇게 즐기다 보니 남도 내 일 같고 내 일도 남의 일 같아 듣고 보고 부닥친 일들을 저마다 제가 당한 것처럼 또는 그렇게 됐으면 하는 심리가 대부분 막장을 달린다. 막장에 다다르고 보니 더는 할 일이 없고 광맥은 한 곳으로만 흐르다 그치고 사방이 막힌 독방에 제 살 길을 찾는다. 거기서부터 정신착란에 걸리게 되는 것이다.

정신착란이야 인간은 물론 동물에게도 일어나는 현상이 아닌가! 정신착란증에 걸린 사람은 몽롱한 상태에서 나는 정상이고 내가 가진 지식은 지혜로 착각하고 종당엔 예언자로 둔갑되어 자신이 하는 모든 일이 정당하고 바르고 치밀한 비밀을 파헤쳤다고 환성을 지르게 된다. 그나마 막장에 누군가 있으면 토론도 하여 서로의 정보를 검증할 수 있겠으나 그곳엔 토론자도 자신이니 이미 결론이 나 있는 토론은 결과론에 박수를 보내는 행위 밖에 뭐가 있겠는가.

자 이제 결론이 난 정신병자는 세상에 알리고 싶어져 그 희망을 안고 막장을 탈출할 무한 힘이 솟구친다. 이 세상에 자신의 발명품을 단박에 알리는 스크린 속의 우주, 여기서는 정신병자가 신이 된다. 원래 신이란 이름뿐이지 그 실체가 없지 않은가. 신은 신에게 중독된 모두에게 숨쉬는 공기와 같다. 그 실례로 텔레반의 '자살폭탄.' 신에게 가기 위해 죽음을 택할지언정 신을 버리지 않는 것에서 입증된다. 신을 위해 죽는다는 것같이 무서운 인간의 오류가 어디 있겠는가?

그런데 문명이 발달할수록 뒤떨어지는 자신을 부상시키기에는 이만한 작업도 없을 것이다. 죽어서라도 영웅이 되고 싶다는 영웅심리. 우리 시조 중에 '까마귀 우는 골에 백로야 가지 마라' 라는 구절이 있다. 이 말이 집안 어른이 자손들에게 훈계하는 제1장 1절이다. 우리 어른들은 소문 또는 얼핏 빗대어 하는 말을 듣고도 미리 침을 놓기 위함이거나 실지로 '자네 아무개 어디어디 출입한다고 그라데, 잘 타이르게' 라며 지나가는 말을 하는 사람도 그냥 염려하는 말이다. 사실 그 집 애는 그날 집에 하루 종일 있었는데 그와 비슷한 모습을 보고 그대로 그 집 애인가 봐, 하다가 몇 다리 건너서 그냥 그 집 애가 되어버린 것이다. 모두가 자신을 제외시킨 홀로 막장에서 결론지은 것을 큰 발명인 양 결론 짓는다.

그런데 그 발명이 유해한가 이로운가를 실험하는 차원에서 소근대며 던진 것이다. 그러면 그냥 '알았네' 하면 되는데 노인은 부리나케 집으로 와 느닷없이 자손을 모아놓은 자리에서 묻지도 따지지도 않고 회초리단이 절단 나도록 우선 치고 본다. 당한 애는 며느리는 아들은 노복은 충복은 억울하고, 비록 가진 것은 없으나 출세는 못했어도 청렴한 자존심으로 살면서 길에서도 길 한복판을 활보하지 못할 정도로 겸손하고 청렴한데, 밤새 억울함을 가누지 못해 며느리는 목을 매고 충복은 '에라' 하고 물건을 훔쳐 줄행랑 또는 그도 목을 매단다. 또는 보따리를 싸서 가출한다.

그러나 노인의 잘못을 어느 누구도 탓하지 않았다. 도리어 혹여 그런 전과를 범하려 호시탐탐 기회를 엿보던 이도 주춤하거나 아예 까마귀 골 옆을 지나지 않기 위해 글만 읽는 생원이 되어가는 것이다.

이 말은 집안의 자손을 회초리를 들고 엄하게 다스린다. 가족이라면 누구도 비켜갈 수 없는 것이었다. 그런데 부모 부양의 책임을 지지 않게 하겠단다. 이때 네티즌의 목소리는 어떨까? 지켜 볼 수밖에 없다. 난 노인이며 기생인생이 되었으니까!

그런데 이 세상은 소문을 모르면 무식쟁이요, 컴맹이면 죽은 목숨 취급한다. 모든 책은 핸드폰 속에서, 부모에게 소식을 묻거나 전하려 해도 의기당당하게 카톡으로 보내 놓고 그런 것도 모른다며 아예 대화를 단절시킨다. 이 병폐는 사회생활도 마찬가지다. 네티즌의 목소리, 유튜브의 음악 정도는 꿰야 문화인이라 한다. 하여간 다 좋다. 그러나 왜곡된 뉴스, 아니면 말고 식의 알 거리와 소문은 사라져야 한다. 물론 네티즌들 중엔 고고한 면도 있을 것이다.

그런데 이 노인이 접하기엔 온통 '지랄들 하네!' 로 보인다. 네티즌 없이도 인생은 알 것은 알아지고 모를 것은 걸러지는 것이다. 이런 말을 하는 이 노인도 네티즌의 목소리를 행여 얻어들으려 전철에서 나는 목소리에 귀를 기울이게 된다.

'제기럴, 나도 할 수 없구나. 이곳 네티즌 세상에 거주하는 인생이니.'

나무.

대왕생 · 39

— 비무장지대

폭 4킬로미터, 전선 155마일. 이름하여 비무장지대(非武裝地帶, Demilitarized Zone, DMZ).

한국 땅에 존재하는 쇼펜하우어에서 니체까지의 완결 답안지가 1953년에 완성됐다.

적막과 흙의 동침, 현대과학의 부정, 생명자활의 인격, 탄성과 환호가 그리는 미래, 고독한 행복, 돈오의 거리, 절대생명의 확증, 끈질기게 부정하고 거부한 욕망의 완성, 인간이길 거부한 탐욕, 고함, 총성과 24시에 찌든 터널, 삶의 허구, 승리의 수단인 양 깃발을 치켜든 삶이 고스란히 제외된 땅.

금전의 무게로 너덜너덜한 넝마를 세탁해 주고 있는 수고. 155마일 거대한 두 마리 지네에 갇힌 피닉스의 슬픈 미소. 철조망에 걸쳐진 최후의 사체. 환상 속의 넝마가 비껴진 구름 사이로 허구를 증명한 덧없는 환갑의 세월.

관절이 동강난 삶과 무관하게 숨쉬고 있는 이 적막의 바다에서 넝마는 절대로 입어보지 못할 때때옷이 되고, 이 민족과 그때 죽음이 숨쉬는 절대생명.

이것이다 저것이다 따지고 있는 이념에 질식된 사거리에서 나를 일으키는 아름다운 신이시여! 그대는 우주의 진리, 욕구를 불러 세우는 개명開明을 이 상처 난 대지에서 비로소 확인하노니.

그 혼란 속에서 내가 살려진 이유를, 지성이 의식을 지배할수록 욕구는 충족될 수 없다는 시원으로의 귀환이었음을.

고요 · 벼락 · 번개 · 폭발 · 침묵이 쏟아져 내리는 니힐리즘의 소낙비에 절대생명의 확증이 폭발하는 난장에 혼절한 난 실향민.

대왕생 · 40

— 감사

세계적인 한센병 권위자 '폴 브랜드' 박사는 50년을 한센병 치료에 헌신했다. 그는 영국에 출장 가서 충격적인 몸의 이상을 겪는다. 호텔에서 양발을 벗는 중에 발뒤꿈치에 감각이 없었다. 의사인 그는 날카로운 핀으로 찔러보고 또 깊이 찔러봐도 피만 나오지 통증이 느껴지지 않는 것이었다. 순간 아! 나도 결국 한센병에 감염됐구나! 인제 나도 한센병 환자구나!

그는 밤새 격리되어 살아갈 자신의 모습을 생각하니 슬프기 한이 없었다. 자신이 한센병 환자의 삶을 누구보다 잘 아는 그는 밤새 한잠도 못 이루고 온갖 슬픔과 회한을 마주했다.

다음날 다시 그는 날카로운 핀으로 다시 한 번 자신의 발을 찔렀다. 순간 악! 하는 비명소리를 질렀다. 그는 종일 수고한 발의 신경이 무감각하여 일어난 일시적 현상이었음을 알고, 자신의 통증이 얼마나 고마운지를 진심으로 느끼며 재차 찔러댔다. 그리고 통증이야말로, 병이야말로, 진정 감사해야 할 감사임을 기도했다.

'아직 갈 나이'가 아니라는 나이가 되고 보니 몸살인지 감기인지 모르게 몸에 병이 슬그머니 왔다가 갔는지 안 갔는지 모르는 채 매일 생활합니다. 별로 악! 소리 나게 아픈지가 언제였을까 하고 생각합니다. 열이 나는지 열이 내렸는지도 모르고 그냥 늘 그만치 아픕니다. 내 눈이 평생 처음으로 빨갛게 충혈되어 한밤중 사위인 의사에게 전화를 걸었습니다. 내일 와서 진찰하라고. 그제사 안심하고 잤습니다.

20대를 못 넘기리란 염려 속에 잔병치레를 많이 한 어느 수필가는 90세가 넘도록 생존하고 있습니다. 이쯤 되니 아픔을 진하게 느낀다는 것은 감사해야지 호들갑을 떨 필요가 없다고, 이제 와 생각하니 참으로 부끄럽습니다. 봉사도 한 적 없고 좋은 일 한 적도 없는 난 충격적으로 감사할 줄을 몰랐습니다. '폴' 박사의 이야기를 보고 진정 감사했습니다. 지인이 보낸 브랜드 박사의 카톡 한 자락의 깨침으로 이렇게 충격적인 감사의 회향을 하게 되었습니다.

내 몸에 뜻하지 않은 질환은 매사가 일상이 제복인 줄만 알고 사는 나에게 감사함이 무엇인지 진심으로 알게 해 주었습니다. 아침에 일어나는 것조차 감사해야 한다는 지혜보살의 말씀이 나의 피가 되었습니다.

이렇게 나의 피가 감사로 흐르며 아침에 일어나 진정한 감사의 기도 나무아미타불을 염송합니다. 나무!

대왕생 · 41

– 며느리

며느리가 시집에 다녀가는 날은 대개 주말이다. 그런데 다녀간 다음 날 아침에 식사준비를 하느라 남은 반찬과 밑반찬을 살펴보면 거의 남은 것이 없다. 분명 남았을 것인데 없다. 하루는 며느리가 왔길래 물었다.

"얘야, 너 반찬 가져갔니?"

"네－. 어머니."

"먹다 남은 게 맛있더냐?"

"네－. 일요일 아침엔 애비가 늦잠 자고 저도 늦게 일어나게 되는데 반찬하기가 싫어요. 게다가 애비가 어머니 반찬은 잘 먹어요. 어제 먹고 왔어도 맛있대요. 그리고 두 번 세 번 차려내도 군말 없어요. 얼마나 좋은데요."

"애두, 참 어지간하다."

"어머니 미안해요. 제가 찬거리 사 올게요."

이런 며느리가 참 고맙고 예쁘다. 그 후론 난 일부러 애들이 오는 날은 이것저것 밑반찬과 반찬을 넉넉히 마련한다. 언제부턴가 따로 사는 아들 식구지만 손자들도 할머니 집에 가자고 휴일이면 조른다고 한다.

"나는 그런 얘기를 들을 때마다 절로 신난다!"

오늘도 그녀는 일찍 모란장엘 갔다. 쑥이며 냉이며 넉넉히 샀다. 아마 보진 않았지만 그 꼬라지가 김매는 할매 같을 것이다. 찬거리도 많이 살 뿐더러 모양새도 허름하기 때문이다. 언제부턴가 모양새는 관심이 없고 오직 애들이 잘 먹는 찬거리와 간식거리에 관심이 갔다. 그녀는 날마다 손자와 며느리를 생각하면 입가에 미소가 떠나질 않는단다. 어느 날 남편이 하는 얘기.

"우리 며느리 참 잘 들어왔지? 다른 집은 밑반찬을 해놓고 싸주려고 해도 이 핑계 저 핑계로 바쁘다고 한대. 애들이 아파서, 또는 애비가 힘들다고 핑계를 대며 한 달에 한 번 오기도 가뭄에 콩 나듯 한다는데 우린 주말마다 북적대니 사는 것 같아. 여느 며느리 같으면 남편이 시어머니 솜씨의 반찬을 찾을라면 니 엄마하고 살지! 하면서 부부싸움을 한다는데 우리 며느리는 도리어 남편을 챙기느라 시댁 냉장고를 말끔히 청소해 주니 나는 며느리 덕분에 묵은 반찬 안 먹어도 되고, 당신은 모란시장 가고 솜씨 발휘하니 솜씨 녹슬지 않고, 손자 입에 맛난 것 들어가는 재미에 일주일이 행복해 하니 얼마나 복 받은 인생인가. 다 당신이 부지런한 덕택이야!"

"맛있다고 먹어주니 맛있는 게지. 내 솜씨가 좋아 그럴라구?"

아무렴 어떻겠나. 이런 넉넉한 며느리도 보기 힘들지만 해다 바치진 않고 뒤져가는 며느리가 예쁘다고 하는 시어머니 또한 얼마나 아름다운 마음씨인가.

감사합니다. 찬탄 드립니다.

'며느리 보면 김치도 담가주지 마! 시어머니 문밖 나가면 버린대!'

아무렴? 이런 말이 팽배한 곳은 '나만 잘 났소' 하는 집안에서 생기는 일이라고 본다. 먼저 자식의 마음이 내 마음이라고 보면 그것은 내가 걸어온 제 잘잘못이거나 제 복일 것이다.

찬탄 드립니다. 나무.

대왕생 · 42

— 명판사

진실 하나.

웬수라는 뜻을 새겨보면 이렇다. 내가 생각한 좋은 사람이 아닌 사람. 나와 의식이 같았었는데 지금은 각자 양당으로 돌아간 사람. 나는 너에게 너는 나에게 웬수가 되는 것이다.

무시무시한 얘기 하나.

아파트 단지 도처에 모순모순 게토가 형성된 것이다. 게토는 나치독일이 유태인을 가두었던 현실의 지옥을 말한다. 사람들은 특히 2차 대전을 경험했을 또는 가장 근접했던 연령대들은 지옥을 실감하면서 스스로 그 지옥에 갇히고 갇히길 원하고 있는 것은 아닐까?!

"글쎄, 101살인 내가 밥을 해서 아들과 같이 먹고 있는데 며느린 소파에 자빠져 있지 뭐냐?"

"엄마! 그냥 뒀어요?"

"어쩌냐. 몸살이 났다는데, 네 오라비도 아무 소리 없더라."

그러던 101살 노인이 딸네 집에 모셔졌고, 얼마 뒤 며느리에게 돌아갈 새도 없이 병원에서 운명했다. 이 사건은 초상 때 딸에 의해서 일파만파 퍼졌다. 아파트 단지는 물론 노인정, 멀리 딸이 사는 동리까지 퍼졌다.

원래 며느리는 힘없고 시어미는 왕이다. 왕의 목소리는 온 나라를 흔들기 마련이잖은가? 힘없는 백성은 지금 어디에 있는가! 참 딱하다. 왜 사람들은 힘없는 처지를 무조건 폄하하는가. 묻지도 따지지도 않고 힘있는 자의 편을 든다.

101살의 시어머니의 며느리는 최하 70 이상의 나이가 된다. 또한 그 아들도 80은 거의 됐을 것이다. 딸도 며느리 나이보다 많거나 또래일 것이다. 시어머니가 죽어 염라대왕 앞에 섰다.

"너는 어찌 왔느냐?"

"네! 더 살 수 있었는데 며느리가 못돼 먹어서 울화병으로 이렇게 억울하게 왔습니다."

"며느리는 몇을 두었나."

"아들이 하나입니다."

"그 아들은 아주 귀하겠구먼."

"말하면 뭘 합니까. 불면 날까, 쥐면 부서질까 어제까지 사탕 까주다 제가 이리로 왔습니다. 그 사탕 다 먹었을 텐데…."

"며느리는 어찌 하고 있는가."

"알게 뭡니까? 며칠 전까지 제 곁에서 콜록대며 잠 안 자고 물그릇을 받쳐주고 있었습니다. 그런데 요망할 것이 자고 깨니 없어졌다지 뭡니까?"

"며느리도 몸이 성치 않았겠구만."

"아, 젊디젊은 제깟 것이 뭐가 그리 핑계가 많은지 내 아들이 누웠으니 그 게 부러웠던 게지. 그년은 관절염에 위장병, 고혈압을 달고 살지라. 그것이 재산도 아닌데 난 평생 그런 것 안 부러웠지."

"농사는 누가 짓고 집안일은 누가 했는가?"

"아이고, 그야 며느리 몫이라 아무도 손 못 대게 했지요. 내가 못하게 하는데 누가 거들어요."

"들리는 소문이 그날 며느린 모질게 아팠지만 방에 있으면 더욱 난리가 나니 병든 몸을 질질 끌고 앉아 있을 수 없어 누워 있었는데, 밥 먹으란 소리도 없이 모자 둘이만 우걱우걱 먹었다며?"

"아이구, 101살 노인이 지 남편 밥 먹이면 고마워 해야지, 배고프면 지 손으로 먹을 것이지. 그런데 대왕님은 그 소릴 어디서 들었지요?"

"지금 옆방에 자네 며느리가 자네보다 이틀 먼저 와서 죽은 것에 감사한 나머지 나에게 달려와 보고하길 '대왕님 제가 환갑 진갑 다 살고 구불리고 비틀려도 제 손으로 밥 먹고 똥 싸다 시어머니보다 먼저 불러 주셔서 감사합니다. 저는 제 분수를 알거들랑요! 시집간 이후 처음으로 편케 웃고 사자들과 떠들고 있습니다. 네! 대왕님 불러 주셔서 감사합니다' 라고 했네."

"대왕님! 백한 살 시어머니 어디로 보내면 되겠나이까?!"

"오! 보기 싫은 며느리도 없어졌으니 다시 이승으로 보내 세월의 며느리로 살게 하라!"

이렇듯 세상사를 자신의 기준으로 살면 온갖 영화를 다 주어도 빛나는 태양도 검게 그을려 찡그리고 세상은 웬수로 다가올 뿐이다.

감사합니다. 나무.

대왕생 · 43

– 비를 맞다

장마철이다. 오늘 저녁은 칼국수다. 아파트단지 내 상가를 가기 위해 엘리베이터를 탄다.

입주 후 처음으로 만원. 젊은 엄마가 아기와 함께 '깔–깔– 까르르' 웃는다.

아! 이쯤 되면 아파트도 살맛난다.

고층에서 내다본 창밖으론 비가 안 왔다. 땅을 밟으니 비가 왔다. 웬만하여 십여 발자국 옮기니 쏟아진다. 도로 들어갈까? 아니다. 나무 밑으로 뛰자. 폭우가 된다. 민소매 팔뚝에 빗물이 흐른다. 폭포를 맞는 기분이다. 난 지금 하늘 아래 가장 긴 폭포를 맞는다. 그 폭포는 제풀에 취해 갈지자로 비틀거린다. 흐뭇하다.

육십 평생을 살아내니 갖은 것들이 내 몸 안팎으로 넘친다. 그러나 이 순간만은 오로지 우산이 필요하다. 요즘 이 정도 필요한 것은 아파트 쓰레기장에도 넘쳐난다.

그럭저럭 상가에 도착하여 서리태 콩물 한 병에 사천오백 원, 콩가루

섞은 칼국수 두 봉에 사천 원, 감자 천오백 원, 만원으로 별식이 준비됐다.

되돌아온다. 비는 더욱 거세졌다.

여기서부터 아파트까지는 천여 미터.

나와 내 친구로 내 손을 꼭 쥐고 달랑달랑 따라오는 세 식구의 한 끼 식사. 우리는 즐겁게 비를 맞으며 흔들흔들 걸어도 누구 하나 보아주는 이 없다. 끄떡없다. 우리는 풍선같이 가볍다.

몸도 마음도 마치 아부다비 국제공항에 운동화 차림으로 티켓만 들고 입국수속을 밟는 홀가분한 이 기분!

비록 물 입자에 빈틈없이 오염된 산성비라지만 이 시원한 기분 아파트 화단에 핀 과꽃들도 비에 늘씬 샤워를 해서 엄마 손을 잡고 목욕탕 문을 나서는, 물에 젖은 반 곱슬머리에 분홍 원피스 차림의 초등학생마냥 싱그럽고 예쁘다. 지금 우린 하늘에서 뿌려주는 싱그럽고 투명한 꽃비를 온몸으로 받고 있다.

오분 거리를 십분으로 더디게 걸으며 엘리베이터에 탄다. 아직도 내 치마와 티셔츠엔 꽃비 앉을 자리가 넉넉했다.

우산이 없어서 비를 맞은 것은 아니다. 다만 소낙비를 맞아볼 용기를 낸 것이다. 성한 것들이 쓰레기장에 넘쳐나는 아파트단지다. 이곳은 내 어린 시절 보리밭 콩밭이어서 하굣길 비를 쫄딱 맞으며 밭둑길의 웃자란 망초 꽃들이 비에 젖어 하얗게 흐드러진 사이를 헤집고 집으로 오던 기억을 더듬어본 것이다. 넉넉하지는 않았지만 싱그러운 풀 향기로 배를 채우던 시절의 농촌으로 돌아가 잠시나마 삭막한 아파트문명을 거절하는 행위였다.

돌아가신 어머니가 와 계셔서 내가 아파트 문을 열면 '에미야' 하고 나를 안아주시는 기적도 상상하며—. 나무.

대왕생 · 44

– 가족

거울 속의 사진입니다.

그곳에 내가 있습니다.
누렇게 바래고 여기저기 뭉개진 모습 속에
나의 모양만 빛나 보였습니다.
그런 나를 어리석다고
마주선 대형 거울이 나를 비웃었지요.

나는 그 무리에서 탈출해야만 했습니다.
번쩍이는 대형 거울이 나를 다정하게 부릅니다.
나는 탈출을 감행했습니다.
고택의 거울이 깨졌습니다.

깨진 거울을 다시 주워 맞추려면

거울을 깨고 나온 나도
그 자리에 남아 있는 가족도
유리폭탄을 맞고 피를 흘려야 합니다.

종택 대청마루에 걸린 거울을 날마다 닦고 보수합니다.
이는 우리 가족이 온전하기를 바람입니다.
나무.

대왕생 · 45

— 화火

결론은 너무 황홀하고 아름답기에 신은 땅속에 숨기고 한 점 한 조각씩 생명들로 하여금 그 빛을 먹고 자신들의 빛깔로 탄생시키길 바랐다. 마치 어머니가 태중에 있는 아가가 좋은 영양분과 소리 · 심장의 박동을 가려서 섭취시키고 세상에 나오길 바라듯이.

하늘은 심심하고 땅속의 불을 볼 수 없기에 제 손에 높이 들고 보라! 보라! 내가 세상 밖으로 나오면 이 손에 들려진 불덩이에서 얼마나 많은 것을 순간에 포착하여 너의 온전함을 키울지.

나는 달리면서 한 점도 놓치지 않고 본다.

나는 너희에게 빛나는 아름다움을 주어 눈이 부시게 했다.

너희도 이 빛의 열기로 인해 아름다운 것만 익혀가라.

그리고 나와 같이 하늘 바퀴를 순간을 오로지 순간만을 위해 돌자.

그러나 우리는 태양의 흑점만 보며 경악할 일만 저질러 여기에 떨고 있다. 뜨거운 태양 아래서 떨고 있다.

왜?? 나무!

제3부 기도

문사수 경전학당의 위신력

2012년 7월 29일 낮 12시 12분에 나는 근엄하게 발심했다. 오늘 여여 법사님의 강의중에 불경을 사경하는 공덕의 찬탄을 뼛속 깊이 새겨 맹세했다. 이젠 돌이킬 수 없는 일대사가 내에게 주어진 행복이다.

우선 집에 돌아와 컴퓨터를 켰다. 8월 21일 오후 5시에 법화경의 한글 부문을 모두 입력했다. 그리고 수정작업 중에 원고지 본을 일반 서식으로 다듬었다. 교정과정에서 정확성을 기하기 위해 실제 원고지에 연필 15자루를 깎아가면서 정성껏 사경했다. 법화경사경이 끝나기까지는 평균 하루에 6시간이 걸렸다. 물론 내 나이 70이고 게다가 독수리타법이라! 검지와 손목에 쥐가 나고 자판과 본체 화면을 들여다보는 눈은 가물가물해져 갔다. 그러나 아직은 몸이 건강해 거뜬하다.

퇴근해도 샤워하기 바쁜 아들이었다. 그때마다 몸이 아파서 누워있거나 혼자 귀찮아서 식사도 거르고 누워있으면서, 혹여 예쁜 아들들이 '엄마 어때? 밥 먹었어?' 하고 내 방문을 여는 희망을 가진 것은 사실이다. 자식들은 피곤하고 또는 어미를 신뢰하기에 잔정을 표시하진 않는다. 그러나 나의 세 남매는 천하의 효자라고 자부한다. 또한 주위에서 복터졌다고 부러워한다.

법화경 사경이 끝나고 내친김에 내가 본 경전은 모두 사경하기로 했다. 하여 '문사수' 법요집 금강경을 교본으로 곧바로 컴퓨터 입력을 마치고 사경에 들었다. 혹여 내 몸이 몇 시간씩 컴퓨터 앞에 있어 고장난 데는 없는가, 얼핏얼핏 염려가 될 때마다 나는 나무! 발심을 하면 무너지지 않는 도를 얻는다. 계 · 정 · 혜를 담벼락 삼고 믿음의 방어막을 쳐 정진을 놓지 말아야 하겠다. 적어도 부처님 경전을 입력하고 사경해야겠다는 원력은 나에게 건강을 염려하는 사사로운 탐심은 버려야 한다. 번뇌가 일 적마다 나무! 나무! 하면서 앞으로 앞으로 나아갔다.

여기서 '나무'란 '나무아미타불'의 줄임말이다. 그러나 본래의 의미는 다 갖췄다는 생명자리로의 귀향인 것이다. 적어도 문사수 법우들은 모두 이 뜻을 인지하고 있다. 그러니 나무란 귀명歸命, 즉 본래 생명으로 돌아간다는 말이다. 이 의미는 나란 존재는 없고 다만 본래 생명으로 돌아가기를 간절히 원하는 염원을 말한다. 본래 생명은 모든 것을 갖추고 있다는 것을 말한다. 생명만이 맑고 절대 진리인 생명으로 귀향하는 것을 말한다.

귀향이란 죽어서 가는 곳이 아니다. 살아서 고향으로 돌아가는 것을 말한다. 우린 언제나 제가 태어난 고향을 그리워한다. 귀향해서 넉넉한 생을 마치고 싶어 한다. 이와 같은 의미로 나무란 이런 귀향이란 동사다. 나는 다만 본래 생명자리로 돌아가 만 가지를 갖춘 본래 나의 생명자리로 돌아가는 것을 의미한다. 죽기를 바라는 것은 절대 아니고 죽어야 가는 곳도 아니다. 죽은 다음을 누가 알겠는가. 살아 있는 이 자리가 소중하지 않는가!

어느 날은 부웅 마음이 구름 속에 있었고 순간에 부처님의 말씀이 가슴을 후벼 파고 너무나 너무나 진실된 사실, 그 태곳적에 어쩌면 지금 사파에 출렁이는 모든 사건을 손바닥을 보듯이 비유와 설교와 사랑으로 설하셨는가 하는 사실에 벅차서 눈물이 나도 모르게 흐르고 더하여 가슴이 터질 것 같았다. 세상을 향하여 취객처럼 거리로 뛰쳐나가 고래고래 찬탄의 말씀을 전하고 있는 내 모습이 어른거렸다.

이럴 때면 나는 사경을 멈추고 두 손을 합장하고 내 집에 모신 두 아들의 '봉대불' 을 향해 엄숙히 감사의 기도와 참회의 기도를 드렸다. '나무아미타불! 내 자손들이 나에게 평안한 생계를 제공함에 무한 감사합니다.' 나에게 불법을 믿도록 이끌어주신 조상님께 나무! 감사드렸다. 속을 썩이고 먼저 간 남편에게도 참회와 감사했다.

내가 전국의 사찰을 순례하도록 시간과 물질적으로 아끼지 않았음에 진심으로 감사했다. 하여 문사수 법당에 영가를 모셨다. 그 일도 또한 자진해서 아들들이 나섰다. 나는 능력이 없는데 의견을 말하니 묵묵히 앞장서 줬다. 감사합니다.

그런데 미국 딸이 외할아버지는 법당에 모시지 않았다고 나를 나무라고 얼른 문사수에 모시라 했다. 사실 그러고는 싶으나 염치가 없어 망설이고 있던 참이었다. 그런데 뜻하지 않게 엉뚱하게 미국생활 이십년이 넘는 과학자 딸이 나서서 외할아버지를 문사수 법당에 모시지 않았다고 호통이다. 이 나무람만큼은 빛나는 찬가라 생각된다.

영가를 모시고 난 며칠 후 딸은 꿈에 할아버지를 뵈었다고 울먹이며 전화를 했다. 그리고 이삼일 지나서 손자가 미국시민선서를 하고 시민권을 받는데 단 한 달 밖에 안 걸려서 통과했다는 것이다. 보통 이삼년 내지 사년이 걸리는데 말이다. 딸은 또 문사수 법당에 감사공양 올리라고 전화가 왔다.

감사합니다. 자식들이 평소에 법당에 오지도 않고 기도에는 전혀 관심이 없던 사람들이었다. 그렇다고 명산대찰에서 기도 올리며 내 자식들이 법회에 나오게 해달라고 빌며 몇 천 배 절을 한 것도 아니다. 아무런 소원을 빌지 않고 그저 여여법사님의 사경을 하라는 그 말씀에 게으름 피지 않고 스스로 따랐을 뿐이다.

부처님은 열반 전에 청신사 청신녀들에게 유언하셨다. 선지식과 벽지불보다 성자와 부처님께 올리는 공양이 제일이고 절을 짓거나 불사를 못하더라도 사경은 그와 같은 공덕을 가져다주는 복을 스스로 얻는다고 하셨다. 나는 그 사실이, 그 복이, 그 과果를 이 순간에도 입증되고 있음을 스스로 감지하고 감사하고 있다.

우리가 구하는 복은 기도했다고 신이 내어주는 것은 아니라고 생각한다. 스스로 노력하고 법에 귀의해서 터득한 지혜로부터 스스로 얻어진다고 생각한다. 스스로 얻는다고 나의 생각대로 하면 오산이다. 절대진리에 들어가서 그렇게 살아져서 얻어지는 지혜라야 된다고 생각한다. 나의 지혜로 신께 기도하면 되는가? 만약 그렇다면 절대 빈곤인 아프리카 기타 등등의 나라에선 왜 그 빈곤은 절대 해결하지 못하는가. 한 번 숙고해야 한다고 생각된다.

언제부턴가 길상화의 일상은 자고 일어나면 합장하고 컴퓨터부터 열고 '팔만대장경' 을 클릭하고 합장하는 것이다.

'나무아미타불! 오늘도 부처님 감사합니다. 무사히 잠에서 깨어 생명을 나누게 하여 주셔서 감사합니다. 오늘도 부처님께 귀의합니다.'

또 말하자면 부처님은 참생명자리를 말한다. 그것을 불교에서는 부처님이라 명할 따름이다.

대장경 사경 법화부를 마치고 일전에 한 '열반부' 의 사본을 찾으니 없다. 반나절을 수색했다. 없다. 반나절을 소비한 것이 부끄럽다. 없으면 다시 하면 되지. '나무아미타불! 염불소리는 사라지고 사라지지만 우린 또…' 하면서 손으로 하나, 눈으로 하나, 목소리로 하나, 염불인데 왜 반나절을 어리석게 사라진 염불소리를 허공에서 찾았더냐? 이 못난 이야!

그런데 작은 아들 회사에서 축시를 부탁해 왔다. 내 아들이 승진을 했단다. 머릿속이 띵했다.

"어떻게 승진했단 말입니까?"

"네, 아드님이 특출하니깐 그렇지요."

"아닙니다. 위아래 분들이 모두 도와주신 덕분입니다. 감사합니다."

전화기에 꾸벅 절했다. 그리고 습관처럼, 나무!

"저 어머님 아들 승진 축시 한 편 써주십시오."

"아니 아들 승진에 에미가 무슨 축십니까? 말도 안 됩니다. 제가 보내는 드리는데 제 이름은 절대 넣지 마시고 쓰십시오."

"그런데 어머니 깜짝쇼를 하려는데 절대로 본인한테는 비밀을 지켜주십시오."

그 후로 아들의 기쁨을 같이 즐기면서도 절대로 내색 안 했다. 백 몇십 명 대표와 사장단들이 전국에서 모인 행사장 저녁, 그 '축시'와 더불어 아들의 사진, 이력, 이 모든 것들이 웃분들이 지켜보는 자리에서 그야말로 스크린에 영화처럼 떴다.

아들은 승진을 앞두고 거의 한달 간을 화난 사람처럼 우울하고 말수가 전혀 없었다. 나는 얼굴 마주치면 덕담을 했다.

"많이 힘들지? 왜 아니 그렇겠냐? 그런데 모두가 실직자 천지인데 우리 아들은 참으로 장하다. 지금은 힘들어도 그게 복이다. 나무아미타불!"

날마다 그렇게 했다. 그리도 힘든데 늦게 돌아와도 아들들 역시 내 방문을 열고 확인한다.

"엄마! 괜찮아?"

"그럼, 아무 걱정 마라."

두 아들은 어느 때부터인지 귀가 후 자정을 넘기거나 새벽이거나 에미 방문을 열고 에밀 확인했다. 노인은 방문을 열고 빼죽 들여다보는 것만으로도 행복한 것이다.

나무아미타불. 이것이 사경의 원력인가, 신심의 힘인가?

아들의 봉대불을 모신 것에 감사합니다. 그 나이가 먹도록 불경을 단 한 구절도 베끼지 않던 아들이 세수하고 정성껏 봉대불에 넣을 복장으로 반야심경을 즐겁게 썼던 기억이 난다.

미루어 보면 내 주변은 불법승 삼위일체가 드디어 완성된 것 같다. 젊은 시절 이 땅의 대찰을 찾아 기도했지만 늘 자식의 합격발원이 끝나면 사업성취로 돈을 벌게 해 달라거나, 끝없는 탐욕과 남편의 바람기를 탄식하는 분노의 진심瞋心, 친구 또는 친정, 시집 등의 인과에 얽혀 어리석게 모든 것에서 내 가치만을 주장해 승자가 되고픈 치심 탐심 진심의 오물 속에서 기도했다.

시주했다고 하는 교만이 얼마나 부끄러운지 그 기억만 나면 소름끼치게 부끄러워 나무! 하기를… 이젠 길상화의 법당은 길상화가 숨쉬는 곳이요, 숨쉬기 어려울 땐 문사수 법당 내지는 법우들과 함께 있는 어느 곳이든지 행복하고 즐겁고 그 시간만은 번뇌가 없으니 참으로 놀랍지 않은가! 특히 경전 강의 시간에는 순간순간 여래를 만나고 해탈로 한 발자국씩 든다. 강의를 하시는 여여법사님은 여래이시다. 우리는 이 사실을 간과해서는 안 됨을 나는 화엄경 편찬에서 그 위신력에 다시 경하드린다.

한국 불교 역사상 모든 경전은 번역과 독해로 이어져 왔다. 어느 것이나 부처님 말씀을 한국어가 아닌 한문을 베껴온 것이지 스스로 독자적으로 편찬된 것은 없다. 문사수 경전학당에서 발행한 화엄경, 법화경을 비롯해 대역사인 금강경이 한탑선사의 편역으로 완전한 한글 판본을 발행했다. 이어서 천수경이 아닌 불자들의 필독서요, 그야말로 기도 정진과 법당에서 행해지는 모든 경전의 법요집이 세계유산으로 등재된 세종대왕의 한글로 순수하게 한글판본으로 편찬되었다.

이 법요집으로는 점술가나 역술가가 따라 하기엔 너무도 어색하다. 이 법요집은 그야말로 부자들의 필독서이고 불교다. 이번 화엄경은 그 차례만을 보고도 이미 화엄경을 읽은 사람은 그 높은 편저에 감동과 동시에 안개에 가려졌던 모든 행간이 한눈에 들어오는 것이다. 이것은 실로 바다가 솟구치고 땅이 갈라지는 지동이요, 구름이 보석으로 쏟아지는 신력神力이요, 석가모니불께서 환불하시어 다시 보여주신 것이라고 나는 감히 말할 수 있다. 문사수 발행 경전의 감동은 참으로 소중하고 불자로서의 감흥이 벅차오른다.

우리는 고대로부터 중국에서 한문으로 적어 전해 온 경전을 그대로 베껴 와서 번역했다. 이 사실도 너무 소중하다. 다만 너무 많은 귀중한 말씀을 다 보여줄 수 없으니 조목조목 떼어서 천수경도 편찬했다. 그러다 보니 잡술가도 천수경이요, 스님도 천수경이다. 그러니 불교는 무속이 돼 버린 것이 아닐는지! 그래서 불교가 종교로서 의미가 왜곡된 것이 많고 어렵다. 한국어와 중국어는 그 본래의 정서가 도무지 맞지 않는 것이다. 그래도 우린 그대로 베껴 간직만 했지 그 뜻을 우려내어 먹어보지 못한 것이다.

원효대사도 경허스님도 만해스님 탄허스님도 청담스님 성철스님 모두 한문해석에 지나지 않았다고 단언한다. 왜냐? 한문만 잘하면 해석하고 법문할 수 있으니까. 그렇다고 조사스님들의 역사를 감히 들추는 것은 아니다. 역대 조사스님들께서 번역해 온, 번역하면서 발전시켜 온

역서가 있기 때문에 그 다음 역서도 가능한 것은 물론이다. 내가 하고픈 말은 다만 그 저서들은 우리말로 인도의 정서를 옮길 수 없었다는 것이다.

그런데 왜어와 외국어 더하여 인도어 산스크리스티어를, 부처님 당시에 인도의 정서와 풍속 민속을 탐구한 이력과 피나는 정진이 있기에 지금의 문사수 학당의 경전 편찬이 가능했다고 본다. 이것이야말로 지식과 지혜가 동시에 발현하는 것이라 사료된다. 그러하므로 한탑스님과 여여법사의 경전편찬은 한 구절 한 구절을 인도어로 한문으로 한국어로 바꾸고 해석하고 탐사하며 번역은 물론이요, 그 문화와 국민의 정서 모두를 이해하고 찬탄하며 해석해 한국어로 옮겨놓은 것이라 본다. 하여 한국인이 여여법사의 저서를 보면 새로운 불교를 만난 것같이 되는 것이다.

이것을 이해하지 못하는 불자는 이를 이단이요, 이상한 절이라 할 수 있을 것이다. 아무튼 문사수 경전학당, 더하여 한탑조사 여여법사 경전을 마주하면 지혜 있는 사람은 경탄할 것이 분명하다. 이 일대사는 한국불교는 물론 불교자체로도 세계역사상 처음 이루어낸 역서요 역사役事라 생각한다.

문사수 경전학당의 여여법사님을 비롯해 명신법사님 정신법사님 범정 범혜 법열 법사님 법우님들 모두모두 부처님! 저의 나아갈 곳입니다.

기쁨을 털어놓자니 법열法悅이 충만해집니다. 법우님! 함께 가요!

나무아미타불!

* 문사수경전학당 : 경기도 고양시 덕양구 행신동 709-1 무원빌딩 8층. 031-966-3581~2

기도

오늘부터 한 달간 우란분절 기도정진에 동참한다.

성불로 가기엔 아직도 이승에서의 바람이 끝이 없다. 상대적으로 갖고 싶고 하고 싶은 것도 많고 부러운 것은 끝도 없다. 그래도 잠시 이런 것들을 잊어보자고 '나무아미타불' 염불을 하루 만 번 염주를 돌렸다. 법당에서 오천 번 집에서 오천 번을 염불했다. 엄지를 놀리다 보니 어깨가 묵직해 왔다. 그러나 어깨가 무거울수록 내 염불은 잘 되는 것만 같아 불식간에 희열이 온몸을 감쌌다.

잠시 염불을 쉬고 베란다에 앉아 불자로서의 기도목적과 다르게 어긋나는 정진을 반성해 본다. 생사해탈이 불교의 목적이라지만 백중기도는 조상님을 위한 극락왕생과 나 자신이 살아온 삶을 반성하고 참회하여 극락세계에 닿아지고자 함에 있다. 지식으로는 잘도 알고 있다. 그러나 오늘도 말로는 참회와 조상님의 극락왕생을 발원했다. 그러나 진심을 들여다보면, 반생을 기도로 살아낸 나이지만 아직도 어림없고 망령되다.

이 세상에서 마지막으로 꼭 해 봐야만 미련이 없을 것 같은 것이 왜 이리도 많은지…. 지금 당장 아미타세계에 태어날 것이니 이 어화등선에 타라고 한들 나는 주춤할 것만 같다. 그 이유는 사랑하는 부부가 머리가 하얗게 세어 손을 잡고 산책하고픈 바람, 또한 노부부는 건강하고 서로 사랑하며 불심이 깊어 자애롭기까지 하고 자손은 한 달에 한 번 꼭 부부를 방문한다.

손을 흔들어 돌아가는 자손을 배웅하고 들어와 감사기도를 진심으로 드린다. 부부의 행복한 나날이 흘러간다. 그렇게 꿈같이 살다 보니 어느덧 죽음을 두려워하게 된다. 그러면서 해탈이라는 불자의 원래 목적이 가슴에 와 닿게 될 것이다. 그때서야 기도는 진심으로 참회하고 여여하여 실감날 것만 같다.

석가모니께선 무량대복을 받아 태어나시니 부러울 것도, 하고 싶은 것 갖고 싶은 것이 모두 충족된 왕세자로 만복이 충만함이 세상에 으뜸이었다. 그래서 오직 생로병사生老病死만이 고민이고 두려움이어서 가슴 깊이 절실하게 생각되지 않았을까. 그것만이 이승의 숙제라고 생각했을 것만 같다. 나는 이렇게 내가 살아내는 세상과 합리화시켜 생각해 본다.

지금 문득 그런 생각을 하고 보니 불자로서 당연한 발원은 무량대복을 짓고 태어났어야 하는 것만 같다. 그러나 지금이라도 개심하고 작심하여 부처님 가르침을 절체절명으로 받들면 무량대복은 스스로 찾아올 것이다. 하지만 미주알고주알 챙겨야 하는 내 삶의 습성으로 보아 어느 세월에 대복을 찾을 수 있겠는가!?

60평생 살아낸 세월이 한스럽다. 돌아보건대 무량대복에서 한 가지도 갖춰질 수 없는 삶이 아니었던가. 인생은 돌아갈 수 없는 앞으로만 가는 길이다. 오늘날 인간의 길어진 수명으로 따져보아도 내가 살아 있을 날은 얼마 남지 않았다. 떡가래로 치자면 4분의 3은 이미 먹어치웠다. 남은 4분의 일을 먹어치운 떡의 길이로 만들어 먹을 수밖에 없다. 하여 나는 생명의 길이를 늘려볼 양 무작정 만사를 이유를 무시하고 기도 발원한다.

'나에게 남은 떡을 배로 늘려서 먹을 수 있는 지혜를 주소서. 그리하여 지혜의 바다에서 극락으로 들게 하소서.'

이렇게 간절한 마음이 되자 지혜가 퍼뜩 발동한다. '잠자는 시간' '수다 떠는 시간' '구경 다니는 시간' '맛난 것 먹는 시간' '게으름 피우는 시간' 이렇게 하루 24시간에서 이런 시간들을 빼고 나면 단 몇 시간 청소하고 밥 짓고 장보는 시간만 남는다. 이제야 알았다. 삶의 필수조건은 의식주衣食住이듯이 이제 내 생활의 필수조건은 '청소' '밥 짓기' '장보기' 다. 하루치 생활의 필수조건을 뺀 나머지 시간에 염불하면 흘러간 회한의 시간을 만분의 일이라도 만회할 수도 있을 것만 같다.

이번 나의 백중기도 정진은 앞에서 얼마간 이런 회한과 계산으로 흘려보냈다. 다시 정신을 다잡고 내 자신에게 맹세하기를 전철에서 옆 사람들의 소음은 기도도반으로 동행하되 나는 내가 내릴 정류장에서만 하차하자이다. 이렇게 나의 기도는 이어져 간다. 그러나 치열하게 세상 속의 내가 원래의 '나' 참생명으로 가는 길을 찾아 헤매기를 3칠일. 겉으론 대단한 일을 치룬 것같이 했지만 기도 전과 비교해 보면 한 치도 나아진 것이 없다.

게으른 내 입장에서 보면 다행이라고 생각한다. 왜냐하면 단 며칠 기도로 나아졌다면 나는 허세를 부리게 될 것이며, 이 허세가 완전히 벗겨져야만 또 어떤 구실을 붙여서라야 기도를 할 것이 아닌가! 불자의 기도란 때와 장소, 이유 불문하고 불도佛道의 강에 자신도 모르게 도도히 흘러야 하는 것이라 본다. 그래서 나는 아무 것도 나아진 것이 없는 것으로 나는 기도 성취를 이루었다고 감사하게 되었다. 스스로 기도를 놓지 않고 기도를 도반으로 생각하게 된 것이다.

기도가 끝난 것은 약속기일을 지켰다는 것이 아니겠는가. 원래 기도는 끝나면서 시작되는 일상으로 돌아가기 위한 평안이어서 이제부터가 아니겠는가!

나는 백중기도로 아무것도 받아쥔 것이 없는 내 스스로에게 감사합니다. 나무아미타불!

돌아가기 위해 길들이기

살려짐(문사수 11월 법문중).

계산 속에 살려짐은 세상이 끝났을 때다. 혓바닥이 쓸 만한 때 마지막 말을 할 수 있다.

살려짐의 운반 전환의 법칙.

숙명은 못 바꾼다. 즉 남자로 태어난 것, 여자로 태어난 것, 불구자로 태어난 것, 대한민국에 이 시대에 이씨 김씨로 태어난 것.

첫째 숙명에 흐르게 하라. 숙명을 모두 인정하고 이 순간에도 나는 살려지고 있구나, 하는 순간에 숙명은 전환된다. '왜 하필 나에게 이런 일이' 하는 반복을 거듭하는 것이 윤회다. 그러나 반복되는 것은 없다.

우린 웃음, 슬픔, 고통과 마주할 때 합장하는 순간 희망과도 포옹한다.

보통 우리의 선택은 이미 결과다. 실제의 죽음과 순간의 죽음 선택에 의해서 이미 선택되어졌다.

1.

어느 지리학자는 앉아서 탐험가의 말만 듣고 책을 썼다. 또 다른 지리학자는 탐험가의 말을 듣고 직접 들은 곳을 찾아가서 확인하고 책을 썼다. 독자들은 후자의 글에 감동한다.

나는 오늘 산행을 한다. 불자로서 산과 물을 보러 가는 것이다. 과연 산을 산으로 보고 물을 물로 보고 올 수 있겠는가. 내가 만약 지리학자였다면 바른 학자의 도리를 행하고 있는 것과 마찬가지다. 앉아서 하는 수행도 수행이라 할 수 있겠으나 나태하고 게으른 도시인으로서 용기를 내어 직접 높은 산을 오를 것을 결심한 것이다. 다시 말해 직접 육체로써 고행에 부딪쳐 볼 것이다. 산을 산으로 보고 물을 물로서 볼 수 있는 길을 가며 지혜의 발길을 개척해 보고자 함이다.

산행으로 불자의 행을 보여주는 것, 나는 오늘 참으로 좋은 공부를 했다. 만약 내가 지리학자 불교도였다면 오늘 바른 지리학자의 길을 몸소 실행한 것이 된다. 누구의 말을 들을 것이냐, 직접 부딪쳐서 선택할 것인가를 확실히 결정할 수 있는 지혜와 지식을 경험한 것이다. 값진 하루란 이런 것일 게다. 그냥 산행을 한 것이 아니라 산을 산으로 보고 물을 물로 온전히 볼 수 있는 길을 가며 지혜의 발길을 옮긴 것이다. 눈에 보이지 않는 소중한 것을 찾기 전에 눈에 보이는 자연 속에 처음 보는 사람도 오랜 친구처럼 정다운 것은 모두가 대자연에 속한 자연이기 때문일 것이다.

오늘 다녀온 북한산 산행은 내가 처음 산과 하나 되어 듬뿍 사랑을 주고받은 것이다. 가을 산의 아름다운 단풍 겨울이 되어 온산이 하얗게 눈이 쌓여도 아름다운 가을 산을 잊지 못해 내년을 기다리게 될 것이다. 그로 인해 산을 사랑하고 끊임없는 관심을 두게 될 것이다. 내 발도장을 정확히 찍으며 오른 산은 나를 기억하고 받아들일 것이다. 나 또한 내 발길로 길들여진 기억으로 이미 친구가 된 산을 책임지게 될 것이다.

2.

산이 아름다운 것은 억만의 시간을 간직했기 때문일 것이다. 낮은 데서 바라보는 하늘의 넓이 공간의 공념의 넓이를 실지로 알 수는 없다. 그런데 산 정상에 서면 평지를 내려다보며 산의 높이로 인해 공간이 얼마나 넓은지를 짐작케 한다. 내려다보이는 도시의 빌딩이 점으로 찍혀 있는 것을 보며 인간은 우주의 한 점도 못되는 아주 미세한 먼지만도 못하다는 실감으로 겸손을 머리가 아닌 가슴에서 뼈 속까지 진정 느끼고 배운다.

내려다보이는 것은 모두 백지 한 장 위에 그려진 일차원의 그림에 지나지 않는다. 숙고해 보면 우린 자고 나면 바뀌는 세상일에서 이미 3차원은 정복되고 4차원의 세상을 산다고 떠든다. 얼마나 어리석은 생각인가. 우주선을 타고 올라보면 더욱 얄팍한 종이 한 장도 못되는 꿈결 같은 비눗방울의 표막 같을 것이다. 아니 그렇다. 저 보이는 그림은 기하학적으로 인간이 2차원의 세계를 완성한 문명의 빌딩이다.

그러나 대자연 속에 속한 숲은 이미 완성된 자연의 그림이며 어디 하나 발명하여 덧칠을 할 필요가 없는 초자연주의 완성이다. 이제 나도 그곳의 한 기둥으로 온전히 박혀 있는 자연이다. 그러나 저 백지 속에 나의 길들이 나의 꽃 한 송이가 있어 나는 다시 저 세계로 돌아갈 수밖에 없다. 온전히 이 아름다운 숲으로 돌아오는 날은 바로 그날, 그날을 아름답게 하기 위해 나는 추억과 동행할 친구를 만들고 있는 것이다.

내 탄일의 축배를 들기 위해 내가 사랑하는 많은 것들과 진정한 친구가 되기 위해.

3.

우린 앉아서도 매일 급행열차를 탄다. 매일 어서 죽어야지, 하는 것처럼 완행열차를 언제까지나 타고 싶으면서 급행열차를 타는 것이다. 삶에서 급행은 불의의 사고로 죽는 것이다. 빨리 빨리란 구호를 외치는 속에서 삶을 꾸리고 있는 우린 잠을 자면서도 급행열차를 타고 죽는다. 살기 위해서 빨리 빨리 급행열차를 탄다고 한다.

과연 그럴까.

4.

사막은 어딘가 물이 숨어 있어 아름답다고 했다.

인간이 동물과 다른 것은 인간은 본래 부처로 태어났기 때문일 것이다. 우린 그것을 잊고 신에게 의지한다. 인간만이 불성이 있어 깨달으면 부처가 된다고 했다. 도솔천에도 극락에도 성불은 없다는 것이다. 다만 완성된 불佛은 있다고 했다.

우리가 행복해지는 길은 삶 자체가 구도여행으로 이어지는 도의 길에 있을 때라고 본다. 이 진실을 잊을 때 산을 찾아본다. 오늘 이 산의 정상에서 도시를 실같이 관통해 흐르는 강을 보면서 다시 한 번 정신을 가다듬는다.

인간은 성불의 씨앗을 품고 있기에 만물의 영장으로서 저마다 아름다운 샘을 갖고 있다고 할 수 있다. 내 안에 물을 발견하고 그 물을 마시며 성불의 길로 들어 부처 생명을 찾는다면 우리의 모든 생활자체가 구도여행이 아닌가!

북한산 정상에서 한강 물줄기를 따라 도시를 이루는 선, 선상의 점을 바라보면서 내 자리를 점검한다. 복잡한 도시도 내려놓고 보면 즐거운 컴퓨터 게임처럼 생각된다. 북한산 정상에 쏟아지는 햇살이나 토굴 속의 한 줄기 햇살이나 본디는 같을지라도 지금 이곳의 햇살 틈으로 쏟아지는 웃음은 나에게 다가오는 부처님의 웃음과 마주한다.

비로소 산은 산이요 물은 물이다. 산도 물이요 물도 산이 될 수 있는 것이 세상사인지라 죽을 때 아름답게 간직할 수 있을 때, 산은 산으로 물은 물로써 친구요 동행이 될 수 있을 것이다.

그러다 나란 물건을 모조리 내려놓을 때를 바라고 산행에 산길에 나를 더욱 길들여 갈 것이다.

사경寫經하다

사경이란 불교경전을 옮겨 쓰거나 베껴 쓰는 일이다. 불경은 불 · 법 · 승과 함께 불상 탑 이상의 신앙적 의미를 지닌다.

그러니 불상, 탑을 조성하는 만치 정성이 따라야 한다는 것이다. 한 자 쓰고 삼 배, 이렇게 이어지는 사경엔 염불 오체투지, 드디어 선의 경지까지 도달케 하여 결국 부처생명과 합일점을 드러낸 자비심이 지혜 광명으로 들게 하는 데 진정한 의의가 있다.

사경의 역사는 거의 불교교단이 이뤄지면서 시작됐다. 가장 오래된 사경으로는 '호암미술관' 에 소장된 백지에 먹으로 쓴 '대광광불화엄경' (국보 198호) 2축이다. 한국불교가 가장 존경받던 신라 경덕왕 13년(754년) '황룡사연기법사' 가 어버이 은혜와 법계의 모든 중생들이 불도를 이루도록 발원하여 754년 8월 1일 시작하여 755년 2월 4일, 6개월 14일 만에 완성한 실체다.

2011년 7월 3일 '문사수' 교단에선 법열법사 주도하에 '문사수' 에

입문한 법우들을 위한 교발원의 교육이 두 차례에 걸쳐 행해졌다. 나도 그 자리에 합장했다. 두 시간의 교육이 끝나고 '나무아미타불' 의 명호를 받기 위한 사경사본을 '법열' 법사로부터 받았다. 교육을 마치는 7월 17일, 마침 '문사수' 창립기념일에 맞춰 큰 법당 탁자에 마친 사경본을 올려야 한다. 나는 순간 교육은 필할 의무고 사경은 권리란 의미로 다가왔다.

귀갓길에 0.38밀리 검은색 동아볼펜을 3자루, 한 케이스를 샀다. 책상 앞에서 사경본을 폈다. '나무아미타불' 이란 한문체가 정갈하게 눈에 들어왔다. 보통 책자에 쓰여 있는 글자 '나무아미타불' 이 아닌 한 글자 한 글자가 모두 엄숙한 부처님으로 다가왔다.

사경할 나무아미타불 명호를 대강 세어보니 온 쪽이 192불(자)로 12장. 반쪽이 72불로 14장 총 8880불(자)이다. 법회일. 신심명 수강일. 아쇼카산행, 중간 중간 끊긴 일정을 제외하니 9일이 사경을 할 수 있는 기도일이다. 편리상 일정을 피해 3일씩 기도일정을 정했다. 16일 자정이라면 기도를 마칠 수 있겠다.

기도는 짧게 3일로 하며 홀수로 잡는 게 보통이다. 나는 나에게 약속했다.

1. 기도중엔 어떤 외출 구경도 삼간다.

2. 하루 4번 매회 2시간 이상 사경한다.

3. 일심 즉 발원은 법우찬탄 중에서 예경합니다. 감사합니다. 정진합니다. 수순합니다. 보은합니다로 한다.

정진은 부처생명을 찾아가는 길(道)이다. 그런 말은 잘도 해대면서 나는 과연 '나의 참생명' 을 찾아나 보았는가!? 수많은 날들을 교통비, 기도비, 시간 내 넓은 집을 버려두고 좁고 열악함을 수행이라 여기며 밖으로 으스대며 떠돌았잖은가! 돌이켜보니 모든 것이 어리석은 알음알음일 뿐이었다. 알음알이에서 얻어지는 것은 지혜가 아니라 지식일 뿐이라는 것을 알고 있으면서 그 습을 버리지 못한 것은 사실이다. 그렇다고 지난 세월이 무고한 것만은 아니니다. 그 길이 길상화를 '문사수' 에 인도한 것이 아닌가!

1차 기도를 마치려는 찰나 연거푸 2곳이 틀렸다. 백지로 땜방했다. 2차 기도 첫 정진 10시 전에 책상에 앉아 1차 사경한 것을 점검했다. 가관이다. 사경이 아니라 내 습이 그대로 박힌 업이다. 다시 가다듬고 사경의 원칙을 세웠다.

첫째, 멋 부리지 말고 습의 글씨체를 버린다.

둘째, 글 획을 사본대로 사진 찍듯이 그린다.

셋째, 획마다 '나의 참생명' 줄이니 멈추면 모든 것을 잃는다.

7월 10일 2차 기도를 마쳤다. 11일 '신심명' 제 18차 강의를 마친 저녁 8시, 3차 기도 정진을 위해 책상 앞에 앉아 2차에 걸친 염불의 자취를 더듬었다. 대략 사본 6쪽부터 자리를 잡기 시작한 흔적이 보였다. 아마 1차 정진 밤부터 붓에 신심信心이 박히기 시작한 것 같다.

사경의 의미와 원칙을 다시 새기며 12일, 3차 기도 아침 10시. 큰 법당 아미타불의 상호를 가슴에 모셨다. '나' – 나무아미타불, '무' – 나무아미타불 이렇게 한 자 한 자 나무아미타불을 염불하며 정성껏 사경했다. 염불기도를 하면 몇 만 번이라는 회수를 채우려다 자신도 모르게 엉뚱한 소리를 내게 되어 기도도반들의 웃음을 자아내게 된다.

그런데 내가 정한 사경의 원칙을 지켜가노라니 다른 기도와 달리 잡다한 생각이 전혀 일지 않고 드디어 무아지경에 날듯이 글자를 썼던 것 같다. 내 집 안방에 모신 '나무아미타불' 께선 즉 사경은 무심의 길은 냈다. 그러나 아미타불 생명은 한순간도 머물지 못했다. 그렇다면 사경 자체가 참생명은 아닌 것이 분명하다. 오직 사경이란 힘으로 성성, 적적한 가운데 염원을 놓지 않은 생명이 혼이 천 길 낭떠러지로 떨어지는 폭포수와 같이 힘차게 아미타세계를 향해 전력 질주할 뿐이다.

사경은 베껴 쓰는 것이니 문맹자도 문필가도 동등한 자격을 부여한다. 사경은 남녀노소, 부귀영화, 관계없이 누구라도 경전, 종이, 아니면 땅, 모래사장, 필기구만 있으면 장소불문하고 '나이아가라폭포' 같은 우렁찬 함성으로 당당하게 생명을 쏟아내는 지혜의 힘을 부여한다는 것을 깨닫게 된다.

기도는 수행이다. 수행의 방법은 다양하다. 그러나 그 길에 오직 지혜의 열매만을 취하고자 하는 도道의 길은 참으로 스승하다.

'문사수' 에서 내어준 한 권의 사경본은 나에겐 '아쇼카산행' 의 정상이었다. 나는 정상과 상봉하는 데 9일이 걸렸다. 산을 오르는 것은 정상을 정복하기 위한 것이 아니라 오르는 과정이 수행이요, 그 길이 도道이기 때문이다.

꾸준히 올라온 정상, 기도를 마친 사경본에 나를 세우고 넓게 멀리 나를 본다. 인생의 여유, 다시 살아낼, 돌아갈 힘을 재충전했다. 이것은 '문사수' 가 나에게 베푼 자비였다.

이렇게 나름대로 사경의 이치를 터득했다 싶으니, 16일 새벽 4시다. '문사수' 법전에서 전법발원, 부처님찬탄, 사홍서원을 끝으로 사경염불의 대장정 9일 기도를 마친다.

참으로 지루할 것만 같던 사경이더니 겨우 볼펜 2자루만 소비했다. 삶을 돌아보고 '참생명' 의 길을 내는데 흔하디흔한 볼펜 2자루라니! 얼마나 짧고 간결한 진실이더냐! 염불은 셋을 세기도 전에 꿈같이 흘렀다.

'문사수' 에 참회합니다. 법사님, 감사합니다.

'아미타' 경도 설하신다니 '아미타경 사경' 도 같이 가면 좋겠다. 듣는 권리만, 들려주는 의무만이, 아닌 나의 참생명의 권리와 의무가 함께 갔으면 좋겠다?

지도무난至道無難커니 유혐간택唯嫌揀擇이라.
호리유차毫釐柔差면 천지현격天地懸隔하리니

도의 이름에는 어려움 없거니 오직 가리는 견해를 꺼릴 뿐
털끝만큼이라도 어긋나면 하늘과 땅처럼 벌어지리니

나무아미타불!

태풍 속으로

— 토해土海

8월 태풍 너구리의 중심에 제주도로 3박4일 휴가를 떠났다. 8월 1일 큰아들과 나는 인천공항에서 작은아들은 부산에서 출발했다.

아들이 걱정스러워 한다.

"어쩌나, 비행기가 안 뜨면…."

"황금휴가에 어미 데리고 가는데 걱정 마라. 우리는 부처님이다. 우리 비행기는 절대로 안전이다!"

무사히 제시간에 제주공항에 내렸다. 막내가 부산에서 전화가 왔다.

"엄마, 앞 비행기가 모두 결항이니 나도 어찌될지 몰라요."

"걱정 마라. 네 비행기는 정상비행이다. 넌 부처생명이다."

이렇게 말하면서도 혹여 난기류에 어찌 되면…, 했다. 곧바로 난 부처생명에겐 불가능은 없다. 무한능력만 있다. 저녁 일곱 시에 무사히 정상비행으로 막내가 제주공항에 나타났다. '감사합니다' 하고 막내를 향해 허리 굽혀 합장으로 맞았다. 그런데 평상시와 달리 아들들 모두 나의 행동에 아무런 이의가 없다.

다음날은 또 다른 태풍이 불었다. 제주엔 비도 엄청났지만 바람은 카나리 야자수가 90도로 꺾이며 수평으로 불었다. 밖을 보며 '범소유상 개시허망 약견제상비상 즉견여래' 절로 염송했다. 그리곤 우린 제주관광을 포기하지 않았다.

그런데 이 무아의 황홀한 태풍 속의 경이로움을 말로 표현할 수가 없다. 태풍 속이 아니면 제주의 그 유명한 바람맛을 온전히 경험했을까! 하늘과 바다가 구별 없는 태풍 속에서 인도영화 '파이' 속의 모든 장면의 너울은 실제상황이라 뭉크의 그림 속 인물처럼 입을 벌려 경악하기를 수 차례! 그 순간순간의 황홀함과 즐거움은 내가 이 나이가 되도록 맛보지 못한 모든 현상! 아들이 '야, 정말 진풍경이다. 그런데 차도 사람도 없네.' 아들은 묵묵히 '표선해안도로' 를 달렸다.

차창 밖으론 너울성 파도가 바람의 함성이 마치 극락세계의 백 가지 악기로 연주되는 음악처럼 우리들의 귀를 즐겁게 했다. 털끝만치도 두려움이나 짜증은 없다. 절로 콧노래를 불렀다.

지금은 기억에 없지만 흘러간 노래가 태중에서 들으면 이럴까? 평안하다. 그런데! '표선해안도로' 중간쯤일까. 2차선도로가 꽉 차게 하얀 소금을 풀어놓은 것이 아닌가! 그 해안은 평소 해녀들이 물질하고 올라와 쉬는 검은 화산석이 넓게 깔린 곳이었다.

세 사람은 무연히 차에서 내렸다. 해안선이 없다. 너울성 파도만 밀려오고 간다. 그때마다 하얀 소금거품을 밀어놓는다. 이차선 도로는 온전히 소금눈밭으로 생전 처음 보는 어디에서도 구경조차 해 본 적 없는 경이로운 장면, 딱히 말하자면 에티오피아 소금광산의 광대한 풍광으로나 비교가 될 듯싶다.

사진을 마구 찍었다. 내 발밑을 보니 오색 구슬이 좍— 깔렸다. 나도 모르게 난 손으로 구슬을 훑었다.

"극락이다. 얘들아, 극락정토야, *토해土海야!"

두 손 가득히 비눗방울 같은 오색 소금 구슬이 한가득! 진정 극락세계가 이렇단 말인가! 눈물이 핑 돌며 그 손을 모아 아미타불! 그런데 차 한 대가 우리를 보고서 두 사람이 내린다.

"아유 웃기네!"

우리가 자신들의 여행을 망친 양 비아냥거리며 쏜살같이 떠난다.

그 뒤를 보며 나는 나무아미타불!

> "극락세계에는 일곱 겹의 난간과 일곱 겹의 나망과 일곱 겹의 가로수가 있는데 금 은 청옥 수정 등 네 가지 보배로 두루두루 둘러싸여 있으므로 그 세계를 극락이라 하느니라." (아미타경 발췌)

돌아오는 8월 4일은 2만 명의 탑승객이 태풍으로 결항되어 제주공항은 난리도 아니었다. 우리 앞뒤는 물론 줄줄이 결항. 그러나 세 분 부처님의 비행기는 여전히 제시간에 뜨고 내려 김포공항에 돌아왔다. 2만 대 일을 뚫고 정상 비행중엔 언젠가 싶게 바다의 파도를 선명히 선사했다.

나는 이 모든 여행길에서 만난 생명의 자리가 기적이며 아미타부처님의 가피라 믿는다. 나는 여행 떠나기 전 법당에서 아미타경을 3일간 3독씩하고 이대로 살다 오리란 약속을 드렸다. 태풍이란 고난도 부처님 말씀대로 참생명 실행이면 그대로 극락세계가 아니었던가!

나는 정토신앙의 근본자리, 문사수 가운데 있다. 그러니 여시아문의 세계에 현존하는 수보리다. 우리는 정토 즉 아미타불 극락세계를 배우고 익히며 일심으로 그 세계에 합일하여 기도하여 살려지며 정진을 게을리 하지 않는 불제자이다. 지혜로운 자는 알고 있는 것을 지혜롭게 혜량하여 살아가게 되어 있다. 지식대로만 사는 것이 지식인이지만 지혜롭게 사는 지식인도 있는 것이다.

그런데 작금의 인간은 배우거나 무학자일망정 모두는 내로라하는 지식인이 되어 있다. 그것은 방송과 휴대폰 컴퓨터 인터넷을 공유하는데 있는 혜택일 것이다. 그 혜택을 모두는 문명의 은혜라고 눈 뜨면 입을 모아 마치 자신만이 우월한 존재인 양 허우적댄다. 문명은 아는 대로 살기 위해 발전시켜 온 것이라고 믿는다. 그 알음알이가 지나쳐 지식만을 추구하다 보니 지식은 동물의 본능처럼 동원되어지고 있는 것이다.

우리들의 지금 모습은 축생, 아귀의 습성만을 추구하는 영악한 지식인이라 할 수 있다. 하여 선자는 이 지식을 지혜로 나아가기 위해 철학 종교 율법 등의 많은 가르침을 전수해 왔던 것이다. 그런데 모든 경서를 어렵다 하고 글로만 읽어가는 경향이 있다. 하지만 실생활에서 불자가 아닌 괴테가 '파우스트' 에서 소중한 한 구절을 남겼다.

'사람은 어떤 길고도 험난한 여행길을 걸어온다 해도 올바른 마음, 즉 맑은 영혼을 지키면 진정한 행복을 구한다는 교훈을 얻는다.'

괴테는 글로써 자신의 평안을 찾아갔을 것이다. 그것이 그를 위대한 작가로 이끌었을 것이다. 작가는 인간 행복추구의 길을 가며 그 길에서 결국 이 한 구절을 표현하기 위해 소설이란 도구로 오곡밥을 지어내는 것일 게다.

그런데 나는 내 취사기구도 아미타경이며 밥 또한 아미타경인 것이다. 하여 매일 '개경게' 하며 법으로 하루를 열고, '개경게' 법으로 밥 먹고, '개경게' 로 청소하고, '개경게' 법에 잠자리에 든다. 이러다보니 일상이, 억울함이, 고난이, 태풍이, 모두 극락세계의 화현으로 '나의 참생명 부처님생명' 은 확증되고 행복의 나날은 공기로 숨쉬는 것과 같다.

문사수인들은 무식자, 유식자, 남녀노소, 빈부귀천을 망라하여 모두가 일인층으로 극락세계에 노니는 불제자이다. 지식보다는 법문을 통해 아미타불의 지혜 자비를 근본으로 생활하며 생명을 키워가는 순간 생존을 소중히 하는 무리이다. 나의 태풍 속 휴가를 극락정토로 화현시킨 정신의 바탕은 확신하건대,

"너희 중생들은 마땅히 불가사의한 공덕을 칭찬하시는 바 모든 부처님의 호념하시는 이 경을 믿으라."

이 말씀에 한 치의 의심을 두지 않았기에 실현가능한 것이었다. 하여 이 모든 가피를 문사수, 절대생명, 아미타불께 회향합니다. 나무!

* 토해라는 단어는 시인으로서 길상화가 화엄경 법문을 들으며 한글역사상 처음 만든 단어입니다. 불제자이기에 가능했습니다. 감사합니다.

이것이 기적이 아니겠습니까?

오대산 산행을 무사히 마치고 돌아온 후 저는 왼쪽 몸이 어깨부터 왼발 뒤꿈치 발등까지 매일 쥐가 나는 근육통을 앓았습니다. 근육통인가 느껴지면 이도 저도 아닌 온몸이 굳어가는 것처럼 괴로웠습니다. 차라리 발목이 겹질렸거나 부러졌으면 정형외과 치료를 받으면 됩니다.

그런데 가만히 서있으면 아무런 통증이나 어려움이 없는 겁니다. 다만 소파에 앉으려거나 방바닥에 앉으려면 엉치 뼈가 악! 소리 나게 아픈 겁니다. 이유를 알려고 옆으로 누워 엉덩이 뾰족한 뼈를 꾹꾹 눌러보고 막대기로 두드려도 보았습니다. 그런데 전혀 통증이 없는 겁니다. 그러나 앉으려면 오지독을 조심스럽게 땅에 내려놓듯이 엉덩이를 의자에 내려놓으며 앉아야만 했습니다. 이런 상황만으로도 일상이 괴로웠습니다.

그런데 더욱 괴로운 때는 누워 잠잘 때였습니다. 이 괴로운 통증이란 늘 쥐가 난 듯한 왼쪽 몸을 땅에 대고 자면 그럭저럭 잠은 들 수 있었습니다. 하지만 잠이 들면 본인도 모르게 자연적으로 몸을 뒤치고 제치게 됩니다. 그러면 여지없는 통증이 온몸을 비틀 듯해서 하루도 편히 잠을 자지 못했습니다. 이렇게 괴로워하는 모습을 들며날며 알아버린 막내가 왜 그러냐고 합니다. 나는 지난 오대산 산행 후 이렇게 된 것 같다고 했습니다. 아들은 기다렸다는 듯이 한 소리 합니다.

"엄마, 다시는 산행하지 마세요! 그 사람들 늙은이를 해발 1560m 산에 데리고 간다는 것이 말이나 됩니까! 그 사람들 지네들 생각만 하는 거 아니예요!?"

아차 싶었습니다. 이 말도 맞습니다. 오대산 산행은 집에서 책만 보던 칠순이 다 된 할머니에겐 진실로 부치는 산행임은 틀림없습니다. 그래서 더 이상 '문사수' 산행에 대한 변명을 접었습니다. 변명을 해 본들 저의 가당찮은 불심으로 법우님들에게 누를 끼치는 것이라는 걸 자각했습니다.

그러나 혹시 하는 마음에 정형외과 의사인 사위를 병원으로 찾아갔습니다. 근육이 뭉치면 그럴 수 있으니 며칠 약을 들라며 약을 지어주었습니다. 아무 효과가 없습니다.

한의원에 가서 침을 맞고 역시 한의사의 처방으로 보약을 지어먹었습니다. 그렇게 주위의 신세와 금 같은 용돈마저 그도 모자라 아들에게 구업까지 짓게 했습니다. 이 발단의 근원은 내 산행에 문제가 있었던 것입니다. 오대산행이 일반인들이 산을 타는 것이었다면 아마 저는 동참할 생각은 아예 안 했을 겁니다.

그러나 문사수 법우들과 동행하는 산행은 법을 실행하는 법행의 산행이기에 욕심을 낸 것입니다. 그 욕심이란 미리 정해 놓은 결과로 이미 병들었다는 것입니다.

도시를 벗어나 걸어서 행하는 기도일 뿐인데. 세상엔 특별한 것이 없는 것이라고 입으로 말하면서 오대산 산행을 특별하다고 미리 정해놓고 불심을 거스른 마음의 역류입니다.

미리부터 높은 산이니 힘들겠다고 정해 놓았고, 자칫 후유증이 있을지 모르겠구나 하고 미리 결과를 정했으니, 몸은 이미 병들어 있는 병자의 거동, 몸을 사린 구부정한 등으로 인해 발의 중심이 안 잡혔고 힘들다는 의식으로 인해 이미 근육은 수축되거나 굳어버렸을 거라고 생각했습니다.

이런 반성을 하니 나의 오대산 산행은 올바른 불심의 산행이 아니었습니다. 반성은 다음의 산행을 손꼽아 기다리게 했습니다. 드디어 '문사수 북한산행' 에 동행했습니다.

'문사수 산행' 은 산에서 법당을 세우고 법사님을 부처님으로 봉행하는 날이라고 다짐에 다짐을 올곧게 마음에 새겼습니다. 드디어 10월 31일 마지막 일요일 새벽 2시에 잠이 깨어 호박을 다듬고 호박찰밥 공양마지를 정성스럽게 마련했습니다. 우리는 만나서 노란 문사수 깃대를 따라 줄을 이어 산을 밟으며 절하듯 산을 올랐습니다. 발을 헛딛는 순간 법우는 일러줍니다.

"법우님 조심하세요! 여기서 구르면 황천입니다."

"감사합니다. 나도 그런 생각을 가끔 했습니다. 그래서 산행을 만류하는 아들에게 이르고 왔답니다. 에미가 구도여행길이나 산행기도 중에 변을 당하면 천하의 만복을 받은 줄 알고 대강 수습해서 화장하고 여유가 되면 감사의 시주를 해 주면 즐겁게 극락 갈 거라 했습니다. 아! 그리고 또 여기 동행한 법사님과 법우님들이 저를 진심을 다하여 아미타불을 염송해 모셔주시지 않겠습니까?"

이 말을 마치고 떼어놓는 발길이 날아갈 듯합니다. 이광식 대장이 뒤돌아보며 챙깁니다. 내가 로프를 잡고 바위를 타니 언감생심 정신법사님이 제 다리를 부축해 줍니다! 늙은 몸이 저들에게 보시할 기회를 준다고 염치없음을 변명합니다. 주웬리 법우가 쥐난 다리를 주물러줍니다. 이동호 법우가 공양가방을 들고 저만치서 격려를 보냅니다. 아가들이 까르르 웃고 동기가 물을 건네줍니다.

그런데도 자꾸 처집니다. 슬슬 배도 고픕니다. 산길 모퉁이에서 점심을 들던 산악인들이 먹을 것을 줍니다. 이 산이 법당이고 자연이 법당이니 건네주는 찌그러진 삶은 계란봉지가 부처님의 선물입니다. 저 아래 세상에선 감히 요런 계란은 받지도 않았을 겁니다. 그런데 요런 계란이 내 돈으로 엄선해서 구입한 비싼 게르마늄 계란보다 꿀맛입니다.

계란을 건네주는 이에게 합장합니다. 봉지에서 꺼내니 반은 껍질과 섞여 있습니다. 그 보잘것없는 계란 반쪽을 내 귀한 장남의 입으로 넣어줍니다. 아들도 에미를 기쁘게 합니다. 게눈 삼키듯 합니다. 주웬리에게도 줍니다. 이동호 법우에게도 줍니다. 나를 부축하느라 뒤처진 늠름한 법우는 이 꿀맛을 경험했을 것입니다.

드디어 산 정상에서 법회를 봅니다.

정신법사님의 일성一聲.

"물은 물이요 산은 산이로다."

"물은 물이요 산은 산이로다."

"물은 물이요 산은 산이로다."

문사수 법우님들의 가슴에선 아마도 '색즉시공色卽是空 공즉시색空卽是色' 이란 법어를 생각했을 것입니다.

저도 산과 하늘과 물과 저 아래 도시를 향해 합장했습니다. 세 번의 일성을 세 가지 뜻으로 새겨듣는 문사수 법우님들입니다. 하여 결국 다시 돌아가 현실이 꿈인 줄 알면서도 아둥바둥 살아가겠지만 우리는 이 순간만이라도 저 도시에서 보이는 것은 모두 공空이요 빈 곳도 또한 색色임을 명심한다면 무엇이 두렵고 힘들겠는가! 라고 참으로 이 기쁨을 소리쳐 봅니다. 너무 기쁜 나머지 횡설수설 혼자만 떠들어댔습니다. 다음 산행에선 묵언을 해야 할 것만 같습니다.

'법우님들이시여, 이 어리석은 법우를 아가를 보듯 귀엽게 보아주소서.'

집에 돌아오니 막내가 문을 열면서 에미를 바라보는 인상이 예사롭지 않습니다. 나는 씩씩하게 배낭을 내려놓습니다. 그리고 신나게 말합니다.

"얘, 이게 웬일이니. 다리가 하나도 안 아프다!"

"웃기지 마! 산에 가지 말라고 할까 봐 그러지? 이젠 나도 두 손 들었어! 맘대로 하세요!"

사실 이 순간만 해도 진짜 내 말대로 하나도 안 아픈지는 사실 몰랐습니다. 그저 즐거워서 아프거나 안 아프거나를 생각 안 했습니다. 지난 한 달 아팠다는 것도 잃어버렸으니까요.

다음날 아침 나는 이것을 기적이라고 해야 할까 하면서 내 몸을 이리 뒤척 저리 뒤척 굴렸습니다. 일어나서 돌침대에 털썩 주저앉아도 보았습니다. 신기해서 여러 번 되풀이 했습니다. 그런데 이게 웬일입니까?

어제까지 제가 잠도 편히 못 잘 만큼 아픈 적 있었습니까? 내 몸이 오대산을 다녀오기 전보다 부드럽고 편해진 것입니다. 내가 새 신발을 사 신고 북한산을 다녀왔듯이 북한산에서 새 몸을 사 신고, 아니 산행의 '인건비' 로 건강한 몸을 받아온 것입니다. 이 기적의 불꽃은 문사수의 불심이 타는 것이었습니다. 법우님 감사합니다. 산악대장님 감사합니다. 법사님 감사합니다.

'나무아미타불.'

모든 문사수 법우님 다음에도 저와 동행하며 '인건비 '를 받지 않으시렵니까?

산악대장님! 저는 다음 '문사수 관악산 산행' 도 동참할 것입니다. 부디 이 가을 낙엽 같은 저를 받아주소서.

저는 부처님께 '문사수 산행' 으로 보시를 하고 인간인 나는 복이라는, 건강이라는, 거리낌 없는 불심이 확인되는, 산이 산을 담아 건네준 '인건비' 를 받아오겠습니다.

고통을 즐긴다

우린 흔히 마가 들어 일이 안 되고 마가 들어 병이 나고 마가 들어 집안이 풍비박산 났다고 한다. 그러면 이 마魔의 정체는 무엇인가?

스스로 결과를 설정해 놓고 그 결정에 지배를 받을 때 일어나는 고통이라 말한다. 마魔를 없애려는 일을 종종 무당에게, 유명한 성직자에게 문의하고 지도 받는 게 현실이다. 그렇다면 마란 생명이 자라는 곳, 지구 즉 땅에 있다. 땅은 바다, 밀림, 남북 극지, 에베레스트 산, 기도정진, 불치병 이 모든 것을 품는다. 이 생명이 자라는 곳이 바로 도량이라고 법문은 일러준다.

그러면 우리가 살고 있는 모든 공간과 시간이 제공하는 곳이 몽땅 도량인 것이다. 여기서 중요한 것은 도량道場이라는 한자다. 도장道場을 우리 조상들은 도량이라 읽는다. 억양이 부드럽다. 요사이 도량은 불교의 절, 선방 등인 줄 알지만 우리의 고유한 전통 언어로 매김한 것을 잘난 척 도장이라 한다. 이것은 불교용어도 중국어도 아닌 우리 조상님의 인문학적 언어며 표기다.

도량은 각자의 희망과 소원을 담는 공간이요 위치다. 말하자면 피아니스트는 피아노 건반 위, 밀림 탐험가는 밀림, 극지 체험가는 극지, 과학자는 실험실, 장사꾼은 시장, 수감자는 교도소다라 할 수 있다. 종교인은 법당, 참선자는 선방, 교회 등등. 이 모든 곳을 체험하는 자는 모두가 자신만의 목표가 있게 마련이다. 그들은 자신의 목표를 위하여 피를 토하고 몸을 불살라 목표에 닿아질 때까지 고통을 감수하다 끝내는 고성과 함께 환희로 가득하여 호탕한 웃음과 함께 행복해 한다.

이 피나는 고통이 없는데, 기도와 정진이 없는데 어찌 환희가 있을 수 있겠는가! 나의 도량은 내 생활공간 모두이어야 하는데 곳곳에서 불평하는 습관을 버리지 못한다. 그리고 목표가 한두 가지가 아니다. 자신이 왜 화가 치밀고 왜 나는 행복하지 않는가. 불만으로 얼굴은 부어터져 양미간을 찌푸린다. 그 찌푸림이 굳어져서 웃어도 보는 이는 웃어보이질 않는다.

나의 지난 세월을 돌이켜 보면 고통의 마가 들면 짐 싸들고 산천대천 기도대찰을 찾아 몇 박씩 기도정진에 나섰다. 그런데 돌이켜 보면 집에 도착하자마자 밀렸던 살림이 산적해 있다. 고요히 해 주는 공양 먹고 잠자고 철야정진하다 돌아와 보니 육체노동이 기다리고 있다. 가족의 못마땅한 모습이 집에 있을 때보다 더욱 무겁게 짓눌리는 것이다.

물론 기도공양은 습관이 되어 정진하는 습관과 신심이 깊어진 것에 감사한다. 그 정도뿐이었다. 별다른 진전이 없다. 그래서 마만 생기면 기도를 떠났다. 기도도량이란 모든 고통이 싱싱하게 자라는 곳, 가정도 도량인 것을 진즉 몰랐다.

기도처란 땅을 짚고 선 만물이, 땅을 짚고 바라보는 모든 곳, 걸어다니는 곳, 만나는 모든 피사체가 나에게 도량을 제공해 주며 더하여 뒷간도, 술집도, 교도소도, 살인의 현장도, 전쟁터도, 도량이라는 것을 몰랐다. 문 · 사 · 수에서 곧고 바르고 정직한 법문을 듣고서야 바르게 깨달았다.

오늘 문사회에 참석했다. 마주한 법우는 수원 법우의 아들 지원 법우, 그 옆에 수원 법우였다. 지원 법우의 낯빛은 가부키 분을 바른 듯 뽀얗다. 그런데 안경 낀 눈망울이 무섭도록 초롱초롱하다 난 지원 법우 모습을 살폈다.

그는 내가 전해 들은 바 죽을 만치 병이 깊었더란다. 그랬던 법우가 문 · 사 · 수 법당에서 법문과 마주하고 저토록 초롱초롱하다.

흔들림 없이 꼿꼿이 가부좌하고 앉아 있다니! 그 모습을 보며 나도 뻗은 다리를 거둬들이고 고쳐 앉았다. 그러나 곧바로 흐트러졌다. 입만 열면 '나무' 하면서 '한 번 죽을 몸 까짓것' 이라지만 고통을 단 몇 분을 못 참고, 마주한 지원 법우의 온몸으로 던지는 질타, '죽을 각오가 진정 섰고 오늘 살아 있음에 감사한다면 요 몇 분을 못참겠는가!' 한심하다는 생각 일깨우신 지원 법우님!

법문시간이 기도정진 시간인데 법당에 들면 천 배를 밥 먹듯이 하던 난, 왜 이리 됐을까 되돌아본다. 지원 법우를 다시 생각했다. 그는 죽을 고비를 돌아 나왔으니 진정 고통이 무언지 알 것이다. 그는 법문 들은 대로 고통을 마주하여 행복을 만끽하지 않았으면 저리 꼿꼿이 평안할 수는 없다. 생명을 버린다는 것이 돈이 없고, 부도나고, 권고퇴직, 무취업과 비교가 되겠는가.

생명이 있으면 모든 소원은 고통과 함께 이루려는 희망도 있다. 그러나 생명을 포기한다는 것은 고통을 포기하는 것과 무엇이 다른가. 이 말은 행복도 포기한다이이다. 살아 있는 생명이라면 모두가 겪는 고통과 행복 아닌가!? 그런데 난 미련하게도 아직 생명포기까지는 한 번도 생각해 본 적 없다. 이 말은 그만큼 절박해 보지 않았다는 증거며 그만큼 큰 고통을 겪지 않았다는 증거일 것이다. 고통이 무엇인지조차 모르는 멍청이였다. 그러니 행복이 무엇인지나 알았겠는가.

내가 퇴행성 관절염으로 손가락이 모두 비틀렸지만 자손들의 염려가 너무도 지극해 어리광을 부리고 있는 것은 아닌지 반성해 본다. 과연 난 법문대로 고통 속에서 행복을 즐길 줄 알고 있는가. 그 행복을 감사를 회향해 본 적 있었는가. 난 과연 지구, 땅 위에서 부처님 말씀대로 고통이란 행복을 즐길 줄 아는 법우인가.

법회는 늘 감사회향 시간을 갖는다. 생각해 보니 진실로 무엇에 감사했으며, 또 무엇을 회향했는가? 법우들의 고통과 나의 행복을 진정 나누는 감사의 회향을 단 한 번이라도 진심으로 뉘우친 적 있었는가 깊이 생각해 본다. 아니 반성한다. 이 모든 반성과 함께 감사를 회향합니다.

지원 법우 수원 법우 모자분 감사합니다. 큰 법문 몸으로 보여주심에 찬탄 드립니다.

나무아미타불!

석굴암 가는 길

– 三慧國(탐혜국 진혜국 치혜국)志

문수회 1. **도원결의**

환경

철저히 문드러진 나병환자,
입이 없었다
목청도 없었다
귀도 없었다
사람이란 틀 자체가 없었다.
틀이 없으니 생명은 설득당하지 않고
돌아서면 태양을 보고 태양이 되고
이렇듯 한포기 풀잎이 자라듯
생명이 자라났고
그렇게 가을이 되자 길 위에서

길속으로 홀연히 밝아졌다

이놈 저년 그분 하며 관념의 대상으로 사는
삶이 아니라 내 놓을 그릇을 빗지 않았으니
환경이란 모두 헛것에 입혀진
헛것이었다.

오로지 구도자의 옷 한 벌.

'문사수聞思修' 란 우리의 참생명을 드러내게 하는 세 가지 지혜를 일컫는다 했다. 문혜聞慧, 사혜思慧, 수혜修慧가 그 근본이라 했다. 그러면 왜 하필 사혜를 집어내고 '문수회聞修會' 인가?

이 심오한 모임을 주동한 사람은 연산법우다. 어느 날 나에게 '문수회' 에 동참을 바란다고. 연산법우가 누군가! 대장암이란 천칭에 천하무게와 육신을 올려놓고 기울어지지 않으려 초침을 세며 사선을 넘고 있지를 않았던가. 그 묘기는 실로 상여꾼이 상여를 메고 외나무다리를 곡예하듯이 건너가는 것과 같다. 연산법우는 2011년 기도부터 삼칠일 기도를 같이한 도반이 아닌가. 이때다! 그 어려운 관문을 통과하고 있는 연산법우에게 박카스가 되는 계기가 나에게 왔구나! 동참이란 말을 듣고 나는 생각, 즉 따져보고 재고할 겨를 없이 곧바로 실행에 옮겼다.

며칠 후 비빔밥집으로 모이라는 전달에 시간에 맞춰 참석하니 세덕법우와 연산법우께서 정좌하고 있었다. 연산법우가 오늘은 우리들만의 모임으로 하잔다. 지금 생각하니 모임의 틀이 조금은 조마조마했던 것 같다. 그날 우리 셋은 도원의 결의를 도모한 셈이다.

"우린 이렇게 세 명이지만 참된 마음가짐으로 모임을 간추려 나가면

셋이라도 천하를 얻을 수 있을 것입니다."

옳거니, 이 말은 칠순이 넘도록 천하를 두루 섭렵했지만 가진 것 있는가?! 이제 진정 천하를 얻을 기회를 세덕·연산법우께서 마련했으니 더 따질 것 없이 천하는 스르르 내게 열릴 것이 아닌가.

이렇게 우리 셋은 천하통일의 뜻을 굳게 결의했다.

문수회 2. **승상을 모시다**

우리는 부처님께 여쭈었다.

"천하는 원래 불씨佛氏의 제국이었습니다. 문사수국은 불씨의 적손입니다. 그런데 파렴치한 인간이 도처에서 자신들이 적손이라 칭하며 참생명 제국은 탐욕국貪慾國 진욕국嗔慾國 치욕국恥慾國으로 삼분되어 있습니다. 어찌하면 천하를 통일할 수 있겠습니까?"

"너희들은 어느 제국에 속하며 무엇으로 생계를 잇는가?"

"보잘것없는 치혜국에서 무딘 칼을 갈고 있을 뿐입니다.

"그대들의 국호는 어찌 치국이라 부르는가?"

"치국엔 욕망도 스러지고 욕심도 챙길 여유가 없습니다. 또한 분노할 만큼의 열정과 근력도 없습니다. 그러나 지난 고통 속에서 찰나지간도 쉬지 않고 제가 어디 있는지조차 잊고 달려와 보니 이제 살갗은 찢어지고 뼈마디는 퉁그러져 도저히 밖을 나다닐 처지가 못 되어 어리석었던 지난날을 참회하려는 일념으로 치혜국이라 했습니다.

"빛이로다. 빛이야! 내 간택의 길에서 이제 저들을 만나니 참으로 감사 감사! 그러나 내 이미 세상에 알린 바 있거니 어리석고 쉬지 않고 따지고 묻는가? 바로 그대가 몸담고 있는 그 자리가 답 아닌가?"

어리석어 헤매는 순간 뇌리를 때리는 천둥, 벼락에 감전되었다. 그것은 우리 모두 따지고 생각할 시간이 없다는 것이다. 이미 우린 응급실에 실려온 것이다. 이제 우리 나이가 몇인가? 칠십 고려장감인데, 셋은 그대로 달려갔다.

삼국지에서 이미 밝혀졌듯이 나관중은 제갈공명을 진법으로 중국 아니 인류에게 천하를 통일할 수 있는 진실방법을 제시하지 않았던가. 삼국지는 오늘날까지는 인류역사상 가장 완벽한 소설이다. 삼국지는 더도 덜도 더 이상 손볼 곳이 없는 완벽한 소설 구성이며 지구의 모든 인간상을 그대로 나열했다. 삼국지에 등장하는 인물의 성격은 하나도 동일 성격을 가진 인물이 없다는 것이 그 완벽성의 사실이다. 그 중에 제갈공명이란 인물구성에서 우리에게 시사한 위대한 유산은 인간의 위치 고하를 막론하고 공명이 살아낸, 그가 충언한 대로만 살면 천하통일로 나아갈 수 있었다는 것이다. 그러기에 전 세계 이데올로기나 종교를 초월하여 끊임없이 읽혀지고 삼국지를 교본으로 소설을 쓰며 우리에게 교훈을 주는 것이다. 참으로 이 놀라운 작품의 공명의 진실은 어느 종교보다 대중에게 실감 있게 증명되고 있다.

'불씨의 적손이 삼국을 통일하는 데는 스승을 모셔야 된다.'

연산법우와 우린 눈빛으로 결정했다. 삼국지가 육신으로 펼쳐지는 탐 진 치의 세계라면, 불교란 정신세계의 탐 진 치를 완전 정복하여 참생명 실현의 이상세계를 펼쳐야 한다는 과제가 있다.

그렇다면 우린 어떻게 그 과제를 풀 것인가. 우주의 비밀과 참생명의 신비를 온전히 깨닫고 그 진리를 우리에게 온전히 전수하신 우주만물의 근본이신 석가모니 부처님. 그 가르침을 차분히 다지시고 굳히고 계신 천하지혜의 보고인 여여법사님이 계신 것이 아닌가! 참으로 이 순간 우리는 우리가 디디고 있는 감사의 땅에 합장했다.

그 후 삼고초려의 예를 갖췄다. 허락을 받고 여여법사님을 모시던 날

연산 세덕 성행 법우님과 법당에서 저녁 예불을 마치고 승상의 고성高聲을 경청하기 위해 모장소로 갔다. 뒤이어 심안법우께서 동참했다. 이렇게 우린 참생명 제국의 '엑스카리바' 를 높이 빼들었다.

문수회 3. 성행법우의 첫 승리

"폐하! 대장군에는 성행장군이 적합한 줄 아옵니다."

"왜 그리 생각하는가?"

"성행장군께서는 아직 정정하오며 우리 치욕국에서 가장 완력과 기백이 넘치는 장군임을 알아주셨으면 합니다."

"나도 그렇게 생각하오. 그러나 다시 승상께 하락을 받겠습니다."

"보살님, 저희 치욕국의 대장군으로 성행장군을 임명했습니다. 증명하여 주십시오."

"옳다 옳다. 참으로 잘한 결정이어라."

다음달 명령이 하달되었다.

"성행장군은 다음 결전장을 물색하여 전사들을 집결시키시오."

대장군은 다음 결전장은 능곡역 앞 민물매운탕 집으로 총집합 명령이 하달되었다. 무조건 따랐다. 전혀 따지거나 이견이 없었다. 이렇게 우리는 생각을 배제해 시간을 아꼈던 것이다. 드디어 결전의 날, 출전은 법당에서 저녁 예불로 전선을 바로잡고 부처님께선 예리한 비수로 모두를 무장시켰다. 우리는 언제나 따지고 생각할 시간이 없을 수밖에 없었다. 응급실에 실려 들어와 온전히 살아나가는 방법은 의사가 시키는 대로 일거수일투족을 움직일 수밖에 없다는 것을 우리는 이미 저 수많은 길에서 이미 터득했기 때문이다.

민물매운탕은 천하일미였다. 역시 대장군다운 묘수를 던진 것이었다. 승상께서는 무심히 미나리회를 정복해 나가시는 평안함은 우리에게 진심어린 행으로 인도해 주셨다. 모두는 불콰하게 상기되었고 승상께서는 모처럼 심려를 놓으시고 모두에게 다음 결전의 결의를 다지게 하는 법을 곡차에 실어 나누어 주셨다. 모두 승리의 파이팅!!

우리가 정답게 여여법사님을 승상이라 부르지만 사실은 관세음불보살의 화신이 아닌가? 아미타불을 이고 계시는 관세음보살이 아니신가. 관세음보살의 면류관을 살피면 아미타불을 이고 계시잖은가.

치혜국에선 장군들의 숙의가 있었다.

"우리 승상께서 아미타불을 모시는 것을 우리가 아는데 우린 어찌 승상의 마음을 아니 읽겠는가. 다음 결전장에는 아미타불을 필히 모시는 것이 우리의 도리라 할 수 있습니다."

"여부가 있겠습니까."

대장군은 따지거나 생각하지 않고 바로 행동에 옮긴다.

"승상님 치혜국의 힘으로는 아미타불을 모시기에 힘이 부치니 보살님께서 저희가 참생명임을 바로 인증받기 위해 아미타불을 친견할 수 있도록 힘을 보태 주십시오. 매일 아미타불 삼천 번 염송하오니 부디 소원성취시켜 주십시오. 그리하면 다음 결전에서 더없는 용기와 지혜로 승리를 거둘 수 있겠습니다."

"여부가 있겠는가, 상고하겠습니다."

이로써 오늘 성행대장군의 진법은 만고의 승리로 끝을 맺었다. 성행장군은 바로 성행법우로서 이미 탐국 진국 치국을 두류천하했던 분인 것이 분명해졌다. 분은 알몸으로 태어나 옷 한 벌 걸치고 상경하여 지금은 넉넉해 퇴직이나 연금에 구애받지 않고 오직 치욕국의 결전장에서 지난 탐혜국 진혜국의 만 가지 결전의 어리석음을 걷어내는 데 온힘을 기울이고 계신 치욕국의 보고이자 관세음보살의 화신 여여법사님의 수제자로 보살행을 닦고 있는 분임이 증명되었기에 이 민길상화 합장합니다.

'문수회' 회원은 환갑을 넘겼거나 사위 며느리 손자를 보았다. 조근조근 본인 스스로의 걱정으로 찌들어 이미 응급실에 실려 올 수밖에 없는 형편이 되었다. 하여 따지고 생각하고 뉘지 쌀인지를 골라낼 여유의 권리가 이미 거두어진 상태다. 그러니 회생할 수 있는 방법은 한 가지라도 힘을 덜어야 살 수 있다는 결론이다. 그 방법이 바로 시끄러운 잡념일 수 있는 생각 '思사'를 뺐다. 승상의 말씀을 듣고 무조건 바로 행동에 옮겨야 살 수 있다. 다만 문사수법당 '문수회' 응급실에서 법문을 수액으로 수혈 받을 의무뿐이다.

'문수회'는 문사수 법당에서만 타당 가능한 것이다. 세상의 모든 인간은 참생명의 이치에선 응급환자일 수밖에 없다고 합니다. 연로하거나 후손을 원 없이 보았다고 응급환자의 자격이 주어지는 것은 아닐 것이다. '문수회'는 수많은 고통의 열락 속에서 단 하루라도 만생명의 고통을 나의 참생명으로 간직하는 순간으로 맞이해 보려 하는 것이다. 어찌 보면 젊음 중에도 일찍 깨달음이 깊은 생명이 있어 자신이 응급 환자라고 생각할 수 있을 것이다. 문수회에 결전의 용사로 자원할 생명은 없는가? 매 순간이 한바탕 결전장일 것이다. 우린 모든 결전장에 승리의 깃발을 꽂을 것이다. 그 결전의 때와 장소를 대장군은 알릴 것이다.

이 땅의 할아버지 할머니 장인 장모 시아버지 시어머님들! 문사수법당의 '문수회'란 응급실에서 완치되어 당당히 극락왕생하지 않으렵니까?!

나무아미타불! 나무아미타불! 나무아미타불!

문수회 4.

"승상님! 남만의 탐혜국 아수라 백작이 호시탐탐 저희 문수국의 백성을 노리고 있습니다. 그 세력이 지구의 자력과 같이 강렬하여 도무지 방어가 되지를 않는 형편입니다. 그들은 싱싱한 알몸이며 무엇이든지 삼키고 녹일 수 있으며 온갖 보석으로 치장하여 도무지 눈이 부셔 앞을 가늠할 수가 없습니다. 외면하면 할수록 그 자력의 힘은 더욱 강렬하여 저희들의 지식으로는 벗어날 방도가 없습니다. 대개는 눈이 이미 멀어 가고 있습니다. 저들을 물리칠 병법과 치료법을 알려 주십시오."

"몇 번 출전하여 싸워 봤느뇨?"

"더러는 타협도 하고 더러는 굿도 해 보고 한때는, 아니 지금도 가끔씩 같이 동고동락도 했습니다. 그런데 애를 쓰면 쓸수록 그들의 힘은 더욱 강렬해졌으며, 이젠 앞을 분간할 수조차 없을 지경이 되었습니다. 그 어떤 귀신을 불러도 그 어떤 풍악으로 그들의 마음을 사보려 했지만 모두가 허탕이요, 꿈을 꾸는 것과 같이 종일 마음이 둥둥 떠돌며 정신을 빼앗을 뿐입니다."

"잘 들어라! 그들의 세력은 저 밀림에 스콜이 내리면 순식간에 인간이 뚫고 지날 수 없을 만치 그 힘이 강렬하여 도저히 맨손으로는 나아갈 수도 없을 뿐더러 선불리 낫을 들면 도리어 가지만 무성해진다."

"그렇습니다. 생각해 보니 우린 선불리 무딘 낫을 들었던 것 같습니다. 이곳저곳 기웃거려 좋은 낫을 산다고 돌아쳤고 만금을 들여 굿도 해 보았으나 모두가 독에 독을 주입하는 꼴이 되었습니다. 혹자는 저에게 깊은 산속 명당을 찾아 빌어보라고 했습니다. 도사님의 말씀이라 옳거니 하고 그 방법도 실행해 보았습니다. 그것 또한 가지만 무성하세 했을 뿐 소용 없어 지금 제 모습이 마치 저 수십 층 빌딩 속 마트에 들어

찬 물건과 그것을 구입하려 몰려든 인간들의 아우성만치나 혼란한 지경입니다. 저의 아직 실오리만치 숨쉬고 있는 이 생명을 탈출시킬 병법을 일러주십시오."

"옳다 옳다. 너의 가슴은 원자폭탄과 같이 위험하구나. 그 폭탄을 꼭 필요한 곳에 투하하도록 해야 한다. 그 방법은 이미 너희는 알고 있다. 다만 네가 갖고 있는 한 벌의 옷이 상할까 봐 몸을 사리고 있다고는 생각해 본 적 없는가?"

"보살님 저는 매일 이 옷이 상할까 염려 안 해 본 적 없습니다. 자식을 위한다고 하면서 자식 때문에 속이 문드러진다, 푸념했습니다. 그리하면서 또 나는 자식 때문에 생명을 내놓고 산다고도 했습니다. 내 가죽으로 저들의 양식을 구해 먹였다고 했습니다."

"그러면 지금 네가 살아낸 방법이 옳다고 생각되느냐?"

"어미로서 저는 최선을 다했다고 봅니다."

"자, 지금부터 내가 알려주는 병법을 잘 기억하라. 이 병법은 지혜국의 어떤 어미가 실지로 썼던 병법이다. 지혜국의 어떤 어미가 있어 평생 동안 아들을 발원했다. 드디어 옥동자를 낳았다. 어느 날 유모차에 늦둥이로 옥동자를 태우고 번화한 거리를 지나가는 도중이었다. 잠시 유모차에서 손을 떼고 다정한 친구와 깔깔 손사래를 치며 웃게 되었다. 그런데 길에 온 사람들의 경악하는 소리에 놀라 살피니 자신의 아기를 태운 유모차가 길을 따라 미끄러지듯 흘러가는데 마침 트럭이 자신의 옥동자를 태운 유모차를 덮치려는 찰나였다. 그 어미는 순식간에 달려가 그 트럭을 잡아 올렸다. 이 모든 것은 찰나지간에 일어났다. 찰나에서 찰나를 벗어난 어미는 자신을 깨닫는 순간 트럭에 깔렸다. 그러나 그녀는 트럭 밑에서 아가의 이름을 부르며 엉금엉금 기어 나왔다. 거리의 만인이 박수로 환호했다. 이것이 참생명의 힘이다. 이런 참생명의 힘은 만물에 있다는 것을 부처님께서 말씀하셨다. 병법은 이런 것이다. 나를 내놓고 생명을 사는 것이 병법이다. '죽으려는 자 살고 살려는 자 죽는다.' 이미 이 진리는 우리 모두의 가슴에 있는 것이다. 자, 탐욕은 육체와 같은 것 육체를 내려놓을 때 남만의 아수라 백작은 물러갈 것이다. 이제 내가 일러주는 병법은 어디서 읽고 내가 알려주는 것이 아니라 내가 깨우쳐 줄 뿐 사실은 이미 장군들은 무장되어 있는 것이 아니겠는가. 다만 남만을 정복하려면 안욕다라삼약삼보리의 칼로 자신을 무장시켜라. 자 치혜국 저 오지 창고에 녹슬어 있는 칼을 내어 밤낮을 도와 숫돌에 갈면 되는 것이다. 이것이 내가 깨우쳐줄 수 있는 병법이고 이 병법을 옳게 익히고 쓰는 것은 장군들의 몫이다."

"감사합니다."

장군들은 삼배하고 물러났다.

야쇼다라아와 달아가씨

나오는 사람

석가모니불
야쇼다라아 부인
가섭
목련
킹나라
달아가씨
범달왕
재석천
나레이터
기타

1막

#1. 실크로드 점점 크게 들리는데

#2. 나레이션 : 지금으로부터 2556년 전 석가모니 부처님은 성도하신 후 때가 익자 카필라성으로 돌아오셨다. 자 지금부터 문사수불자여, 육신의 오감을 잠시 벗고 편안히 머무르시라. 다만 가슴은 펴고 입술의 양꼬리는 정수리 쪽으로 당겨라. 그리곤 손은 두 무릎에 없는 듯 올려라. (종소리 울린다) 이제 영혼을 가다듬고 문사수 불자들은 심성의 성으로 돌아가리라. 보이는가. 저 빛나는 광채의 거룩한 움직임을. 아! 세존이시여!

#3. 음악2, (실크로드 잔잔히 흐르고)

가섭 목련 (동시에) 세존이시여 어디로 가시렵니까?

세존 가섭아, 목련아. 이제 나는 야쇼다라아궁으로 가니라.

4. 나레이션1 : 정반왕이 부처님과 비구들에게 높은 다락집에서 맛난 음식과 즐거운 음악과 향기 나는 향으로 성대한 공양을 마친 뒤 이어 궁전의 왕후 나인 각전각의 비 후궁 모든 연인을 통털은 부인들은 예를 갖춘 아름답고 정중한 모습을 갖추어 모두 부처님께 나아가 예배하고 공경을 표했다. 그러나 야쇼다라아 부인은 어디에도 그 모습을 찾아볼 수가 없었다. 야쇼다라아 부인은 그 때 이렇게 생각했다

#5. 음악 3, (바이올린)

야쇼다라아 부인 만일 내게 조금이라도 태자가 어여삐 보아줄 만한 덕과 매력이 있다면 부처님은 내게로 오실 것이다. 난 그때에 예배해야지.

#6. 나레이션2 : 야쇼다라아 부인은 여러 사람들의 간곡한 권고도 무시한 채 교만하게 궁 안 깊숙이 그가 앉은자리에서 꼼짝도 하지 않았다.

그러나 부처님은 공양을 마친 바리를 왕에게 맡기고 사리불과 목련존자만을 데리고 빈궁으로 나아가셨다.

#7. 음악4, 호른

부처님　　샤아리푸트라야. 모옥갈라아나야.

사리불 · 목련존자　　(동시에) 네－ 세존이시여－.

부처님　　저 야쇼다라아가 어떠한 예배의 형식을 취하더라도 너희들은 아무런 말도 하지 말라, 또한 고요히 머물러 미동도 말라.

사리불 · 목련존자　　예 그렇게 하겠습니다. 세존이시여－.

#8. 음악5, 산조가락 흐르다 점점 낮아지며

#9. 나레이션3 : 야쇼다라아 부인은 부처님께서 자신의 처소를 향해 오시고 계시다는 말을 듣고 회심의 미소를 지었다. 부처님께서 궁전의 모든 이들과 공양을 하신다는 말을 듣고는

야쇼다라아　　옳지. 부처님께서는 이리로 오실 것이 분명해. 그러니 나는 태자님을 위해 단장을 하리라.

#10. 나레이션4 : 야쇼다라아는 목욕재계를 하고 하늘나라 옷과 같은 엷고 아름다운 꽃물결의 옷으로 갈아입고 온갖 화장수로 피부를 고르고 첫날밤 신부처럼 화장을 하고 온갖 향기로운 향수를 뿌렸다. 손수 온방을 꽃으로 치장

하고 전단 향과 같은 값나고 귀한 향을 사르며 정신없이 돌아쳐 부처님 맞이할 준비를 했으며, 그 와중에도 거울을 수없이 들여다보며 자신의 모양을 꾸미는 것을 되풀이하며 지칠 줄 모르는 동시에 그 순간순간을 최상의 환락에 들었다. 그러면서 부처님께서 자신의 방으로 다가오시는 소리를 들으려 문짝에 귀를 대고 그 발자국 소리를 들으려 했다. 그렇게 애가 타고 입술이 타도록 먼저 밖으로 나아가 부처님 맞을 생각은 안 했다. 부처님의 광채는 점점 멀리 있는 야쇼다라아의 방안에서도 마치 여명이 산골짜기 동리에 내려앉듯이 서서히 비치건만 – .

#11. 음악6, 영웅 간주곡

나레이션5 : 드디어 부인의 방안으로 눈부신 광명이 비쳐 들고 야쇼다라아는 떨리는 가슴과 몸을 가누지 못할 지경이었으나 그녀는 아직도 교만한 여인의 마음을 여읠 수는 없었다. 얼마나 기다린 하루였을까? 얼마나 고대하던 님의 모습이었을까? 드디어 문이 열리고 부처님께서 사리불과 목련을 데리고 방안으로 드시고 준비된 높은 의자에 앉으셨다. 부처님께서 자리에 앉자마자 사라불과 목련이 제자리에 시립하기도 전에 더 이상 연민의 정을 가누지 못한 야쇼다라아 부인은 이미 촉촉해진 눈과 얼굴을 엷은 사리로 사알짝 가리고 손은 입가에 기대이고 – . 그 교태스런 아름다운 모양은 일반인들이라면 가슴 떨리게 사모할 수밖에 없는 자태였으리라.

부인은 그러한 몸짓으로 구우는 듯, 고꾸라지듯, 달려와서 부처님의 발에 엎어지며 머리를 부비면서 마음껏 연민과 사랑하는 여인의 모습으로 예배드리며.

야쇼다라아 (흐느끼는 울음 섞이고 코 메인 그러나 애교스런 말투로) 부처님이시여! 어찌 이제야 저를 찾으셨나이까? 저는 부처님께서 카필라성에 오시기 이전부터 잠을 못 이루었나이다. 어찌하여 저를 먼저 찾지 않으셨나이까? 참으로 서러운 마음 억울한 심정 억누를 수가 없었나이다. (흐으흑— 흐으흑—) 이곳엔 저뿐만 아니라 부처님의 귀하고 귀한 외아들, 라훌라도 있건만—, 저는 단 하루도 아니—, 찰나지간에도 부처님을 잊어본 적이 없아오—옵—나—이이. (흐흐흑—)

나레이션6 : 야쇼다라아는 더 말을 못 이으며 그저 흐느껴 울었다. 사라불과 목련은 세존께서 명하신 바 있어 복잡한 모양과 말을 늘어놓는 야쇼다라아를 말리지도 못하고 그냥 지키고만 있을 수밖에 없었다. 아마도 이 묘한 부부의 상봉은 우주를 부수어 그 모래 알갱이를 한 알씩 옮기어 수억 겁을 지나가서 다시 우주가 형성된다 하여도 우리는 이러한 상봉의 현상을 만날 수 없으리라.
문사수 불자들이여-. 우리가 만나본 미소, 저 경주 불암산 석굴암 석가모니불의 미소를 기억하는가. 야쇼다라아 부인이 흐느끼며 통한을 이야기할 때. 그때에 부처님께서는 다만 선정에 드신 채 앉아계셨다. 그때 지으신 엷은 그 미소를 김대성은 어찌 알았단 말이던가!
그때에 부처님은 조용히 사바세계를 바라보시는 양 석굴암 부처님의 미소만을 지으시며 앉아계실 뿐. 바리를 들고 그 자리에 있던 정반왕이 드디어 부처님 앞으로 나서며.

정반왕 (확고한 믿음과 직언적인 태도와 말투로) 부처님이시여, 우리 야쇼다라아는 싯다르타가 집을 나가 수도하신다는 말을 전해 듣고는 태자가 누른 옷을 입는다는 말을 들으면 자기도 항상 누른 옷을 입고, 태자가 하루에 한 끼를 먹는다는 말을 들으면 바로 자기도 하루에 한 끼를 먹으며, 태자가 침대를 폐하고 풀자리에 있다면 자기도 짚방석 위에서 자고, 태자가 향화를 쓰지 않는다는 말을 들으면 자기도 향화를 멀리하며, 친족들이 온갖 영화를 갖춘 이를 가지고와 재가를 끈질기게 권해 맞으려 해도 거들떠보지도 않고 굳이 오늘날까지 야쇼다라아는 그 덕성과 정절을 지켰나이다.

부처님　대왕이시여, 진실로 기특한 일입니다. 이 야쇼다라아는 지금까지 대왕께서 보호하고 있기 때문에 그의 단련된 지혜로써 자기를 지키겠지마는 옛날에는 누구의 보호도 받지 않은 산 속에 살면서 단련되지 않은 지혜 그대로 자기를 지키고 있었습니다.

나레이션1 : 이렇게 정반왕을 바라보고 말씀을 하신 뒤 부처님께서는 달아가씨와 킹나라의 전생이야기를 하실 때 하늘문이 열리고 꽃비가 내리더니 하늘음악이 울려 퍼지며

#12. 음악7, 전원교향곡 봄

부처님　자 지금 나는 너희들에게 보여주리니 자세히 보아라. 옛날 범달왕이 이 '바아라아나아시' 를 다스리고 있을 때이니라. 저 산은 히말라야 산이며 저곳엔 찬드라라는 이름의 킹나라라는 음악신이며 저 아름다운 아씨의 이름은 달아가씨니라. 저들이 노니는 곳은 히말라야의 은월산이니라. 저 험악하게 생긴 이가 누런 옷을 입고 다섯 가지 무기를 지니고 궁 밖을 나서는 것이 보이느냐. 그는 나라를 다스리는 일은 대신들한테 맡기고 날마다 히말라야를 오르며 사냥만 다니는 것이니라. 자 저들이 사는 세계는 어떤 곳이고, 어떤 마음이고, 어떤 사

랑을 하는지 지금부터 너희들은 자세히 보고 들으라!

나레이션8 : 그때에 대신들께 정사를 맡기고 누런 옷을 걸쳐 입은 범달왕이 식식거리며 사방을 둘러보며

범달왕 아직 아무 수확도 없는데 밥이나 먹자.

나레이션2 : 왕은 식사를 마치고

범달왕 아따! 목은 왜 이리 타누. 에이 어디 마실 만한 물이 있는가. 저 산꼭대기 쪽으로 올라가 봐야겠군. 저 위에 언젠가 맑은 물이 있어 마신 적이 있지 아마—.

나레이션1 : 범달왕은 언젠가 마셔본 적 있는 개울이 생각나서 조그만 산을 오르고 있다. 그런데 마침 그러자 히말라야 산 바이라아나시 의 범달왕이 사냥을 나서고 산에는 꽃이 만발하고 향기로운 꽃향기와 온갖 새들의 지저귐 냇물의 조잘거림이 - .

'킹나라' 는 원래 장마철 동안에는 산에 박혀 있다가 더운 철에는 산에서 내려오는 습성이 있다. 그런데 마침 그때에 '킹나라' 는 그 아내 '달아가씨' 를 데리고 산에서 내려왔다. 몸에는 향을 바르고, 꽃 같은 엷은 옷을 입고 꽃가루를 따먹으며, 부드러운 소리로 노래를 부르면서 그 개울가로 왔다. 거기서 '킹나라' 는 그 아내와 함께 물에 들어가 꽃을 뿌리고 물장구를 치다가 다시 개울을 나와 은빛 같은 모래밭 위에 꽃자리를 펴고 누워, 퉁수를 불기도 하고, 또 고운 목소리로 노래도 불렀다. 그 아내도 그를 따라 춤추고 노래했다.

나레이션9 : '범달왕' 은 이 노랫소리를 듣고 가만히 다가갔다. '달아가씨' 를 한 번 보

자, 그는 그만 애정에 사로잡혀,

범달왕　‘저 사내를 죽이고 아내를 빼앗자.’

나레이션10 : 왕은 활시위를 힘껏 당겨 ‘킹나라’를 쏘았다. 활에 맞은 ‘킹나라’는 고통에 신음하면서

킹나라　죽음은 가까웠다. ‘달아가씨’여, 피는 흐르고 숨길은 가쁘구나. 몸은 끝없이 가라앉는데 마음은 너를 향해 그리워 떤다.

나레이션11 : 이렇게 노래를 마치자, 꽃자리에 쓰러져 그대로 숨을 지웠다. ‘달아가씨’는 처음에는 즐거움에 취해 이런 일이 일어난 줄 몰랐다가 나중에야 비로소 깨닫고, 놀라움과 슬픔을 못이겨 소리를 질렀다. 조금 뒤에 그 무서운 ‘범달왕’의 얼굴을 발견한 ‘달아가씨’는 두려움과 분노에 떨면서 나는 듯 내달아 산꼭대기에 서서 노래를 불렀다.

#13. 음악7, 유령

달아가씨　오! 님은 떠났나요. 먼 나라로 님은 거셨나요, 하늘나라로. 예쁜 꽃 속에 파묻힌 님 사랑하는 여인은 눈물로 얼룩져 저 세상 가는 길 한 맺혀 붙드오. 이제 꽃잎도 떨어지리. 아, 슬프고 억울함이 가슴을 저미네. 아무리 사내들 습성이라 말을 하지만 범달왕아, 너는 독가시로구나!
악마여, 내 임은 땅에 쓰러졌구나. 아아, 이 슬픔 네 계집에게 주라. 자식도 못보고, 남편도 잃어 끝없는 이 슬픔 네 계집에게 주라.

제4부 고전을 찾아서

이제현의 낙옹비설櫟翁悖說

현대수필의 원천을 옛글에서 찾으면 고려 충혜왕 때 이제현의 글인 '낙옹비설' 을 들 수 있다.

참고로 우리나라 수필의 대표적인 것은 연암 박지원의 '열하일기' 가 있다.

또한 '동문선' 에 있는 記기 論론 教書교서 跋발 辨변 賦부 辭사 頌송 등이 수필이라 할 수 있다.

낙옹비설(역옹패설;櫟翁悖說)은 고려 충혜왕忠惠王 3년 여름에 비가 달포를 이어 내렸다. 문을 굳게 닫고 지내니 찾아오는 이의 발자국 소리도 없어 마음이 답답함을 물리칠 수 없었다.

벼루를 꺼내어 처마에서 떨어지는 물을 받고 벗들과 더불어 오고 간 편지 조각들을 잇고 나서 그 종이 뒤에 여러 가지를 적고 그 끝에 책 이름을 '낙옹비설櫟翁稗說' 이라고 붙였다

그 櫟(역; 상수리나무)자는 樂낙으로 음을 읽기로 한다. 그 까닭은 재목감이 못되고서도 베어지는 피해를 멀리할 수만 있다면 나무로서는

즐거워할 일이므로 '낙' 음을 따른 것이다.

내가 일찍이 벼슬아치로 있었으나 스스로 그만두고 못남을 지키면서 별호를 '낙옹櫟翁'이라 하니 그것은 재목감이 못되지만 능히 오래 살 수 있기를 바라서 그렇다.

패(稗; 일년초인 피)도 또한 비(卑; 낮을 비)로 읽기로 한다. 그 뜻을 살펴 보건대 피(稗)는 벼(禾; 벼화) 가운데서도 낮은 것이다.

내가 어려서는 글 읽을 줄을 알았으나 젊어서는 학문을 그만 두더니 이제는 늙고 말았다. 돌이켜보니 자질구레한 글을 즐겨 써 놓았으나 알차지 못하고 비천함이 피와 같은 것이다. 그러므로 그 적어 놓은 글을 비설稗說이라고 한다.

중사(仲 : 백살 먹은 쥐 思)가 쓴다.

1972년 10월 5일/ 대양서적 출판 세계명작대집 파한집/ 보한집/ 낙옹비설에서

이제현은 우리가 보통 익재 선생이라 하는 것이 익숙한 편이다. 익재 선생은 고려 충렬왕 13년에 출생하여 당시대에선 드물게 90세 장수로 공민왕 때까지 살았다. 경주이씨고 자는 중사다. 중사仲思란 백살 먹은 쥐의 생각이라 풀이해 본다. 그러니 그는 이미 오래 살 것을 미리 염두에 두고 욕심 없이 여름 긴 장마에 역정을 낸 것이 아니라 묵은 편지의 이면을 길게 이어 그 뒷면에 세필로 글을 절하면서 써갔을 것이다. 참으로 낭만 서객이다. 그런 마음의 여유를 가지니 장수할 수 있었을 것이다. 그렇게 장수하다 보니 '역옹패설'을 '낙옹비설'로 제목을 적고 그 뜻을 굳건히 밝히려고 친히 서두에 '역옹패설'은 절대 이제현 사중의 글이니 내 말대로 '낙옹비설'이라 해라, 하고 고요히 그러나 힘차게 붓질을 했다고 본다.

그런데 고전을 읽다 보면 글 끝머리에 '역옹패설에서 옮겨옴' 이라는 글을 접하게 된다. 나도 이 서문을 읽기 전에는 역옹패설이라고 의심 없이 읽고 전하였다. 생각해 보니 글을 쓰는 작가로서 이 얼마나 엄청난 잘못을 했는지 모골이 송연하다. 지금 그런 사실이 벌어지면 아마도 신문에서 작가와 독자와 주위 삼패로 나뉘어 지면을 들었다 놨다 할지도 모른다.

역옹패설은 '낙옹비설' 이라 낱말 특허라도 받을지 모르겠다. 그러나 이미 작가의 글은 이미 특허를 받음과 같기에 특허청까지는 스스로 문장가임을 부정한다고 생각한다.

고전을 읽다 보면 작금의 낱말 특허는 이미 고전에 나와 있건만 마치 그것이 자신의 발상인 양 낱말 특허를 낸 것을 접한 일이 있다. 낱말 특허는 참으로 생각해 볼 일이다. 특허청은 더욱 고전을 스승 삼고 살피고 또 물어야 할 것이다.

용재총화 慵齋叢話

– 成俔(성현) 저

이 글은 1973년 대양서점 출판, '한국명저 대전집'에서 기초하여 쓰게 되었고, 대개는 본 책에 있는 것을 그대로 옮겼으며, 가끔 나의 감흥을 덧칠했기에 삼가 성현 선생께 후손을 살펴주시길 부탁드린다.

우리나라의 수필은 대개 그 역사를 더듬을 때 용재총화를 제일 앞에 이야기하게 된다.

용재총화를 번역한 이는 남만성 선생인데 선생은 성현의 용재총화 해설의 첫머리에서 다음과 같이 말했다.

용재총화는 성현의 수필집이다. 수필이란 원래 본대로 들은 대로 생각나는 대로 토막토막 써 놓는 글이다. 그러므로 수필은 읽는 사람이 부담을 갖지 않고 읽을 수 있어서 좋은 것이다.

그러려면 글이 재미가 있어야 하고 문장이 쉽고 멋이 있어야 한다. 그러나 재미있게 가볍게 읽어가는 사이에 무엇인가 가슴에 오는 것이 있어야 하고 결론적으로 유익해야 할 것이다.

어느 구름에 비가 오는지 어느 바람에 꽃이 피는지 모르는 사이에 백화난만한 봄이 사람을 기쁨 속으로 이끌어 가야 한다. 수필집이 독자에게 저도 모르는 동안에 글 속으로 끌려 들어가서 공감을 갖게 하고 거기에서 풍성한 영양을 섭취하게 하는 그러한 훌륭한 수필집이어야 한다.

그리 되게 하려면 내용이 다양해야 하고 필자의 식견과 학문과 경험이 풍부해야 한다. 관찰이 예민하고 견해가 타당해야 할 뿐 아니라 인생을 달관하는 안목이 있어야 하고 위트가 있고 유머러스해야 할 것이다. 용재총화야말로 이러한 모든 조건을 구비한 수필집이다.

용재총화란 수필집을 우리에게 남겨주신 성현 선생은 세종21년(1439년) 태어나서 연산군10년(1504년)에 작고했다. 무려 4대 왕에 걸쳐 수많은 역서를 남겼다.

대략 시집으로 15권, 문집 15권, 보집補集 5권, 풍아록風雅錄 2권, 용재총화 10권, 금낭행적錦囊行跡 30권, 주의奏議 6권, 부휴자담론浮休子談論 6권, 상유비람桑楡備覽 40권, 우리가 익숙한 용어 악학궤범은 세종의 부름을 받고 성현이 주관하여 집대성한 것이다. 그 악학궤범樂學軌範 6권, 풍소궤범風騷軌範 30권이다.

참으로 많은 서책을 저술한 것으로도 우리는 충분히 선생을 당대의 문장가라 할 뿐만 아니라, 선생의 식견을 지금 생활 속에서도 낱말을 현대어로 바꾸어도 재미있고 흥미롭고 모든 역사와 풍습을 버릴 것이 없다 하겠다. 하여 본인은 몇 편을 가려 싣고자 했다. 저자는 현대에 일어나는 일들과 비교하면 아! 이런 습성들이 시간을 거쳐 이렇게 변천했구나 하고 픽 미소 짓게 한다.

1. 신참자

새로 급제한 사람을 제어制御한 것은 호협한 선비의 기를 꺾고 상하의 구분을 엄격하게 법도를 따르게 하기 위한 것이었다. 하여 그들에게 징구徵求하는 물품도 물고기는 용龍, 닭은 봉鳳, 맑은 술은 성聖, 탁주는 현賢이라 일컬었으며, 그 수량도 제한이 있었다.

처음으로 관에 나가는 것을 허참許參이라 하고 10여 일이 지나야 선배들과 같이 앉을 수 있는데 그것을 면신免新이라 했고 그 정도가 매우 분명했다.

그런데 지금은 한갓 사관(四館 : 홍문관弘文館, 예문관藝文館, 승문원承文院, 교서관校書館) 뿐 아니라 충의위·내금위 같은 곳과 심지어 여러 위衛의 군사軍士·이전吏典·복예(僕隸; 하인)에 이르기까지 새로 소속된 사람을 몹시 침탈侵奪한다. 모든 열 가지의 귀한 음식을 다 독촉하여 받아먹으면서 규칙도 제한도 없다. 조금이라도 제 마음에 만족하지 않으면 비록 한 달이 지났더라도 자리를 같이하여 앉는 것을 허락하지 않으며, 사람마다 신참자에게 연회를 개설하게 하고, 만약 기악伎樂이 없으면 침노해 꾸짖기를 그치지 않는다.

신입병사, 신입생 등등 이와 비슷한 제도와 집단에서 오늘날 이상한 비인간적 모든 행위들은 예나 지금이나 형태만 변화해 왔다는 것을 알 수 있는 기록이다.

2. 파주

파주의 서쪽 들은 황무지로서 사람이 살지 않았다. 정당政堂 안목이 처음으로 그곳을 개간하여 넓게 전지를 마련하고 크게 저택을 지어서 살았다. 일찍이 시를 짓기를, "목동의 한 마디 피리소리는 장포長浦 저

편에서 들리고, 어부의 두어 점 등불은 낙암 앞에 보이네"라고 하였다.

그의 손자 원에 이르러 극성極盛하였으니 내외에 점유한 전지가 무려 수만 경頃이었으며 노비가 백여 호나 되었다. 늙은 나무 일천 그루는 십 리에 걸쳐 그늘을 이루고, 오리와 황새들이 그 사이에서 지저귀었다.

지금 그 땅을 나누어 차지하고 사는 자가 백여 명이나 된다. 다 그의 자손이다.

3. 어우동

어우동이란 자는 지승문知承文 박선생朴先生의 딸이다. 그 집안은 은성殷盛하고 부유하였으며, 여자는 고와서 미인이었다. 그러나 성질이 음탕하고 방종하여 삼가는 일이 없었다.

종실宗室 태강수泰江守의 아내가 되었는데 태강이 그를 제어하지 못하였다. 일찍이 공인을 불러다가 은그릇을 만들게 하였더니, 그 공인이 나이는 젊고 준수하며 아름다웠다. 여자가 그를 좋아하여 번번이 남편이 외출한 때이면 종년의 옷을 입고 공인의 곁에 앉아서 그의 그릇 만드는 것이 정교하다고 칭찬하곤 하였다. 드디어 사사로이 그를 내실에 끌어들이게 되어 날마다 제멋대로 음탕하고 더러운 행위를 계속하다가 남편이 돌아오는 때를 엿보아 몰래 숨겨 버리곤 하였다.

그의 남편이 그 사정을 살펴서 알고 드디어 그를 버렸다. 여자는 이때부터 제멋대로 행동하여 꺼리는 것이 없었다.

그의 계집종 또한 예뻤다. 매양 날 저물 무렵에 고운 옷차림을 하고 나가서 미소년을 끌어들여서는 여주인 방에 들여보내고, 또 다른 미소년을 끌어들여서는 저와 동침하는 것을 날마다 일과처럼 하였다.

어떤 때에는 꽃피는 아침과 달 밝은 저녁의 정욕을 이기지 못하여 두 사람이 도시 안을 두루 돌아다니면서 일부러 남에게 붙잡혀 주었다. 그러므로 그 집에서는 그들이 간 곳을 알지 못하였으며, 새벽이 되어서 돌아오곤 하였다.

일찍이 큰길가에 집을 빌어 살면서 큰길에 오고가는 사람들을 손가락질하여 종이 말하기를, "어느 사람은 나이가 젊고 어느 사람은 코가 크니 주인께 바치겠습니다" 고 한다. 어우동於宇同도 또한 말하기를, "어느 사람은 내가 차지하고, 어느 사람은 너에게 주겠다" 고 한다. 이와 같이 실없는 소리로 농짓거리를 하지 않는 날이 없었다.

여자가 종실 방산수와 사통하였다. 방산수도 또한 나이가 젊고 호협하고 준수하며 시를 지을 줄 알았다. 어우동이 그를 사랑하여 그를 집에 맞아 부부처럼 같이 살게 되었다.

그 밖의 조관朝官과 유생으로서 나이 젊은 무뢰배들을 맞아들여 음란한 짓을 하지 않는 자가 없었다. 조정에서 알고 그들을 혹은 고문하고 혹은 벼슬을 깎아 내려 먼 곳으로 귀양 보낸 자가 수십 명이며, 그중 드러나지 않아서 죄를 면한 자도 많았다.

의금부에서는 그 죄를 아뢰니, 임금이 재추宰樞들에게 죄를 논의하라고 명령했다. 그러나 모두 말하기를, "법에 비춰보아 사형할 수는 없으니 먼 곳으로 귀양 보내는 것이 합당합니다" 고 하였다. 그러나 임금이 풍속을 바로 잡고자 하여 사형에 처했다. (띄어쓰기는 원본대로 했다.)

이 시절은 왕권주의여서 사형이 가능했다. 그러나 민주주의가 근본인 대한민국에서 과연 대통령이 단독 판결하면 탄핵감이다. 오늘날 대통령이 사형에 처하라면 과연 어떨 것인가? 민주주의인 우리나라는 삼권분립이 원칙이다.

내 뜻대로 안 된다고 대통령에게 죽도록 의지해 온갖 시위를 벌이는 것은 왕권주의로 돌아가자는 것이나 다름없다. 혹여 무리들이 원하는 대로 한다 해도 다수는 절대 동의하지 않아 더 큰 국정 난難을 초래할 것이다.

4. 목서방거안睦書防擧案

목생이란 자가 처음 지금의 군대의 한 편제인 충순위에 들어갔을 때 하루는 그 무리들이 모여서 편을 가를 활을 쏘게 되었다.

목생이 뒤에 도착하였는데 옷은 깨끗하고 갖고 있는 활과 살은 다 정묘精妙했다.

좌우에서 다 말하기를 "목생은 우리 편에 들어라" 고 하면서 서로 다투었다.

그런데 그가 활 쏘는 자리에 올라간 때에는 시위를 당기기도 전에 화살이 제 앞에 떨어졌으며, 온 종일 쏴도 과녁에까지 화살이 가지 못하니 사람들이 다 우스워 몸을 가누지 못하면서 말하기를 '목서방의 거안' 이라고 하였다. 하여 겉치레뿐이고 실속 없는 자를 '목서방거안' 이라 한다.

5. 용렬한 첩질

'시경' '소아小雅' 의 '백화편白華篇' 에 "황새는 어살에서 물고기를 쪼아 먹건만 학은 숲에서 굶주린다" (유추재량有鶖在梁 유학재림有鶴在林)고 쓰여 있는데, 이것은 '어떤 여인은 사랑받고 어떤 여인은 버림받는다' 는 시로써 잎의 추새, 즉 황새가 어살에 있는 송의 호적이라고 한 말은 송 전적이 첩을 두어 본처가 원망한다는 뜻이다.

'푸른 옷이 성행한다' 는 말 역시 '시경' '패풍邶風' 의 시편에 "푸른 빛 저고리여, 푸른 저고리 누른 치마로구나" 라는 시구에서, 누른 빛은 고귀한 빛이니 마땅히 저고리가 되어야 하는데 도리어 낮은 위치의 치마가 된 것은 첩이 아내보다 위에 있다는 것을 암시하고 탄식한 것이다. 이 푸른 옷이 바야흐로 성하다고 한 것은 사성 방강方綱이 첩을 사랑하여 아내를 학대함을 표현한 것이다.

전적典籍 송원창宋元昌과 방강이 다 첩이 있는데 본처를 돌보지 않았다. 그런데 '추새가 어살에 있는 송宋의 호적 따위를 말해 무엇하랴. 푸른 옷이 바야흐로 성행하는 꼴도 볼 수가 없구나' 라는 시가 있었다.

조정에서 이 시를 지은 자를 국문하고자 하여 이 일이 삼관三官과 여러 유생들에게 파급되었다. 옥에 갇히게 된 자가 수십 명이나 되고 그중에는 혹은 고문을 받은 자도 있었으나 마침내 실정을 알아내지 못한 채 다 석방하였다.

오늘날에도 첩은 수없이 많다. 그러나 성현 선생 당대는 유생 관리이고 왕권시대였다.

그래도 어떤 이는 고문당하고 어떤 이들은 흐지부지 되었음을 본다. 지금이나 옛날이나 어쩜 속 시원한 판결은 없다. 남녀의 이치는 끝끝내 선명한 황색 선을 그을 수 없어서일 게다.

6. 매춘

수원의 한 기녀가 손님을 거부했다 하여 매를 맞았다. 여럿이 말하기를 "어우동(양반이며 부인이었다)은 음탕한 짓을 즐겼다고 하여 죄를 받았고, 나는 음탕하지 않다고 하여 죄를 받았으니 조정의 법이 어찌 이 같지 않은가?" 라고 하였다

이 말을 들은 사람들이 모두 그의 말이 정론이라고 하였다.

7. 조선 금속활자 변천내력

태종이 영락원년(1403년)에, "나라의 정치를 하는 데에는 반드시 전적田籍을 널리 읽어야 할 것인데 우리나라는 바다 밖에 있어서 중국의 서적이 좀처럼 오지 않고 나무에 새겨놓은 판목版木은 쉽게 이지러지며 또 천하의 온갖 서적을 다 판목으로 새기기는 어렵다. 내가 구리쇠를 부어서 활자를 만들어 놓고 책을 얻는 대로 인쇄하고자 한다. 그리하여 널리 전파한다면 진실로 무궁한 이득이 될 것이다"라 하고, 드디어 '고주시서古註詩書'와 '좌씨전左氏傳'을 가져다가 그 글자를 주조하였다.

이것이 주자鑄字 창설의 유래이다. 이때의 주자를 정해자丁亥字라 한다.

세종이 또 경자년(1410년)에 종래의 주자가 모양이 크고 정제整齊하지 않다고 하여 고쳐 주조하게 한 그 활자의 모양이 작고 반듯하였다. 이때부터 인쇄하지 않는 책이 없었다. 하여 이것을 경자자라 했다.

갑인년에는 또 위선爲善의 음즐문陰騭文의 글자를 사용하여 주조하니 경자자에 비교하여 조금 크고 글자의 체가 매우 좋았다.

또 수양대군에게 명령하여 강목綱目의 큰 글자를 쓰게 하니 드디어 구리로 활자를 주조하여 강목을 인쇄하였다. 즉 지금의 소위 훈의訓義라고 하는 것이다.

임신년 간에 문종이 경자자를 녹이고 안평대군에게 명하여 글씨를 쓰게 하여 다시 주조하였으니 임신자이다.

을해년에는 세조가 임신자를 녹이고 강희안에게 명령하여 글씨를 쓰게 하여 고쳐 주조하니 을해자라고 하여 지금(성종조)까지 사용한다. 그 뒤 을유년에는 원각경을 인쇄하고자 하여 정난종에게 명령하여 글씨를 쓰게 하고 주조하였는데 글자가 정제하지 않다. 을유자라 한다.

성종이 신묘년에 왕형공의 '구양공집歐陽公集' 글자를 사용하여 주조하니 그 자체는 경자자보다 작고 더욱 정교하다. 신묘자라 한다.

또 중국에서 새로 박은 강목의 글자를 얻어서 주조하니 이름을 계축자라고 한다.

대체로 말해서 주자鑄字하는 법은 먼저 황양목黃楊木에 여러 글자를 새기고 해포海浦의 연한 진흙을 인판印版에 평편하게 편 뒤에 나무로 새긴 글자를 진흙에 착 눌러 붙이면 글자가 박여진 곳은 오목하게 들어가서 글자모양이 생긴다.

이에 두 인판을 합해 놓고 구리를 녹여 한 구멍으로 쏟아 내려 보내면 용액이 오목한 곳으로 들어가서 하나하나 글자의 형태를 이룬다. 드디어 중복된 것을 깎아내어 정돈한다.

나무에 글자 새기는 자를 각자刻字라 하며 구리를 부어 넣어서 글자를 주조하는 자를 주장鑄匠이라고 한다. 드디어 여러 글자들을 넣어 두는 궤에 저장한다. 그 글자를 새기는 자를 수장守藏이라 한다. 나이가 어린 관공서의 종이 그 일을 한다. 그 초고草稿를 읽어서 대조하는 자를 창준唱準이라고 한다. 다 글을 아는 사람이 한다. 수장이 글자를 서초 위에 벌여놓은 다음 다시 판에 옮기는 것을 상판上板이라고 하는데 대나무와 찢어진 종이를 사용하여 빈 데를 채우고 굳게 죄어서 동요하지 않게 한다. 이 일을 하는 자를 균자장均字匠이라 한다. 그것을 받아서 인쇄하는 자를 인출장印出匠이라 한다. 그 인출을 감독하는 일은 교서관원校書館員이 하는데 그를 감인관監印官이라 한다. 감교관은 따로 문신 중에서 명한다.

처음에는 글자를 벌여 놓는 법을 몰라서 판에 초를 녹여 붙여 놓고 활자를 거기에 붙였다. 그 때문에 경자자는 꼬리가 모두 송곳 같다. 그 뒤에 비로소 대나 누를 사용하고 빈 곳을 메우는 방법을 사용하게 되었다. 그리하여 초를 녹이는 비용이 없게 되었다.

비로소 사람의 지혜란 무궁하다는 것을 알게 되었다.

선조들의 지혜로 세계에서 최초의 금속활자를 갖게 되었고, 그 이전 고려시대로 거슬러 가면 세계문화유산인 불후의 대장경완판을 보유하는 국민이란 영광을 누리고 있는 것이다. 그 바탕에 무궁한 지혜를 발전시켜 와 지금은 내 손바닥에서 활자를 찍어 손바닥으로 인쇄물을 받아본다, 더하여 한글만 깨우치면 웬만한 타국어는 다 할 수 있고, 그림이 무리한이라도 볼 수만 있으면 명화를 제작하고, 또 인쇄하여 세계의 명화를 손바닥에서 요술같이 펼쳐 볼 수 있게 된 것이다. 참으로 선조께 감사하고 찬탄 드린다.

우리의 역사 유산이 이만하거늘 어찌 한국사를 외면했으며, 조상을 무식하고 독재자이고 원시적인 사회라 몰아가는가.

인간은 시간 공간 위치에 따라 모든 걸 잃어버릴 때가 있거나 조건이 턱없이 부족할 때는 언제든지 배제할 수는 없다. 혹여 다시 한 번 읽고 고전을 잊고 사는 자손 위해 다시 옮겨 정리해 본다. 읽어가면서 의욕이 충만해져서 도서관을 찾아 더 많은 자료를 접하고 무궁무진한 내용에 밤을 지샐 것이다.

8. 고서

우리나라에는 문장가가 적다.

'계원필경桂苑筆耕' 몇은 신라 최치원의 글로서 46문이다.

'동인문東人文' 몇십 권은 최자가 찬한 것이고, '보한집補閑集' 상하권은 시중 최자의 저서이다. '삼한귀감三韓龜鑑' 한 질은 최혜의 찬이고, '동국문감東國文鑑' 10권은 시중 김태현이 찬했다.

지금도 글을 못해도 들어본 적은 있을 정도의 '동문선東文選' 10권은 서달성이 임금의 명으로 선조들의 시와 문을 모은 것이다.

'이상국전후집李相國前後集' 몇십 권은 문순공 이규보의 저서로서 가장 웅건雄建하다. 참고로 이규보 선생은 고려는 물론 조선의 10대 문장가로도 꼽는다.

'김거사집金居士集' 몇십 권은 원외랑 김극기의 저서로서 고판이 고서관에 있는데 반은 이지러졌다. 성현 선생 당대에 이미 많은 훼손이 있다고 전하고 있다.

'은대집銀臺集'은 단 한 질만이 있다. '쌍명재雙明齋' 한 질. '파한집破閑集' 상하권은 모두 이인로의 저서다. 참고로 이인로 선생은 인천이씨 6대손이며 인천 원인제역에 그 비와 인천이씨의 사당과 묘가 있다.

'서하집西河集' 단간斷簡 : 대쪽에 쓴 글, 한 질은 임춘의 저서.

'익재집益齋集' 몇십 권. 낙옹비설櫟翁稗說 한 질 이제현 저서.

'예종창화집睿宗唱和集' 두 질은 예종이 곽여 등과 함께 수창酬唱하여 지은 것이다.

이 밖에 성현이 기록한 많은 열거가 있으나 내가 일찍이 읽고 익숙한 이름만을 열거했다.

다음은 아직 읽지 못한 황희 정승의 저서 '방촌집厖村集', 거위 이야기로 유명한 윤회의 저서 '청경집靑卿集'은 흥미가 있다.

9. 이조재가再嫁

철원부원군 윤자당의 어머니 남씨는 젊어서 과부가 되어 함양에 살고 있었다.

자당의 나이가 7세 때에 어머니 남씨는 다라무당집에 가서 점을 치니 무당이 말하기를, "부인은 걱정하지 마시오. 이 아이가 귀인의 상이 있습니다. 그런데 이 아이는 반드시 아우의 힘으로 귀한 지위를 얻겠습니다" 하였다.

남씨가 말하기를, "과부의 아들이 어찌 아우가 있을 수 있는가" 했다.

뒤에 남씨가 이씨 집에 재가하여 아들을 낳았으니 그 아들이 바로 이숙번이다. 태종의 정사를 도와 공이 제일이 되고 권세를 온 나라에 떨쳤다. 윤공도 또한 이숙번의 힘을 빌어 훈귀의 반열에 참여하고 봉군까지 하였다.

고려조에는 대체로 여성의 지위는 조선조 때와는 전혀 상반되었다. 상속도 아들과 같이 상속되었다. 여인의 인권도 인간 자연의 이치에 맞게 세습되는 질서가 존재했다.

이는 사회사를 연구하는 학자들이 밝혔으며, 고려조는 헌법적으로 매우 민주적이었다고 논설한다. 이성계를 도와 조선을 세운 이숙번은 재가한 어머니에 의해서 태어나고 위로 이복동생을 두었음을 이 글에서 확연하다 하여 기술하는 바이다.

10. 문장가

우리나라의 문장은 최치원에게서 처음으로 떨쳐 드러나게 되었다. 그가 당나라에 들어가 과거에 급제하고 문명을 크게 떨쳤다. 성현은 그의 저술은 시를 잘 지었으나 뜻이 정밀하지 않으며, 문체의 한 가지인 사륙문은 용어가 정돈되지 않았다.

김부식은 글이 화려하지 못하다. 이규보는 능히 문장을 열고 닫고 하였으나 거두어 맺는 데가 없다 했다.

성현은 이들을 이와 같이 평했다. 아마도 이인로와 더불어 우리나라에서 처음으로 문장을 평했다고 보아 평론함에 아마도 우리는 이들의 글을 분명 곰곰이 짚어봐야 할 것이라 생각한다.

아마도 성현의 평은 비껴가지 못했으리라 본다. 지금에 와서 우리는 그들의 문장과 기개는 분명 이해할 수 없는 고지가 있는 것은 분명하다.

최치원의 '황소격서'를 들자면 그 글을 받아 본 홍건족장은 그 자리에 주저앉아 침탈할 마음을 접었다고 했다.

그 글을 보면 그 당시 홍건적은 우리가 알기로는 분명 도적이다. 그런데 그 깊은 글을 단번에 뜻을 알아서 깨우쳤으나 나는 격서를 수번을 읽어서야 홍건적장의 행동을 가늠했기 때문이다.

11. 꿩

용재총화에 꿩 맛은 북쪽 것이 제일 좋다. 진상도 평안도 강변의 꿩으로 했다. 그 크기가 따오기만하고 기름이 엉기어 호박琥珀 같다. 겨울엔 많이도 잡히지만 고치 즉 기름진 꿩이라 하여 맛이 매우 좋다고 했다.

남쪽으로 내려올수록 꿩은 점점 더 여위어 호남, 영남의 변방에 이르면 꿩고기는 비린내가 심히 난다고 했다.

사람들이 말하기를 북쪽 지방에는 풀과 나무가 많아서 마시고 쪼아먹기에 알맞은 곳이 많기 때문이라 한다고 했다.

그렇다면 오늘날엔 남쪽 지방이 산림이 우거지고 이북은 산천이 헐벗었으니 남한의 꿩이 더 맛있다고 해야 하나?

12. 특산물

채소나 과일은 다 땅에 맞는 것을 심어야 이득을 얻을 수 있다. 지금 동대문밖 왕십리들에는 순무, 무, 배추 등류를 심고, 청파 노원 두 역驛에서는 토란을 잘 심고, 남산의 남쪽 이태원 마을 사람들은 다요茶蓼를 심고 홍아紅芽를 경작하는 일을 좋아한다.

경기 삭녕 사람들은 푸성귀를 잘 심고, 충청우도 사람들은 마늘 심기를 좋아하며, 전라도 사람들은 생강 심기를 좋아한다. 정선의 배梨, 영춘의 대추, 밀양의 밤, 순홍의 잣, 함양 진양의 감 같은 것은 비록 다른 곳에도 있으나 이 고을 것처럼 많고 아름답지 못하다.

이 서술은 고려시대의 특산지다. 오늘날과는 다른 것이다. 특히 밤은 공주 정안이고, 잣은 가평, 감과 곶감은 상주다.

여기서 눈여겨볼 만한 것은 마늘은 의성, 서산으로 지금과 비슷하다.

그런데 청파 노원은 모두 한강변으로부터 가까운 곳이고, 역은 쉬어가는 곳이고, 역삼역과 같이 말을 쉬게 하고 말을 바꾸어 탈 수 있는 역참을 말하는데 토란이 특산물이라니 재미있다. 혹여 말꾼 술꾼들에게 토란국으로 배를 채우고 숙취를 달래지는 않았을까 생각해 본다.

13. 속담

'하루 근심은 아침술이고, 일년 근심은 좁고 작은 가죽신이고, 일평생의 근심은 성질이 악한 아내다' 라고 말한다.

또 말하기를 '배부른 돌담과 말 많은 아동과 손이 헤픈 주부는 쓸모가 없다' 고 한다.

'말은 좀 비속하지만 경언임엔 틀림없다' 라고 성현 선생은 기록했다.

14. 콩 · 팥

만약 콩과 팥꽃의 빛이 어떠냐고 물으면, 농부가 아니라면 거의가 '콩꽃은 누렇고 팥꽃은 붉다' 라고 답할 것이다. 이것은 콩과 팥의 색깔만 보고 얼른 나오는 답일 것이다.

그러나 실제로는 팥꽃은 누르고 콩꽃은 붉다. 만약 석균(石菌; 석이버섯)의 땅에 붙은 뿌리가 어느 것이냐고 물으면 사람들은 다 털이 있다는 쪽이 밖에 있고 껍질이 반들반들한 쪽이 땅에 붙는다고 말할 것이다. 이것은 한갓 반들반들한 껍질에 진흙이 붙은 것만 보고 말하는 것이다. 그러나 실지는 털에 덮여 있는 쪽이 밖에 있는 것이다.

또 만약 황새의 꽁지가 무슨 빛이냐고 묻는다면 사람들은 다 검다고 할 것이다. 이는 새의 두 날개가 꽁지에 모여서 검게 보일 뿐 실은 꽁지의 빛은 희다.

사람들은 자신의 억측이라는 것은 염두에 없이 사물을 제 주관대로만 해석하는 것을 바로잡기 위해 성현 선생은 이같이 기록했을 것이다. 사람의 자기편견은 고금을 막론하고 나만의 고집은 고집이 아니라 누구나 제 말에 경청하기를 바라는 상대적 평가를 지워 버리지는 못하는 것인가 일관하고 있는 것이다.

15. 온천

우리나라에는 육도에 걸쳐 온천이 있다. 그런데 전라도와 경기도에는 없다. 옛글에는 수주, 지금의 부평구에는 있다. 조정에서 일찍이 사람들을 보내어 답사했으나 그 수원水源을 찾지 못했다. 옛글이 잘못 됐는지 사람들이 싫어서 그 수원을 막아버렸을까.

경상도의 영산현에 온천이 있었다. 이 온천은 다른 곳에 비하여 서늘했다. 입욕하는 사람중에는 돌을 달구어 온천에 던져 물을 덥게도 한다. 또 왜인 가운데 입욕을 요구하는 자가 잇달아 나오니 현에서 미워하여 임금께 아뢰어 그 원천을 막아버렸다.

동래 온천이 가장 좋다. 피륙을 바래는 듯한 샘물이 있어서 땅에서 솟아나온다. 이 물을 끌어다가 수조水槽를 만들어 놓으면 따뜻함이 끓인 것 같아서 마실 만하다. 또한 거기에 술을 데울 수 있다. 왜인들이 우리나라에 오는 자는 반드시 와서 입욕하기를 요구하여 얼룩옷의 왜인들이 오가는 모양이 거리에 차니 주현이 그 괴로움이 컸다.

충청 충주 안부역 큰길가에 온천이 있다. 이 온천은 약간 따뜻할 뿐 그다지 덥지 않다. 온양온천은 알맞다. 세종 · 세조 임금이 자주 친히 거동하였고, 그 후 정희왕후도 거동했다. 그리하여 행궁行宮에서 머물렀다.

청주엔 초수椒水가 많다. 물 온도는 높지 않으며, 그 냄새가 후추와 같다. 사람들이 말하기를 눈병이 잘 치료된다 한다. 세종은 안질이 매우 심했다. 그래선지 이곳에 친히 거동했다고 한다. 그러나 안질이 나아졌다는 기록은 없다.

근대에 이르러 속병을 고친다고 한다. 초정약수라고도 하는 온천수는 사이다 맛이라지만 이 시절엔 후추 초자를 쓰고 물에서 후추 냄새가 난다고 하니 나로서는 처음 아는 일이다.

강원도에는 온천이 세 곳이라 한다. 하나는 이천현伊川縣의 북쪽 깊은 산속에 있다. 또 하나는 고성현의 속읍屬邑인 옛날 환가豢猳에 있다. 금강산의 동쪽 기슭이다. 온천이 큰 냇물 곁에 있다. 하나는 평해궁의 서쪽 백암산 아래에 있다. 온천이 산허리의 높은 곳에서 솟아오른다. 온도가 알맞고 샘이 매우 맑고 깨끗하다.

황해도에 온천이 가장 많다. 백천대교온정白川大橋溫井, 연안의 전성온정氈城溫井, 평산온정平山溫井이 문화운정文化溫井이 안악온정安岳溫井이 있다. 그중 해주의 마산온정馬山溫井이 있는데 혹은 약간 따스한 곳 혹은 매우 뜨거운 것이 퍼져 있으며, 온천이 바다 곁에 있어 냄새도 고약하고 맛이 짜다.

들 가운데 30여 곳이 퍼져 있고, 어떤 곳은 물이 괴어서 못을 이루고, 어떤 곳은 웅덩이가 된 곳도 있다. 혹은 냇물바닥으로 뜨거운 온천이 흘러 건널 수 없고, 혹은 넘치는 샘물이 뿜어 나와 뜨거운 물방울이 끓어오른다. 사면의 진흙이 연기로 인하여 굳어서 돌처럼 단단하다. 나물의 줄기를 시험 삼아 던져 넣으면 잠깐 사이에 문드러진다. 새벽녘으로는 수증기가 불어 올라서 들에 가득 연기 같다. 평지에 누우면 온돌 위에 누운 것 같다.

나는 고교시절 주을에서 피난 온 친구의 치아가 황금같이 태가 낀 것 같은 친구가 있었다. 그 친구는 황해도 주을에서 6.25때 피란 왔다. 물어보니 어릴 때 고향에서 뜨거운 온천물을 먹고 나서 그렇게 되었다고 들은 기억이 있다.

함경도에도 있다고만 '용재총화' 엔 적고 있다. 전라도에는 무장염정茂長鹽井이 있고 온천은 없다.

기록을 살펴보면 모두 내천川을 쓰지 않고, 우물정井자로 기록한 것을 보면 온천은 대개 우물형태로 드러나 있었다고 생각해 본다.

입춘

한국의 세시기로는 조선시대 정조 · 순조 때 학자로서 홍석모가 지은 '동국세시기' 가 있다.

이자유가 쓴 '동국세시기' 에 보면 그는 매우 뛰어난 천재로서 시운을 타지 못하고 실의에 빠져 소회를 푸는 것으로 이 세시기를 적으며, 하나의 소견거리로 삼았다고 했다. 홍석모는 중국 종늠의 '형초세시기' 를 모방하여 우리 민속을 정리하고 '동국세시기' 라 했다. 이자유의 서문이 1849년(숙종 15년) 9월 13일에 쓰여진 것을 보면 1849년에 완성됨을 짐작한다. 그 후 1911년 김매순의 '열양세시기' 를 유득공의 '경도잡지' 와 합본하여 최남선이 활자본으로 간행했다고 한다.

이자유는 서문에서 밝힌 바대로 정월부터 12월까지 일 년간의 행사풍속을 13항목으로 분류하고, 설명은 어느 날인지 분명하지 않은 것은 월내月內가라는 항목을 세워 그 달 안에 넣고 설명했다.

내가 알고 있고 지니고 있는 것은 우리나라 세시기로는 이 필사본을 알고 보았을 뿐이다. 말 그대로 세시기란 일 년을 지나가는 풍습과 유래 민속에서 행해여 내려오는 모든 명절과 그에 맞는 음식, 피할 수 있는 방편, 날자 절기 등을 상세히 적었다.

지금은 사라진 것도 많지만 자세히 살펴보면 곳곳에 그 흔적과 모습은 아직도 남아 있다. 다만 대도시에서는 해방과 동란을 겪은 세대가 간직하거나 그 후손들이 기리고 있음을 볼 수 있다.

어느 나라나 그 민족 고유의 민속이 있다. 이것은 다른 나라와 구별되는 요건이 된다. 다른 나라에서 들어왔으나 그 민족에 녹아들어 그 국민에게 맞게 변질된 것이든 과거로부터 그 민족에서 행해졌던 것이 현재에도 행해지면 그것은 그 나라의 훌륭한 민속이 된다고 할 것이다. 시간의 흐름에 따라 민속은 생성 · 변화 · 사멸의 과정을 겪는다. 과거에 있다가 없어지는 것은 많으나 생겨나는 것은 적다고 했다.

이렇게 세월 따라 급변하는, 역사의 흐름 따라 변하거나 덧칠해지는 민속이 있는 것이다. 그래서 입춘은 점점 그 모양새나 뜻을 잊어가고 있는 것은 아닌가. 6,70년대 만해도 즉 컴퓨터 인터넷 문화가 유행하기 전까지는 입춘은 종교를 불문하고 우리 민속의 큰 자리로 이어왔다. 일년의 재앙을 쓸어내는 대청소의 기일이라고 해도 별로 이상하지도 않았고, 입춘을 맞이하기 위해 집안 곳곳을 쓸어내고, 또 어른들은 춘련을 써서 붙였다.

'형초세시기' 에는 입춘날에는 봄에 합당한 문자를 써서 문에다 붙였다. 지금의 춘련의 기원이라고 본다. 주사로 쓴 벽사문을 대궐에 올려 문설주에 붙였다고 했다. 이 벽사문을 대개 귀신이나 잡귀를 몰아내는 귀신청소 방부제였다고 본다.

그러나 사대부 집안에서는 새로 지어 붙이거나 고인의 아름다운 글귀를 따다가 써서 붙였다

1.

요즘 그나마 입춘을 세우는 곳은 사찰이라고 본다. 사찰에서 입춘맞이는 입춘시에 소지를 올리고, 방생을 하고, 팥떡을 찌고, 팥으로 작은 주머니를 지어 나누며, 팥죽을 쑤어 뿌린다. 더하여 삼재부적이라 하여 노란 종이에 경명주사로 글을 써 삼재부적을 만들어 나누어 주기도 한다.

그런데 내가 다니는 문사수 경전학당에서는 입춘맞이 대법회를 열어 입춘판을 걸지게 한판 벌린다. 맛있는 음식을 나누고 새봄을 맞는 마음과 축하의 덕담을 이야기하며 입춘맞이를 한다. 이렇게 싱그럽게 모든 낡은 것을 씻어준다. 더하여 질 좋은 한지에 오유지족五有知足을 합친 한자 나오자, 오를 먹으로 써 넣은 글을 나누어 준다. 이 글의 참뜻은 오로지 내가 있어 지금 있는 이 자리가 모든 것을 충족시키는 것이다. 그러니 나는 지금 오복이 만족하다이다.

이것은 손바닥 넓이만한 것과 명함만한 것 두 종류다. 큰 것은 현관문에 붙이고 작은 것은 수첩이나 지갑에 넣는다. 이들을 열 때마다 나는 오직 만족만이 있는 세상에 오늘도 지금도 살려지는구나! 하며 웃는다. 만사는 내 탓이다. 하여 웃으면 복이 온다.

이 연습이 습이 되어 십수 년을 이어오니 어찌 삼재가 들 일이 있겠는가. 설사 짜증나고 억울해도 이들을 열어보거나 지변고한에 서면 매사가 눈 녹듯이 풀린다. 이것은 단박에 하거나 아니면 억지로라도 하면 습이 절로 나도 모르게 붙는다. 누구나 한 번 이곳에 들러 가져가도 환영이다. 어떤 요구도 없고 오히려 감사하여 차를 대접 받는다.

2.

겨울에 옷을 홀라당 벗고 바다나 냇물, 또는 호수에 뛰어들어 체력과 인내를 자랑하는 것을 종종 TV로 접한다. 그런데 겨울에 알몸으로 강이나 바다에 드는 것은 참으로 위험천만한 일이라고 생각된다.

심장이 나쁜 사람은, 즉 목양체질의 사람은 한겨울 바다나 강에 의협심으로 뛰어들면 심장마비를 대비해야 한다. 금체질, 즉 태양체질은 더울 때 폭염을 피하려다 냇물을 만나 무조건 찬물에 텀벙 뛰어들면 옆 사람도 모르게 고요히 가라앉아 사망할 수가 있다.

실지로 오래 전 대학교수와 자가용으로 삼복중에 충청도 지방을 여행하던 중 너무 더워 냇가를 만나 잠시 쉬어 물에 두 사람이 들었다. 한 사람은 시원하게 나와 그늘에 쉬는데 한 사람은 없다. 한참을 찾아도 없다. 그런데 동네 주민이 냇가에 들어가 비명을 질렀다. 친구가 그 냇물 바닥에 조용히 누워 있더란다.

한겨울에 극기 훈련으로 바다나 강에 들 때는 안전을 위해 입춘이 지나서 실행하면 좋다. 왜냐하면 입춘 지나 물에 들었다 나오면 이상하게 온몸이 후끈 후끈해진다. 절로 몸에 열이 나서 물속보다 물 밖으로 나오면 이상하게 열이 안단다. 참으로 묘한 이치다.

단오

1. 부적符籍의 유래

'동국세시기' 에 단오에 대한 여러 풍속이 쓰여 있다. 천중절은 단오날을 의미하며 지금은 쉽게 5월 5일 하루를 말한다. 그러나 단오는 삼국시대로부터 여러 곳에서 며칠을 두고 축제로 즐겼다. 그 중 우리네 기억에 없는 곳을 기록한다.

관상감에서 주사(붉은색)로 천중절天中節, 즉 단오의 붉은 부적을 박아 대궐로 보냈다. 그것을 문설주에 붙여 액막이로 했다. 그 부적에 적은 글이다.

"5월 5일 천중절에 위로는 하늘의 녹을 받고, 아래로는 땅의 복을 얻어 치우(8대신의 하나)의 신의 구리머리 · 쇠 이마 · 붉은 입 · 붉은 혀의 404 병이 일시에 없어져라. 빨리빨리 법대로 시행하라."

한나라 때 제도도 이 부적을 문을 장식하는 도구로, 다음과 같은 부적을 써서 장식했다.

'도인桃印으로 악한 기운을 멈추게 한다' 고 전한다. 중국 진나라의 도가 '포박자' 에도 부적의 일종인 '적령부赤靈符를 만든다' 고 했다. 부적은 원래 단오의 옛 제도였다. 지금에 부적을 쓰는 풍속이 여기서 비롯된 것이다.

오늘날에는 일부 사찰에서 입춘일시에 부적을 박아 나누어주는데 부적은 단오 때 관청에서 비롯된 풍습이고 세시였다. 즉 단오에 부적을 써서 붙이는 것이다. 지금은 시도 때도 없이 아무나 또는 고가의 대금을 지불하고 무당에게서 붉은 글씨로 써서 받고 소중히 여기며 들고 나는 문 위에 붙이는 것이다.

2. 창포

'동국세시기' 에 남녀 어린이들이 창포를 삶아 세수를 하고 홍색과 녹색의 새 옷을 입는다. 말하자면 새해 설빔이 예절을 갖추기 위한 것이면, 단오의 녹의홍상은 즐겁게 예쁘게 보이기 위한 청년들의 축제의 옷이었다고 본다. 매우 아름답게 즐긴 것 같다. 또 창포뿌리를 삶아 비녀를 만들되 수壽자 또는 복福자를 새기고 끝에 연지를 발라 머리에 꽂았다.

이렇게 하여 재액을 물리친다 했고 이것을 단오장端午粧이라 했다. 비녀는 여자뿐만 아니라 남자도 머리나 상투에 꼽을 수 있다. 또 여러 모양내기가 있는데 그것은 북경의 풍습을 본뜬 것 같다고 했다.

그네뛰기는 북쪽 오랑캐들이 한식날 그네뛰기를 했는데 그것을 후일 중국 여자들이 궁중에서 한식 때가 되면 다투어 그네를 맸다. 이것을 반선희라고 하며 즐겼다. 단오 5월 5일의 그네뛰기는 여기서 비롯되어 조선에까지 옮겨온 것이다. 무릇 민속문화는 나라, 대륙을 옮겨가며 변천 변모해 온 것이다. 오늘날 그네는 놀이터에서 주로 어린이가 타는 서양식으로 변해진 것도 이런 사정이라고 볼 수 있다.

3. 씨름

'동국세시기' 에 젊은이들이 남산의 왜장(원명은 왜성대倭城臺로 옛 남산 중앙방송국 부근에 있던 마을 이름) 북악산 신무문(경복궁 후문) 뒤에 모여 갈력(씨름)을 하여 승부를 겨룬다 했다.

씨름의 방법은 여기서 밝힌 대로 적어본다. 씨름경기를 보면서 옛 방법과 비교하고 그 규율의 법칙도 비교하면 흥미롭겠기에 적어본다.

두 사람이 서로 마주보고 구부린다. 각자 오른손으로 상대방의 허리를 잡고 왼손으로는 상대방의 오른발을 잡고 일시에 일어나며 상대를 번쩍 들어 팽개친다. 내가 관람한 기억으로는 심판이 일시에 일으켜 세우고 호각을 불었다. 규율을 들어보면 이렇다.

내구는 안걸이, 외구는 밖걸이, 윤기輪起는 둘러메치기 등 여러 자세가 있다. 이렇게 여러 번 대결하여 힘이 세고 손이 민첩하여 자주 이기는 사람을 도결국都結局이라 했다.

중국인이 이 걸 본받고 고려기(高麗伎; 아름다운 기술을 뽐내다)라고 하기도 했고, 요교撓跤라고도 했다. 씨름은 단옷날 매우 성행했고, 서울을 비롯해 각 지방에서도 이와 같았다. 또한 예기 월령에 "겨울이 되는 달에는 장수들에게 명하여 무예를 강의하고 활쏘기 · 말타기를 연습하여 힘을 겨루게 한다" 했다. 지금의 체력단련과 같은 코스라 할 것이다.

또 흥미로운 것은 '대추나무를 시집보낸다' 고 했는데, 이 말은 오늘날 '나무를 접붙인다' 와 같은 말이다. 과일나무에 접붙이는 시간도 정오라고 못 박아 놓았다. 또 이날 도끼로 과일나무 가지를 쳐내어야 과일이 많이 달린다고 했다.

단옷날 가지치기를 한다는 것을 꼭 잊지 말고 실행해 보아야겠다.

동지

우리나라 세시기가 전해진 문헌에는 내가 알고 있기는 '동국세시기' '열양세시기' '경도잡지' 광희문본이 있다. 동지의 멋을 알기 전에 우선 이 세 문헌에 전해 오는 세시기를 훑어보았다.

존재하는 국가 민족에겐 그 고유의 민속이 있고 풍속이 있어 다른 나라와의 구별 요건이 된다 했다. 민족 자체로 발생한 것도 있겠으나 외국에서 들어와 그 국민정서에 맞게 변질된 것이든지 그 나라 과거나 현재에 행해지면 그것은 그 나라의 훌륭한 민속이다. 그러나 시간의 흐름에 따라 민속은 생성 · 변화 · 사멸의 과정을 겪는다. 과거엔 있다가 요사이는 없어지는 것이 많은 반면 생겨나는 것은 적을 것이다.

우리 민족도 한반도에 생겨난 이래 무수한 민속이 발생 · 변질 · 도태되었다. 고조선에는 그때의 민속이 있고, 또한 삼국시대 고려시대 조선시대도 각각의 민속이 있다고 할 수 있다. 그중의 대부분은 유수한 세월 동안 지켜 내려오다가 현대 과학문명의 물결에 채여 소멸되고 있는 것을 우리는 세계화 물결에 밀려 계절마다 경험하고 있다. 민속이 없는 민족은 없을 것이며, 민속이 그 민족에게서 아주 없어지는 민족은 아주 비참해진다.

앞서 열거한 네 권의 세시기 중에 단연 '동국세시기' 가 백미다. 동국세시기의 저자는 홍석모다. 홍석모는 조선시대 정조 · 순조 때 학자다. 저자 홍석모는 매우 뛰어난 천재로서 시운을 타지 못한 불운아다. 시나 읊으며 소회하다가 이 '동국세시기' 를 지으며 소일거리로 살았다라고 서문을 쓴 이자유는 말하고 있다.

홍석모의 동국세시기는 우리 조상들의 민속을 가장 많이 기록해 보전에 왔다고 본다. 여기엔 우리나라 과거에 일 년 행사와 각 지방의 온갖 민속이 기록되어 있다. 물론 사천년의 민속이 모두 골고루 기록된 것은 아니나 '동국세시기' 가 이루어질 당시의 중요한 우리 민족의 풍습이 여실하게 기록되어 있다. 하여 우리 민족의 풍습을 서술한 세시기로서는 동국세시기를 백미로 치는 것이라 동국세시기 해제는 동지를 이렇게 전했다.

동국세시기에 나타난 동지의 기록을 보면 음력 11월에 동지를 넣었다.

동지冬至날을 아세亞歲, 아세란 다음 해가 되는 날이라는 뜻으로 동지는 이미 다음 해가 시작되는 날이라고 보고, 우리 민족은 동지 이후론 이미 새해가 왔다고 생각했다. 실로 동지가 지나면 해가 조금씩 길어지니 매서운 깊은 겨울을 희망의 날로 잡고 살아낸 현명한 민족이다.

이날은 팥죽을 쑤는데 찹쌀을 가루 내어 새알모양의 떡을 만들어 팥죽 속에 넣을 새알심을 만들고 꿀을 타서 시절 음식으로 삼아 제사에 쓴다. 그리고 그 팥죽 국물을 문짝에 뿌려서 상서롭지 못한 것을 제거했다.

생각해 보면 '형초세시기' 에는 중국 요순시대 형벌을 맡았던 관명에서 변한 성씨로 신화적 존재인 공공씨共工氏가 재수 없는 아들을 하나 두었는데 그 아들이 동짓날에 죽어 역질 귀신이 되었단다. 그 아들이 생전에 팥을 두려워했으므로 동짓날 팥죽을 쑤어 물리치는 것이라 하였다.

중국 송나라 때 사람 유자휘의 '지일시至日時, 즉 동지가 드는 시에 팥죽으로 귀신을 눌러 이기는 것은 형초荊楚지방의 풍속을 사랑하는 것이다' 라고 하였는데 지금 풍속도 또한 그러하다.

부채

'동국세시기' '경동잡기' 에도 부채의 기록은 있다. 나는 '동국세시기' 에서 발췌했다.

단오에 공조에서는 단오선(端午扇; 단오부채)을 만들어 임금께 바친다. 임금은 부채를 각 궁에 속한 하인과 재상 · 시종신 등에게 나누어 준다. 공조에서 만들어 바친 부채중에 가장 큰 것은 대나무살이 흰 화살 같은 모양으로 살이 40개 또는 50개나 된다. 이것은 백첩이다. 살에 칠을 한 것은 칠첩이라 했다.

이 부채를 얻은 사람들은 나름대로 멋을 부렸다. 금강산 일만이천 봉을 그린다. 혹은 기생이나 무당 등이 갖는 경우도 있다. 또 버들개지, 복사꽃, 연꽃, 나비, 흰 붕어, 해오라기 등의 그림을 그려 넣기도 한다. 오늘날 부채에 그림을 그린 것들도 대개는 이 종류인 것이다.

전라도, 경상도의 감사와 통제사는 절선(명절에 올리는 부채)을 올린다. 또 예를 따라 조정의 신사와 친지 등에게 선사한다. 말하자면 여름에 부채를 나누어 주는 게 아니라 명절 단오 때 부채를 마련하는 풍속이 있었다. 지금으로 말하자면 기념일에 서로 나누는 기념품 같은데 절기를 두어 나눈 것이다.

부채는 전주와 남평(현재 나주군 남평면) 것이 가장 우수하다. 내가 1990년대 전주 전통거리에서 인간문화재 48살의 접부채를 고가에 샀다. 그 당시 일본에서 일당화백이 선화 전시회를 열었다. 돌아오는 길에 일당 동양화가 스님께 가서 전주부채를 보여드렸다. 내가 부채에 그림을 부탁했다. 잠시 생각을 고르시더니 그림은 그려주겠는데 부채 하나를 달라고 하셨다.

흔쾌히 드렸더니 그림 대가를 전혀 바라지 않으셨던 기억이 있다. 몇 달 후 오라 하시기에 직지사 중암으로 갔다. 그림을 그린 부채를 받고 보니 너무도 황홀했다. 설악산의 그림을 만년이 가도 변하지 않는 돌가루 채색으로 장엄하게 그려주셨다. 지금도 잘 포장하여 보관하고 있다.

부채의 종류는 17종류다. 이는 모양 따라 색깔 따라 나누어진 종류의 부채가 갖추어졌다는 것이다. 그러나 통속적으로 백색·흑색 두 색과 황색 칠과 흑색 칠을 한 두 종류의 접는 부채와 기름 바른 것을 좋아했다. 생각헌데 기름을 바른 것은 종이가 흔치 않은 옛날에 오래 쓰기 위한 것은 아닌가 생각한다. 실제로 기름을 바른 부채는 6.25동란 이후로도 종종 볼 수가 있었다. 또 청색 부채는 신랑, 백색의 부채는 상제를 위한 것이었다. 둥근 부채도 있었다.

자루가 긴 것은 모기, 잠자리, 파리를 잡는 것으로 시용했다. 장사꾼이 만들어 파는 부채도 있는데 정밀한 것, 엉성한 것, 교묘한 것, 질박하게 만든 것으로 그 만듦새가 똑 같지 않다. 지금도 아파트 분양하는 곳에 가면 주는 부채가 그런 것에 속한다.

한국인은 부채를 좋아했던 것 같다. 중국 사람들이 말하길 고려 사람들은 겨울에도 부채를 쥔다고 그 풍속을 기록했다.

달력

동짓날엔 관상감에서는 달력을 올린다. 그러면 황장력黃粧曆과 백장력을 모든 관원들에게 나누어 주는데 이때 '동문지보同文之寶' 란 어새를 찍었다. 각 관청도 모두 나누어 받는 몫이 있었다.

각 관청의 아전들도 각기 친한 사람을 두루 문안하는 것이 통례였다. 이조吏曹의 아전들은 각 벼슬한 집에서 자기가 도맡아 고신(告身; 지금의 수령장)을 써준 사람이 직무에 취임하게 되면 그로부터 당참전堂參錢을 받는다. 그러면 그 아전은 통례에 따라 이때 청장력 한 권을 그 사람에게 기증한다.

그러므로 서울의 옛 풍속이 단옷날에는 부채를 관원이 아전에게 나누어 주고, 동짓날에는 아전이 관원에게 달력을 바친다. 이것을 하선동력夏扇冬曆이라 했다. 그러면 그 관원은 그 달력을 자기 출신 고향의 친지 · 묘지기 · 농토관리인에게 나누어 준다. 내의원內醫院에서는 관계官桂 · 후추 · 설탕 · 꿀을 쇠가죽에다 섞어 삶아 기름이 엉기도록 만든다. 이것을 전약(煎藥 ; 동짓날 먹는 음식 지금의 우묵)이라 하는데 이것을 진상한다. 각 관청에서도 이를 만들어 나누어 가진다.

정조 때 학자 안동김씨 김매순의 '열양세시기'에, 열 즉 한양의 연중 행사를 기록한 책에는 십일월을 동지라 했다. 지금같이 동짓날을 정해 찍어 밝히지 않았다. 아마도 태양력을 사용하지 않았기에 동지는 날을 따로 제시하지 않았을 것이다. 하여 지금같이 동짓날이라고 날짜를 밝힌 문헌은 없다. 그러나 단오, 유두, 추석, 대보름 등은 날을 밝히고 그 달의 월내 행사를 소상히 기록했음을 알 수 있다.

이 기록엔 동짓달을 동지라 밝혔다. 관상감에서는 내년 달력을 진상하여 임금이 보기도 하고 나누어 주게 하기도 했다. 상품은 황색으로 장식하고 그 다음은 청장력 · 백력 · 중력(中曆 ; 책장을 접어 풀로만 붙이고 겉장이 없음) · 월력月曆 · 상력常歷 등 여러 종류가 있다. 그 차이는 종이의 품질과 모양에 의한 구별이다.

서울에 있는 각 관청에서는 미리 종이를 준비했다가 관상감에 부탁하여 인쇄토록 한다. 그런 다음 장관과 직원들에게 전례대로 차등 있게 나누어 주어 그들의 고향 친지나 이웃 사람들에게 필요한 대로 나누어 사용하도록 했다.

요즘 대통령은 손목시계를 나누어 준다. 진상품을 소유한 자는 스위스 고가를 두고도 이것을 착용한다. 달력은 누구나 필요한 보통의 나눔이고, 특수시계는 달력보다 고가이면서 누구나 소유하는 것은 아니다. 한 번 구입하면 평생을 사용한다. 반면에 달력은 해마다 구입해야 하므로 옛날과 오늘날이 차별된다. 오늘날엔 종이가 흔해 달력쯤은 별로 선물에 비중을 두지 않는다.

조선의 서리들은 자기가 주인으로 삼는 벼슬아치 곧 첫 벼슬 이상의 이름이 이조에 예속되어 있는 분에게 역시 전례대로 청장력 한 권씩을 증정한다. 서리는 한 번 어떤 관원의 이름을 쓰도록 배당받으면 그 관원뿐만 아니라 그의 아들 조카 등의 임명장까지 모조리 다 쓰게 되어 있다. 그러면 서리는 그 관원 집을 주인으로 삼는다.

조선 숙종 때 시인의 시에 "서리는 청장력을 보내주고 집에서는 팥죽을 보내왔다" 고 했다. 팥죽은 귀신을 몰아내는 뜻으로 중국에서 비롯된 것이다. 전적으로 우리 풍속이 아니므로 자세히는 기록하지 않는다 했다.

'경도잡기' 는 고려 때 동경東京이었던 경주의 내력을 적어온 것이다. 작자 연대 미상으로 전해 내려오던 '동경지' 를 1669년 경주부사 민주면이 진사 이채등과 증수 간행하여 '동경잡기' 라 했으며 그 후 여러 손을 거쳐 증보되어 오면서 내용은 진한기辰韓紀 · 신라기 등 경주를 중심으로 세워졌던 나라의 역사 등등 세시의 49항목으로 나누어 신라에서 조선에 이르기까지 문물을 총망라하여 기록했다. 특히 이천년 전 신라 서울의 면목을 여실히 적고 있다.

하여 '동경잡기' 는 신라의 문화 역사 사회 풍속을 연구하는 데 불가결의 자료요, 고려와 조선시대의 경주지방을 연구하는데 절호의 자료다. 하여 우리의 고유 민속은 주로 동경잡기에서 자세히 그 역사를 알 수 있다.

서울의 옛 문헌에는 단옷날에는 부채는 관원이 아전에게 나누어 주나 동짓날의 달력은 아전이 관원에게 바친다. 관원은 그 청장력을 고향의 친지, 묘지기, 소작인 등에게 나누어준다.

한글 낱말 '들불'의 기원

2005년 '들불'이란 한국어를 특허청에서 새로운 단어로 특허를 내준 것을 신문에서 보았다.

그러나 고전에서 '들불'은 야화野火라고 했다. 그 불난 모습을 '대동야승' 2권(고전국역총서 1971년), '대동야승' 제6권 이육李陸의 '청파극담靑坡劇談' 89쪽 아래서 9째줄 들불야화 갑진년 이야기를 국역과정에서 이미 야화를 '들불'이라 번역하여 사용되고 있었음을 밝힌다.

옮긴 글

"……갑진년 영해寧海에 땅속에서 불이 일어나 연기는 위로 수백 길이나 오르고 연은 온돌과 같이 뜨거우므로 헤치고 보니, 화염은 극히 심하여 사석沙石도 모두 타고 타버린 돌의 빛깔이 숯과 같은데, 온 들불〔野火〕이 가운데를 뚫고 들어와 사석을 태우면서 자연히 발화하니, 알 수 없는 일이었다. 돌을 주워 불에 던지면 불이 타고 연기가 났으니 대개 석탄石炭이 틀림이 없다. 그렇지 않다면 한재의 징조가 아닌가. 을사년의 한재에도 내〔川〕가 마르고 나무가 말랐는데 영표(嶺表, 영남嶺南)는 더욱 심하였다……."

법운法雲

불명에 '법운' 이란 이름이 있다.

불명이란 불교에서 수계를 받을 때 스님께서 내려주시는 법명이다. 대개는 스님께서 각별히 내려주신다.

이 법명의 처음 수계자를 더듬어 올라가 보면 신라 진흥왕의 법명이다. 왕은 독실한 신자로 법에 귀의하여 삼국을 통일하고 결국 삭발 재계하고 불문에 귀의했다.

왕은 일찍이 불명을 받았단다. 진흥왕의 불명이 '법운' 이다.

신라 제 24대 임금은 진흥왕이다. 7세에 왕위에 오른 뒤 처음으로 백제와 힘을 합하여 고구려 남부를 취하던 때는 겨우 열여덟 살의 미소년이었다. 이때 함께 고구려 땅을 얻을 당시 병부령 이사부와 대아손 거칠부가 있었다. 이렇게 나라를 부흥케 하는 이외에 어려서 독실이 불법을 믿어 홍륜사와 황룡사를 창건했고, 장육존불상을 조성하였다. 말년에 스스로 머리를 깎고 '법운' 이라고 법명을 정했다. 하여 신라에 불교가 성했다. 연호를 고치고 '개국' 이라 하고 금관가야 외에 신라 우륵을 명하여 가야금 음악곡을 만들어 짓게 하였다. 이는 이전 가야국 '가실왕' 이 열두 줄 거문고를 만들었는데 이는 일 년 열두 달을 형상화 하는 음률이었다.

이손, 이사부의 의론을 따라서 학식 많은 선배들을 널리 모아 신라의 사기를 짓게 하고, 얼굴 아름다운 남자를 가리어 화랑이라 하여 서로 도와 의론 연구케 하며, 혹은 노래와 음악으로 즐기게 하며, 혹은 원근의 구별 없이 산이나 물에 놀게 했다. 그 소행의 간사함과 정직함을 살펴 그 중에 착한 자를 가리어 관원을 삼고 나라의 일을 맡겼다.

이 영명한 임금은 명이 짧아 수명 다하니 등극한 지 서른일곱 해만에 돌아가시니 나이 겨우 마흔 셋이었고 왕비는 왕이 서거한 뒤 왕을 본받아 여승이 되었다.

진흥왕은 법명처럼 떠나가셨다.

민영희 수필집
문고리편지
•
지은이 / 민영희
발행인 / 김영란
발행처 / 한누리미디어
디자인 / 지선숙
•
08303, 서울시 구로구 구로중앙로18길 40, 2층(구로동)
전화 / (02)379-4514, 379-4519
Fax / (02)379-4516
E-mail/hannury2003@hanmail.net
•
신고번호 / 제 25100-2016-000025호
신고연월일 / 2016. 4. 11
등록일 / 1993. 11. 4
•
초판발행일 / 2017년 11월 1일
•
ⓒ 2017 민영희 Printed in KOREA
•
값 15,000원
•
※잘못된 책은 바꿔드립니다.
※저자와의 협약으로 인지는 생략합니다.
•
ISBN 978-89-7969-762-9 03810